U0448397

中华优秀传统文化系列读物

古文大家趣谈

孙中原 著

商务印书馆
创于1897 The Commercial Press

图书在版编目（CIP）数据

古文大家趣谈 / 孙中原著. — 北京：商务印书馆，2021
（中华优秀传统文化系列读物）
ISBN 978-7-100-17455-8

Ⅰ. ①古… Ⅱ. ①孙… Ⅲ. ①古典文学－作品综合集－中国 Ⅳ. ① I212.01

中国版本图书馆 CIP 数据核字（2019）第 085432 号

权利保留，侵权必究。

中华优秀传统文化系列读物
古文大家趣谈
孙中原 著

商 务 印 书 馆 出 版
（北京王府井大街36号 邮政编码 100710）
商 务 印 书 馆 发 行
三河市尚艺印装有限公司印刷
ISBN 978－7－100－17455－8

| 2021年8月第1版 | 开本 880×1230 1/32 |
| 2021年8月第1次印刷 | 印张 9 3/8 |

定价：49.00 元

创转创发相融通

——"中华优秀传统文化系列读物"丛书序

习近平总书记2014年9月24日在纪念孔子诞辰研讨会上讲话说,要"努力实现传统文化的创造性转化、创新性发展,使之与现实文化相融相通"。故本丛书取名"中华优秀传统文化系列读物"。以下简述本丛书著作的宗旨、缘起和内容。

一、宗旨

本丛书的宗旨,是弘扬中华优秀传统文化,阐发中华优秀传统文化"与现实文化相融相通"的意涵,推动中华优秀传统文化在新时代的"创造性转化、创新性发展",为振兴中华,实现中华民族伟大复兴的中国梦,提供锐利的思想武器和强大的精神动力,致力于中华优秀传统文化的大众化,普及化,力求做到通俗易懂,有科学性、知识性和可读性,适合广大人民群众阅读。

二、缘起

本丛书著作,缘起于我跟商务印书馆多年良好的合作共事。经多年酝酿,编撰拙著《中国逻辑研究》,2006年由商务印书馆出版。2015年经全国哲学社会科学规划办公室组织专家评审，全国哲学社会科学规划领导小组批准，获2015年国家社科基金中华学术外译项目立项，译为英文，在国外刊行。合著《墨子今注今译》，2009年由商务印书馆出版，2012年第2次印刷。从2012年至今，我陆续跟商务印书馆签约，致力于本丛书的编撰。这是我1961到1964年奉调师从中国科学院哲学研究所汪奠基、沈有鼎教授，专攻古文献，历经数十年教学和研究积淀的成果。

三、内容

本丛书首批出版著作15种：

1.《五经趣谈》：趣谈《诗》《书》《礼》《易》与《春秋》的义理。

2.《二十四史趣谈》：趣谈二十四史的启示借鉴。

3.《诸子百家趣谈》：趣谈诸子百家人物、流派、典籍与学说。

4.《古文大家趣谈》：趣谈古文大家的文学精粹。

5.《墨学趣谈》：趣谈墨学的知识启迪。

6.《墨子趣谈》：趣谈墨家的智慧辩术。

7.《墨学与现实文化趣谈》：趣谈墨学与现代文化的关联。

8.《墨学与中国逻辑学趣谈》：趣谈墨学与中国逻辑学的前沿课题。

9.《中国逻辑学趣谈》：趣谈中国逻辑学的精华。

10.《诡辩与逻辑名篇趣谈》：趣谈先秦两汉的诡辩与逻辑名篇。

11.《诸子百家逻辑故事趣谈》：趣谈诸子百家经典的逻辑故事。

12.《中华先哲思维技艺趣谈》：趣谈中华先哲的思维表达技巧。

13.《东方逻辑趣谈》：日学者趣谈中印西方逻辑，著者授权译介。

14.《管子趣谈》：趣谈《管子》的治国理政智谋。

15.《墨经趣谈》：趣谈《墨经》的科学人文精神。

本丛书著作，由商务印书馆编审出版，谨致谢忱。不当之处请指正。

孙中原

2016年7月15日

前　言

《四库全书》集部，收入古文大家的诗文集，是古代文学的原生态资料，包含楚辞、别集、总集、诗文评和词曲。楚辞是中国文学史上第一部以屈原作品为代表的浪漫文学诗集。别集是古文大家个人的诗文集，如李白《李太白集》。总集是汇编多人著作的合集，如萧统编《昭明文选》。诗文评是文学理论和文艺批评书，如刘勰《文心雕龙》。词是宋代盛行的诗体，如岳飞《满江红》。曲是元代盛行的韵文，如关汉卿《窦娥冤》。

本书宗旨，是趣谈《四库全书》集部古文大家的作品，涵盖楚辞、别集、总集、诗文评和词曲，突显名言警句、精彩片段、人物故事、人文知识和民族精神心理等亮点，精评趣谈，古为今用，对今人有重要的启迪。本书行文生动，可读性强。由商务印书馆编辑出版，谨致谢忱。

孙中原

2016 年 7 月 15 日

目　录

第一章　楚辞：浪漫文学推范例……………………………1
　第一节　诚既勇兮又以武……………………………1
　第二节　尺有所短，寸有所长………………………4
　第三节　变白以为黑…………………………………8
　第四节　哀民生之多艰………………………………12
　第五节　一篇小小赞物………………………………20
　第六节　科学想象从问始……………………………23
　第七节　屈原楚辞集部始……………………………41
　第八节　浪漫文学树典型……………………………42

第二章　别集：天地英华之所聚……………………………47
　第一节　飞流直下三千尺……………………………47
　第二节　安得广厦千万间……………………………72
　第三节　文章公论历久明……………………………109

第三章　总集：菁华毕出有统纪……………………………115
　第一节　古文大家韩昌黎……………………………115
　第二节　宗元尊韩为长辈……………………………163

第四章　诗文评：采撷菁英发新意…………………………171
　第一节　高屋建瓴……………………………………171
　第二节　文创宗经……………………………………177

第三节　史家文学……184
   第四节　送怀千载……195
   第五节　论如析薪……201
   第六节　名言警句……210
   第七节　文体源流评工拙……212

第五章　词曲：宋元韵律称余绪……228
   第一节　无可奈何花落去……228
   第二节　治学三境寓新意……230
   第三节　奔放豪迈新风格……235
   第四节　怒发冲冠凭阑处……247
   第五节　宋代首创词曲类……249
   第六节　文学园地创新曲……251
   第七节　名言警句……276
   第八节　泥土气息……281
   第九节　元曲旺盛生命力……282

参考文献……285
后记……287

第一章　楚辞：浪漫文学推范例

第一节　诚既勇兮又以武

一、诚既勇兮又以武

"诚既勇兮又以武"，是屈原《楚辞·国殇》的名句。屈原是伟大的爱国诗人。心忧家国，情牵百姓，勇于探索，清正高洁，是屈原的人格魅力和思想精髓，成为世代中国人的人格标尺。习近平多次提到屈原，如在2014年文艺工作座谈会和中央党校2011年秋季学期开学典礼上，均提到屈原及其作品，多次引用屈原名句，阐发思想，寄意深远。

2014年9月3日习近平在纪念中国人民抗日战争暨世界反法西斯战争胜利六十九周年座谈会上的讲话，引屈原《国殇》名句："诚既勇兮又以武，终刚强兮不可凌。身既死兮神以灵，魂魄毅兮为鬼雄。"称赞为国献身的将士，不仅具有勇于冲锋陷阵的气概，更具誓死不屈的精神。

习近平在讲话中说，众多英雄群体，是中国人民不畏强暴、以身殉国的杰出代表。正所谓："诚既勇兮又以武，终刚强兮不可凌。身既死兮神以灵，魂魄毅兮为鬼雄。"用屈原《楚辞·国殇》名句，赞美在抗日战争中英勇不屈的先烈，充分表达了对在民族危难之际，勇于献身的先烈们的景仰。

二、《楚辞·国殇》

操吴戈兮披犀甲，车错毂兮短兵接。旌蔽日兮敌若云，矢交坠兮士争先。凌余阵兮躐余行，左骖殪兮右刃伤。霾两轮兮絷四马，援玉枹兮击鸣鼓。天时怼兮威灵怒，严杀尽兮弃原野。出不入兮往不反，平原忽兮路超远。带长剑兮挟秦弓，首身离兮心不惩。诚既勇兮又以武，终刚强兮不可凌。身既死兮神以灵，子魂魄兮为鬼雄！

三、释文

手拿干戈穿犀甲，战车交错刀剑杀。旌旗蔽日敌如云，飞箭交坠士争先。犯我阵地踏我军，左骖死去右骖伤。埋住两轮绊四马，手拿玉槌敲战鼓。上天怨恨威灵怒，残酷杀尽弃原野。出征不回不复返，平原迷漫路遥远。佩带长剑挟强弓，首身分离心不改。实在勇敢人英武，始终刚强不可侮。身已死亡神不死，英雄魂魄鬼中雄！

四、注释

"国殇"：为国死难者。戴震《屈原赋注》："国殇，死国事。""吴戈"：吴国造戈。"犀甲"：犀牛皮制铠甲。"错"：交错。"毂"：车轮中心圆孔，可插轴，泛指战车轮轴。"短兵"：刀剑类短兵器。"矢交坠"：两军射箭交错坠地。"凌"：侵犯。"躐"liè：践踏。"行"：行列。"殪"：死。"絷"zhí：绊住。"枹"fú：鼓槌。"鸣鼓"：响亮的鼓。"天时"：上天际会，指上天。"天时怼"：上天都怨恨。"怼"：怨恨。"威灵"：威严的神灵。"严杀"：严酷厮杀。"尽"：皆，全都。"忽"：渺茫不明。"超远"：遥远无尽。"秦弓"：良弓。秦地造弓射程远。"首身离"：身首异处。"心不惩"：壮心不改，勇气不减。"惩"：悔恨。"诚"：诚然，确实。"以"：且，连词。"武"：威武。"终"：始终。"凌"：侵犯。"神以灵"：死而有知，英灵不泯。"神"：精神。"鬼雄"：战死魂魄不死，成为鬼中豪杰。

五、趣谈

《国殇》是祭奠楚国为保卫国土而战死的将士的哀歌。歌颂将士英雄气概，爱国精神，情感真挚，节奏鲜明。楚怀王多次与秦国交战，每次都惨败。楚国人民为保国抗秦，前赴后继。清蒋骥《山带阁注楚辞》说："怀襄之世，任谗弃德，背约忘亲，以至天怨神怒，国蹙兵亡，徒使壮士横尸膏野，以快敌人之意。原盖深悲极痛之。"

《国殇》首先描绘车战的激烈场面。楚士兵擐甲执兵，两军相接，敌人蜂拥，楚士兵英勇。层次分明，形象具体，突出战斗残酷，士兵无畏豪壮。其次写楚方寡不敌众，全部战死的悲壮场面。敌兵狂暴，楚兵英勇，宁死不屈。楚方伤亡惨重，仍一心进击。楚方将士顽强，视死如归。最后赞颂为国战死者。战士远离家乡，誓死报国，义无反顾，刚强勇武。整首诗作感情凝重沉痛。

在屈原生活的楚怀王、顷襄王时代，秦国经商鞅变法，在战国七雄中后来居上，呈现扩张势头，楚国成为其攻城略地的主要对象。楚怀王放弃合纵联齐,轻信秦国空许诺,交好于秦,秦国诺言成画饼,秦楚交恶不可免。楚怀王十六年(前313)起,楚秦多次战争,楚屡战屡败。《史记·楚世家》载,楚怀王十七年(前312),楚秦战于丹阳,楚军大败,大将屈匄被俘,甲士被斩杀八万,汉中郡为秦所有。楚以举国之兵力攻秦,再大败于蓝田。

楚怀王二十八年(前301),秦联合齐、韩、魏攻楚,杀楚将唐眛,取重丘。次年楚军再被秦大败,将军景缺阵亡,死士两万。再次年,秦攻取楚八城,楚怀王被骗入秦结盟遭禁,子顷襄王即位。顷襄王元年(前298)秦攻楚,大败楚军,斩首五万,攻取十五城。屈原生前,楚军十五万将士与秦军血战而死。

第二节 尺有所短,寸有所长

一、尺有所短,寸有所长

习近平2015年1月8日在中国—拉共体论坛首届部长级会议开幕式致辞《共同谱写中拉全面合作伙伴关系新篇章》,引用了《楚辞·卜居》名言"尺有所短,寸有所长"。[①]《楚辞·卜居》名言"尺有所短,寸有所长"的语境为:"夫尺有所短,寸有所长。物有所不足,智有所不明,数有所不逮,神有所不通,用君之心,行君之意。龟策诚不能知此事。"意即:尺有短处寸有长,万物都有所不足,智慧有其不明处,

---

① 见2015年1月9日《光明日报》第2版。

术数占卜有达不到处，神明有其不通处。运用您的心思，践行您的意图。龟甲蓍草，实在不能知道这些事物。

《楚辞·卜居》这些话，是辩证法宇宙观与方法论的至理名言，重视实证，破除迷信，是战国时期古文大家杰出人文思想的闪光，是中国科学史上科学思维的萌芽。

二、《楚辞·卜居》

屈原既放，三年不得复见。竭知尽忠而蔽障于谗。心烦虑乱，不知所从。乃往见太卜郑詹尹曰："余有所疑，愿因先生决之。"詹尹乃端策拂龟曰："君将何以教之？"

屈原曰："吾宁悃悃款款，朴以忠乎，将送往劳来，斯无穷乎？宁诛锄草茅以力耕乎，将游大人以成名乎？宁正言不讳以危身乎，将从俗富贵以偷生乎？宁超然高举以保真乎，将哫訾栗斯，喔咿儒儿，以事妇人乎？宁廉洁正直以自清乎，将突梯滑稽，如脂如韦，以絜楹乎？宁昂昂若千里之驹乎，将泛泛若水中之凫，与波上下，偷以全吾躯乎？宁与骐骥亢轭乎，将随驽马之迹乎？宁与黄鹄比翼乎，将与鸡鹜争食乎？此孰吉孰凶？何去何从？世溷浊而不清：蝉翼为重，千钧为轻；黄钟毁弃，瓦釜雷鸣；谗人高张，贤士无名。吁嗟默默兮，谁知吾之廉贞！"

詹尹乃释策而谢曰："夫尺有所短，寸有所长。物有所不足，智有所不明，数有所不逮，神有所不通。用君之心，行君之意。龟策诚不能知此事。"

三、释文

屈原被流放，三年未见楚怀王。竭尽智慧为国家，被谗言谤语来阻挡。心烦意乱无主意，去找太卜郑詹尹求神问卜，说："我有疑问，希望通过您求神问卜，帮我解疑释惑。"郑詹尹排列蓍草，拂去龟甲灰尘，说："愿向先生请教。"

屈原说："我宁可诚恳朴实，忠心耿耿，还是迎来送往，巧于逢迎，而摆脱困境？宁可垦荒锄草，勤劳耕作，还是交游权贵，沽名钓誉？宁可直言不讳，招祸危身，还是顺从世俗，贪图富贵，苟且偷生？宁可鹤立鸡群，保全本性，还是阿谀逢迎，强颜欢笑，以侍奉那妇人（楚怀王宠姬郑袖）？宁可廉洁正直，保持清白，还是圆滑诡诈，油滑适俗，趋炎附势？宁可像志行高远的千里驹，还是像浮游野鸭，随波逐流，保全自身？宁可与千里马并驾齐驱，还是追随劣马足迹？宁可与天鹅比翼高飞，还是同鸡鸭争食？这些选择哪个吉，哪个凶，哪个排除，哪个遵从？世道混浊不清：蝉翼重，千钧轻。黄钟大吕遭毁弃，瓦釜陶罐响如雷鸣。谗佞小人，嚣张跋扈，贤明之士，默默无名。唉，沉默吧，谁知我的廉洁忠贞？"

郑詹尹放下蓍草，抱歉说："尺比寸长也有短，寸比尺短也有长。世间万物不完美，人间智慧有不明。算卦也有算不到，天神也有不显灵。请用您的心思，实行您的意愿，龟甲蓍草实在不能解疑释惑。"

四、注释

"放"：逐。"复见"：再见。"蔽障"：遮蔽阻挠。"太卜"：掌管卜筮的官。"因"：凭借。"端策拂龟"：整理蓍草，清理龟壳上的灰尘。"悃悃款款"：诚实勤恳。"送往劳来"：送往迎来，慰劳。"大人"：达官贵人。"偷生"：贪生。"超然高举以保真"：超脱，远走高飞，保全真实本性。"呢訾"zúzī：以言献媚。"栗斯"：阿谀奉承。栗：恭谨恭敬。斯：语助词。"喔咿儒儿"：强颜欢笑。"妇人"：指楚怀王宠姬郑袖，与朝中重臣上官大夫等联合排挤、诋毁屈原。"突梯"：圆滑。"滑稽"gǔjī：转注吐酒，终日不竭的酒器，比喻应付无穷，善于迎合。"如脂如韦"：像油脂一样光滑，像熟牛皮一样柔软，善应付环境。"絜xié楹"：度量屋柱，顺圆而转，处世圆滑。"泛泛"：漂浮不定。"凫"fú：水鸟野鸭。"伉轭"kàngè：并驾而行。伉：并。轭：车辕前端横木。"驽"：劣马。"黄鹄"hú：天鹅。"鹜"：鸭。"溷hùn浊"：肮脏污浊。"黄钟"：古乐十二律之一，最响最宏大的声调，声调合于黄钟律的大钟。"瓦釜"：陶锅，指鄙俗音乐。"谗人高张"：坏人气焰嚣张，趾高气扬。"谢"：谢绝。"数"：卦数、术数，占卜，算卦，迷信行为。"逮"：及。

五、趣谈

清沈德潜（1673—1769）说《卜居》"设为问答，以显己意"。假托求神问卜，解疑释惑。运用对话问答体，彰显作者愤世嫉俗的意涵。篇中反复设问，重叠排比，是后世辞赋杂文宾主对话问答体的发端。譬喻迭出，形象鲜明，对比强烈，感情激越。如："蝉翼为重，千钧为轻；黄钟毁弃，瓦釜雷鸣；谗人高张，贤士无名。"

《楚辞·卜居》记述屈原对人生道路的坚定选择，显示伟大志士身处黑暗世道的铮铮风骨。以屈原问卜开篇，以郑詹尹"释策而谢"答语收结，连续对立设问贯穿。层层设问，意义关联。启发汉赋，是汉赋先声。

屈原（前340—前278）生于楚国丹阳，名平，字原。任楚国三闾大夫、左徒，兼内政外交。主张选贤举能，修明法度。遭受排挤，流放沅湘。在楚民歌基础上，创新诗歌体裁楚辞，有不朽名篇《离骚》、《九歌》（十一篇）、《天问》、《招魂》和《九章》（九篇）等，抒发爱国思想感情，体现对理想的不懈追求。

第三节　变白以为黑

一、变白以为黑

《楚辞·怀沙》名句"变白以为黑，倒上以为下"的语境为："变白以为黑兮，倒上以为下。凤凰在笯兮，鸡鹜翔舞。同糅玉石兮，一概而相量。"意即：白说成黑，上说成下。凤凰关进竹笼，鸡鸭说成会飞。玉和石相混，好与坏不分。揭露谬误和诡辩的普遍性用语。篇名"怀沙"，指怀沙石自沉。诗人屈原临终绝命词。述说遭遇的不幸与心中的感伤，引人强烈共鸣。楚顷襄王二十一年（前278）秦将白起攻破楚国都郢，屈原忧国忧民，在长沙附近汨罗江怀沙石自沉。

二、《楚辞·怀沙》

滔滔孟夏兮，草木莽莽。伤怀永哀兮，汩徂南土。眴兮杳杳，孔静幽默。郁结纡轸兮，离愍而长鞠。抚情效志兮，冤屈而自抑。刓方以为圜兮，常度未替。易初本迪兮，君子所鄙。章画志墨兮，前图未改。内厚质正兮，大人所盛。巧倕不斫兮，孰察其拨正？玄纹处幽兮，矇瞍谓之不章。离娄微睇兮，瞽以为无明。变白以为黑兮，倒上以为下。凤凰在笯兮，鸡鹜翔舞。同糅玉石兮，一概而相量。夫惟党人鄙固兮，羌不知余之所藏。任重载盛兮，陷滞而不济。怀瑾握瑜兮，穷不知所示。邑犬群吠兮，吠所怪也。非俊疑杰兮，固庸态也。文质疏讷兮，众不知余之异采。材朴委积兮，莫知余之所有。重仁袭义兮，谨厚以为丰。重华不可遻兮，孰知余之从容！古固有不并兮，岂知何其故！汤禹久远兮，邈而不可慕。惩连改忿兮，抑心而自强。离闵而不迁兮，原志之有像。进路北次兮，日昧昧其将暮。舒忧娱哀兮，限之以大故。

乱曰：浩浩沅湘，分流汩兮。修路幽蔽，道远忽兮。曾吟恒悲兮，永慨叹兮。世既莫吾知兮，人心不可谓兮。怀质抱青，独无匹兮。伯乐既没，骥焉程兮。民生禀命，各有所错兮。定心广志，余何畏惧兮！增伤爰哀，永叹喟兮。世溷浊莫吾知，人心不可谓兮。知死不可让，原勿爱兮。明告君子，吾将以为类兮。

三、释文

初夏天气艳阳天,百草万木正繁茂。唯独我无尽悲伤,远远地走向南方。眼前是一片苍茫,听不到丝毫声响。心中忧思永难忘,何时能恢复健康?反省我一贯志向,遭受委屈又何妨?我坚持我的故常,不能圆滑而不方。追随流俗而转移,有志人士之所鄙。坚守绳墨不变易,一切照旧按规矩。内心充实而端正,有志人士所赞美。巧倕技巧不动斧,谁知动辄合规矩?五彩缤纷被暗藏,瞎子说它太灰暗。离娄微微闭眼睛,盲人说他是瞎子。习惯把白说成黑,硬把上边说成下。凤凰关进竹笼里,鸡鸭说成会飞翔。美玉石头相混淆,好坏不分弄颠倒。谗佞党人真无聊,成心掩盖我爱好。责任重大担子重,陷于停滞过不去。珍宝美玉手中握,不知向谁来展示。村里群狗齐狂吠,少见多怪瞎鼓噪。一群小丑疑豪杰,坏人本性难更改。文质彬彬表里通,谁都不知我出众。鸿才博学为栋梁,谁都不知我内情。仁之又仁义又义,谨厚忠诚德丰隆。舜帝已死不再生,谁都不知我从容。自古贤圣不并时,欲知缘故说不清!夏禹商汤已久远,遥遥追慕也无用。心中忿怒难抑制,自励自强屡撞墙。横遭大祸不悔改,坚守志向留榜样。赶路已经到站口,太阳昏昧日已暮。胸中忧伤已倾吐,面临死亡无忌顾。

尾声:浩浩荡荡沅湘水,分流水急翻波浪。长路阴晦陷泥泞,道远恍惚路茫茫。无尽悲哀痛讴吟,无边慨叹悲凄凉。世间难寻真知己,无人可与细商量。怀质抱青心专诚,有谁可为我佐证。伯乐已死人不再,骐骥良马谁人评?民生禀赋各有定，各人生命皆有凭。定心广志意坚守，我何畏惧贪人生。无休无止悲哀痛，深长叹息伤无穷。世间混浊谁人解，人心不可尽说清。知道人死不可让，情原不爱捐此生。明告君子普世人，我将留作为典型。

四、注释

"孟夏"：农历四月初夏。"汩徂"yùcú：急行。"眴"同"瞬"：看。"杳杳"：幽暗深远。"孔"：很，非常。"幽默"：寂静无声。"纡轸"yūzhěn：委屈痛苦，郁结隐痛。"离愍"mǐn：遭受忧患。"离"古同"罹"：遭受。"鞠"：困穷。"效"：考查，考核，反省，扪心自问。"刓wán方以为圆"：把方削成圆。"常度"：正常法则。"替"：废。"易初"：变易初衷，改变最初志向。"本迪"：改变常道。"章画志墨"：明确规划，牢记绳墨法度。"盛"：赞美。"巧倕"：人名，尧时巧匠。"斫"：砍削。"拨"：弯曲。

"玄"：黑色。"纹"：花纹。"蒙瞍"méngsǒu：瞎子。有眼珠看不见叫蒙；没有眼珠叫瞍。"章"：文采。"离娄"：离朱，传说黄帝臣，能百步外察见秋毫末，黄帝遗失玄珠给找回。"微睇"：微视。"瞽"：瞎子。"笯"nú：竹笼。"鹜"：野鸭。"羌"：发语词。"藏"：抱负。"怀瑾握瑜"：怀揣手握着美玉。瑾、瑜都是美玉。"文质疏讷"：外表内部朴素木讷，不善言辞。"材朴"：有用人才。"委积"：堆积。"遌"è：遇。"邈"：遥远。"大故"：死亡。"汩"：水急流。"焉"：怎么，哪里。"程"：量。"错"同"措"：安排。"喧xuǎn哀"：哀哭不止。"爱"：吝惜。"类"：典型，法式，榜样。

五、趣谈

诗篇开头，刻画诗人南行心情，表述极度忧郁哀伤的心理，紧扣住读者心弦。"伤怀永哀兮"，"郁结纡轸兮"，表明诗人在初夏时节走向南方，悲愤情绪难以自抑。环境衬托："眴兮杳杳，孔静幽默。""杳杳"无所见，"静默"无所闻，更显"岑僻之境，昏瞀之情"。联系理想抱负的实现，希望震撼民心，唤起国民觉醒。

笔锋转到不能见容于时的原因。形象比喻，富理性色彩，"刓方为圆"，"章画志墨"，"巧倕不斵"，表明坚持直道真理，不随世俗浮沉的节操。通俗生动，"玄纹处幽兮，蒙瞍谓之不章"，"离娄微睇兮，瞽以为无明"，"凤凰在笯兮，鸡鹜翔舞"，"同糅玉石兮，一概而相量"，"怀瑾握瑜兮"，"邑犬群吠兮"，引用大量习见事例譬喻，追求崇高志向。体现作者清白忠诚，不能见容于时，激发读者同情。铺垫感情，发抒慨叹，蕴涵丰厚，感染强烈。

"乱曰"表现情感高潮。历述现状、原因和心情，发出无边浩叹，总结概括全诗，集中倾诉心声，至死坚持理想："知死不可让，愿勿爱兮。明告君子，吾将以为类兮！"从首句"滔滔孟夏兮"，到篇终"乱曰"，气促情迫，激发读者的深刻共鸣。其人其诗，留为永恒爱国惜民的楷模。

第四节 哀民生之多艰

一、哀民生之多艰

屈原名句："长太息以掩涕兮，哀民生之多艰。"意即：

长叹一声泪双流，哀叹民生多艰难。屈原流放接地气，同情民生多艰困。2014年10月15日习近平在北京文艺工作座谈会讲话中引屈原名句："长太息以掩涕兮，哀民生之多艰。"讲话原文："屈原的'长太息以掩涕兮，哀民生之多艰'"，"是深刻反映人民心声的作品和佳句。"这句话出自屈原《离骚》。屈原长声叹息而泪流满面，为老百姓多灾多难而哀伤。屈原因为民生艰难而叹息流泪，是先天下之忧而忧，后天下之乐而乐的情怀。

习近平讲话还说："人民的需要是文艺存在的根本价值所在。能不能搞出优秀作品，最根本的决定于是否能为人民抒写、为人民抒情、为人民抒怀。一切轰动当时、传之后世的文艺作品，反映的都是时代要求和人民心声。我国久传不息的名篇佳作都充满着对人民命运的悲悯、对人民悲欢的关切，以精湛的艺术彰显了深厚的人民情怀。"

以下几句亦是《离骚》中千古传诵的名句。"亦余心之所善兮，虽九死其犹未悔。"意即：如若合我心所善，虽然九死不后悔。屈原的理想是政治清明民生乐，为了实现"心之所善"的理想政治，心甘九死终不悔。他坚贞执着的爱国精神，影响千秋百代。

"民生各有所乐兮，余独好修以为常。虽体解吾犹未变兮，岂余心之可惩。"意即：民众生来各有乐，我独自爱好修养，习以为常。即使粉身碎骨不改变，怎能受惩而彷徨。

"路漫漫其修远兮，吾将上下而求索。"意即：路途遥远而漫长，我要上下而求索。为了寻觅心中的太阳，追求真理,顽强奋斗,不怕山高路遥远。

二、《楚辞·离骚》选段

长太息以掩涕兮,哀民生之多艰。余虽好修姱以羁兮,謇朝谇而夕替。既替余以蕙纕兮,又申之以揽茝。亦余心之所善兮,虽九死其犹未悔。怨灵修之浩荡兮,终不察夫民心。众女嫉余之蛾眉兮,谣诼谓余以善淫。固时俗之工巧兮,偭规矩而改错。背绳墨以追曲兮,竞周容以为度。忳郁邑余侘傺兮,吾独穷困乎此时也。宁溘死以流亡兮,余不忍为此态也。鸷鸟之不群兮,自前世而固然。何方圆之能周兮,夫孰异道而相安?屈心而抑志兮,忍尤而攘诟。伏清白以死直兮,固前圣之所厚。

乱曰:已矣哉!国无人莫我知兮,又何怀乎故都?既莫足与为美政兮,吾将从彭咸之所居!

三、释文

止不住的叹息,擦不干的泪水,可怜人生道路,多么艰难不顺。我虽然爱好高洁,严于律己,早上进献忠言,晚上就被废弃。我佩戴美蕙,而遭斥退,我还要加上芳香的白芷。爱慕芳草,是我内心的信念,虽九死,绝不悔恨停止。只怨君王这般放荡糊涂,始终不理解人的心意。众美女嫉妒我的娇容丰姿,说我善淫,大肆散布流言蜚语。时俗之人,善于取巧,违背法度,把政令改变抛弃。背弃正道,追求邪曲，争相把苟合求容，当作法则规律。忧愁抑郁烦恼，我这样失意，被困厄在这不幸的世纪。宁愿立即死去，变成游魂孤鬼，我也不忍心以媚态立足人世。凶猛的鹰隼，不与众鸟同群，自古以来就是如此。方圆怎能互相配合，人不同道，怎能相安相处？暂且委屈压抑情怀，忍受耻辱，承担构陷。怀抱清白之志，为正义而死，本来就是前代圣贤所嘉许。

尾声：算了吧！国无贤良没人理解我，我又何必思恋故乡？既然没人能与我推行美政，我将要以彭咸为榜样。

四、注释

"太息"：叹气。"民生"：人生，作者自谓。"好"：喜欢。"修姱"kuā：漂亮，美好。"羁"jī：牵制，束缚。"謇"jiǎn：正直。"谇"suì：谏。"蕙纕"xiāng：蕙草编带。"申"：加上。"茝"chǎi：香草。"浩荡"：大水横流，比喻怀王骄横放纵。"民心"：人心。"蛾眉"：喻指美好品德。"谣诼"zhuó：楚方言，造谣诽谤。"偭"miǎn：违背，违反。"规矩"：法度。"绳墨"：法度。"竞周容以为度"：争相苟合取安以为法则。

"忳"tún：忧愁、烦闷，副词，作郁邑的状语。"郁邑"：郁闷忧愁。"侘傺"chàchì：潦倒坎坷，失意落魄。"溘死"：忽然死去。"鸷鸟"：鹰隼一类性情刚猛的鸟。"攘诟"：侮辱诟病。"伏"通"服"：保持，坚守。"乱"：尾声。"无人"：无贤人。"故都"：故国。"美政"：屈原政治理想主张。"吾将从彭咸之所居"：我将要跟从彭咸于地下，以彭咸为榜样。"彭咸"：王逸《楚辞章句》：彭咸，殷贤大夫，谏其君不听，投水死。屈原赴水效彭咸。

五、趣谈

屈原代表作《离骚》，是光耀千古的浪漫文学杰作，是宏伟壮丽的政治抒情诗，是楚辞的最高艺术成就，在诗歌史上占有重要地位。《四库全书总目》"楚辞类"序说，"哀（póu，荟萃）屈宋诸赋，定名楚辞，自刘向始也，后人或谓之《骚》"，"考史迁称'屈原放逐，乃著《离骚》'，盖举其最著一篇"。司马迁《史记·屈原贾生列传》说："离骚者，犹离忧也。"释"骚"为"忧"。班固《离骚赞序》说："离犹遭也，骚忧也，明已遭忧作辞也。"东汉王逸《楚辞章句》说："离，别也。骚，愁也。"认为离骚是离别愁苦。

《离骚》写作在楚怀王时代。《离骚》说："及年岁之未晏兮，时亦犹其未央。""老冉冉其将至兮。""及余饰之方壮兮。""不抚壮而弃秽兮。"作者时在壮年。《离骚》是屈原生平思想的深刻写照，表现坚持不懈地追求理想，热爱国家，迸发绚烂的思想光彩。通过多彩的描写，倾吐自己为追求理想，遭受迫害，表达对昏庸王室、腐朽贵族集团的愤慨，塑造坚持理想的完美形象。想象丰富，气势宏伟，感情强烈，文采优美，是名垂千古的浪漫主义杰作。

在远古，南方文化发育迟于北方。荆楚长期遭受中原文明的歧视征伐。第一部诗歌总集《诗经》之《国风》未录楚风。战国末楚文化发达，跟北方文化并驾齐驱。屈原是中国第一位浪漫诗人，横空出世。他承受超常的现实重压：君昏国危，奸人跳梁，朝政日非，被迫放逐，宫阙日远，无助绝望。

《离骚》作于屈原初被怀王疏远，第一次流放后，他心存幻想，切盼怀王悔悟，重回郢都，为国效力。大一统前夕，秦国经商鞅变法，迅速崛起。齐楚抗衡秦国，楚比齐更广更富。"横则秦帝，纵则楚王"。天下不归秦，则归楚。六国未有真正成功的合纵，秦国连横接连奏效。屈原力主联齐抗秦受挫，楚为秦摆布，屈原被疏远流放。

《离骚》是屈原的代表作，是带有自传性质的长篇抒情诗。共三百七十多句，近二千五百字。写作年代在屈原离开郢都往汉北时。《史记·屈原贾生列传》说，屈原因遭上官大夫靳尚之谗，被怀王疏远，"屈平疾王听之不聪也，谗谄之蔽明也，邪曲之害公也，方正之不容也，故忧愁幽思而作《离骚》"。《离骚》创作于楚怀王疏远屈原时，反映屈原愤慨楚国黑暗腐朽政治，悲痛热爱国家，愿效力不可得，哀怨不公待遇。

全诗缠绵悱恻，感情强烈，苦闷哀伤，反复迸发。前部从开头到"岂余心之可惩"，自述家世生平。诗人勤勉不懈，坚持修养，希望引导君王，兴盛国家，实现美政理想。党人谗害，君王多变，诗人蒙冤受屈。理想与现实冲突，他表示"虽体解吾犹未变兮，岂余心之可惩"，显示情操坚贞。后部幻漫诡奇，诗人向重华（舜）陈述愤懑。眷念国家，流连不行，显示在苦闷彷徨中艰难选择，突出对国家的挚爱。

《离骚》主旨爱国忠君。司马迁《史记·屈原贾生列传》说："虽放流，眷顾楚国，系心怀王，不忘欲反。""一篇之中三致志焉。"诗人希望楚国富强，反复劝诫楚王学习先代圣贤，吸取历代荒淫误国教训，不要只图眼前享乐，不顾后果。他仇恨误国奸佞，使楚国处境危殆；担忧国家命运，发为严正批判。

屈原感慨："既莫足与为美政兮，吾将从彭咸之所居。"表示用生命殉"美政"理想。他的"美政"理想，是明君贤臣兴楚国。国君应有高尚品德。选贤任能，罢黜奸佞。称赞商汤夏禹"举贤而授能兮，循绳墨而不颇"，列举傅说、吕望、宁戚、百里奚、伊尹等身处贱位，得遇明君，讽谏楚王。

清晰表述民本思想。《离骚》、《九章》等作品反复谈"民"。《离骚》："皇天无私阿兮，览民德焉错辅。夫惟圣哲之茂行兮，苟得用此下土。""瞻前而顾后兮，相观民之计极。"《离骚》是屈原理想、遭遇、痛苦、热情以至整个生命所熔铸而成的宏伟诗篇，闪耀着鲜明个性的光辉，是屈原创作的重点。

《离骚》批评现实："固时俗之工巧兮，偭规矩而改错。背绳墨以追曲兮，竞周容以为度。""规矩"显示对制度法令的重视，修明法度是屈原"美政"的内容。屈原的"美政"理想，符合历史发展趋向。《史记·屈原贾生列传》说："屈平正道直行，竭忠尽智以事其君，谗人间之，可谓穷矣。信而见疑，忠而被谤，能无怨乎？"楚王不信，佞臣离间，君臣乖违，事功不成，造成屈原的悲惨人生。他反复咏叹明君贤臣，批判楚国现实政治，哀叹不幸身世，饱含悲愤。

《离骚》塑造坚贞高洁的主人公形象，高扬奋发自励的独立人格。"路漫漫其修远兮，吾将上下而求索。"执着追求理想。政治环境恶劣，陷入艰难处境，他以生命的挚诚，捍卫理想："亦余心之所善兮，虽九死其犹未悔。"尖锐批判楚王和腐败的佞臣集团："怨灵修之浩荡兮，终不察夫民心。""唯党人之偷乐兮，路幽昧以险隘。"傲岸人格，不屈精神，激励后世，成为民族精神的象征。

齐梁文学理论家刘勰《文心雕龙·辨骚》说："不有屈原，岂见《离骚》？惊才风逸，壮志烟高。"《离骚》是楚辞的代名词。楚辞样式屈原造，他突破《诗经》的四言格式，扩大诗句的涵量，提高诗歌的表现力。屈原之后，宋玉、唐勒、景差效法屈原，写作楚辞。汉代有贾谊、淮南小山、东方朔、王褒等人继续写作，使楚辞成为一个时期诗歌的代表性体裁，后人称之为骚体诗。

《离骚》是带自述性的长篇政治抒情诗，是中国古代诗歌史上最长的一首长篇抒情诗，屈原的代表作。离骚，离忧，抒发诗人因离开国君和政治中心，不得实现强国救民抱负的幽愤之情。屈原长诗，绚丽多姿，波澜起伏，想象瑰奇，气魄宏伟。诗人用浪漫手法，驰骋无比丰富的想象力，上天入地，把现实世界、神话世界和理想世界相融合，描绘色彩斑斓，迷离惝恍的世界，塑造志行高洁、顽强不屈的抒情主人公形象，揭露楚王昏聩多变，善恶不分，忠奸不辨，抨击旧贵族嫉贤妒能，谗佞贪婪，抒发报国无门的幽愤，表现诗人的爱国精神，以及宁为玉碎不为瓦全的坚贞品格。

《离骚》两千多年来教育感奋无数读者，陶冶一代又一代人的思想情操，成为爱国榜样。司马迁从"屈原放逐，乃赋《离骚》"的事迹，汲取巨大的精神力量，仿效屈原楷模，完成《史记》光辉巨著。鲁迅评价司马迁《史记》是："史家之绝唱，无韵之《离骚》。"可见屈原精神的感染教育作用。

第五节　一篇小小赞物

一、小小赞物多道理

清林云铭《楚辞灯》评屈原《橘颂》说："一篇小小赞物，说出许多道理。且以为有志有德，可友可师，而尊之以颂，可谓备极称扬，不遗余力矣。"屈原咏物诗《九章·橘颂》，托物言志。前十六句缘情咏物，描述橘树俊逸动人的外在美，以描写为主。后半部缘物抒情，热情讴歌橘树的内在美，以抒情为主。各有侧重，融为一体。诗人用拟人手法，塑造橘树的美好形象，表达坚持理想人格和追求理想的坚定意志。

二、《楚辞·橘颂》

后皇嘉树，橘徕服兮。受命不迁，生南国兮。深固难徙，更壹志兮。绿叶素荣，纷其可喜兮。曾枝剡棘，圆果抟兮。青黄杂糅，文章烂兮。精色内白，类任道兮。纷缊宜修，姱而不丑兮。嗟尔幼志，有以异兮。独立不迁，岂不可喜兮。深固难徙，廓其无求兮。苏世独立，横而不流兮。闭心自慎，终不失过兮。秉德无私，参天地兮。愿岁并谢，与长友兮。淑离不淫，梗其有理兮。年岁虽少，可师长兮。行比伯夷，置以为像兮。

三、释文

天地孕育的橘树，生来适应这方土。禀受不迁的使命，永远生在南国楚。扎根深固难迁移，立志专一定心意。叶儿碧绿花儿素，仪态缤纷究可喜。层层树叶尖尖刺，果实结得圆而美。青黄错杂相映衬，文采斑斓若霞辉。外色精纯内瓤白，就像可赋重大任。气韵芬芳仪潇洒，显示脱俗美品质。南国橘树赞叹你，幼年立志与众异。独立于世不迁移，志节岂不令人喜。扎根深固难移徙，开阔胸怀无所觅。疏远浊世超然立，横耸而出不从俗。坚守清心自慎重，谨慎自守无过失。秉持美德没私心，可与天地相参比。愿在众卉凋谢时，坚贞朋友不背弃。秉性善良不放纵，坚挺枝干有纹理。即使现在年岁轻，为人师表人欣喜。种在园中做榜样，道德品行比伯夷。

四、注释

"后皇"：后土，皇天，天地。"嘉"：美善。"服"：习惯。橘树宜生楚地。"受命"：受天地之命，禀性，天性。"壹志"：一心一意。"素荣"：白花。"纷其可喜"：茂盛可喜。"曾枝剡yǎn棘"：繁枝尖刺。"文章烂"：文采斑斓。"精色内白，类任道兮"：表皮颜色鲜明，内瓤雪白莹洁，像可赋重任的人。"姱"kuā：美好。"嗟尔幼志，有以异"：赞叹从小有志向，与众不同。"嗟"：赞叹词。"深固难徙，廓其无求"：深根难徙，心胸廓落不求私。

"苏世独立，横而不流"：世事清醒，独立不羁，不媚时俗，横渡江河不逐流。"闭心自慎，终不失过"：闭心弃欲，谨慎自守终无过。"秉德无私，参天地"：秉持美德没私心，可与天地合。"愿岁并谢，与长友"：希望与橘树同心并志度岁月，做长久朋友。"淑丽不淫，梗其有理"：善良美丽不淫，刚强有文理。淑离，美丽而善良自守。离，通"丽"。"年岁虽少，可师长"：年少可为人师长。"行比伯夷，置以为像"：道德品行比伯夷，种在园中做榜样。

五、趣谈

《橘颂》是屈原早期作品。南国多橘，楚地是橘树故乡。《史记·货殖列传》："蜀汉江陵千树橘。"楚地江陵，以产橘闻名。橘树习性奇，生长南土，才能结出甘美果实。《晏子春秋》记"橘生淮南则为橘"。在深爱故国乡土的屈原看来，这种"受命不迁生南国"的秉性，可比自己矢志不渝的爱国情志。在遭谗被疏、赋闲郢都期间，以南国橘树作为砥砺志节的榜样，深情地写下了这首咏物名作《橘颂》。

《橘颂》第一部分，重在描述橘树俊逸动人的外在美。橘树美好，不仅在于外在形态，更在于内在精神。诗的第二部分，从对橘树的外美描绘，转入对内在精神的热情讴歌。"愿岁并谢，与长友兮"句，是沟通物我的神来之笔。在颂橘中纳入诗人自己，愿与橘树长相为友，面对严峻岁月，顿使傲霜斗雪的橘树形象，与遭谗被废，不改操守的屈原自身叠印一起。思接千载，以"行比伯夷，置以为像兮"收结，境界升华，与古今志士遥相辉映，赞美橘树精神，流转汇聚，成身处逆境，不改操守志士的精神象征。

《橘颂》是诗歌史上第一首咏物诗。屈原巧妙抓住橘树的生态习性，运用类比联想，将之与人的精神品格联系，热烈赞美。借物抒志，以物写人，沟通物我，融汇古今。清林云铭《楚辞灯》赞："看来两段中句句是颂橘，句句不是颂橘，但见（屈）原与橘分不得是一是二，彼此互映，有镜花水月之妙。"奇特境界，使南国橘蕴含志士仁人"独立不迁"、热爱国家的丰富文化内涵，为人歌咏效法。宋刘辰翁称屈原为千古"咏物之祖"。

刘勰《文心雕龙·颂赞》："三闾橘颂，情采芬芳，比类寓意，又覃及细物矣。"王夫之《楚辞通释》："（橘树）生于荏草之中，而贞于独立，不随草靡，喻君子杂处于浊世，而不随横逆以俱流。"袁行霈主编《中国文学史》说："（《橘颂》）借咏物以述志，以橘之'独立不迁'、'深固难徙'、'苏世独立'的精神，砥砺自己的品质和情操。全篇比兴，四言体，显然是受《诗经》艺术手法的影响。"[①]

第六节 科学想象从问始

一、茫茫宇宙探奥秘

2012年8月21日习近平在国际天文学联合会第二十八届大会开幕式上致辞说："中国作为世界文明古国之一，对于

[①] 袁行霈主编《中国文学史》第1卷，高等教育出版社2014年版，第123页。

天文学的发展做出了重要贡献。我们的祖先很早就在日出而作、日落而息的劳作中，开始观察和探究宇宙的奥秘。早在两千三百多年前，中国伟大的诗人屈原就发出了'遂古之初，谁传道之？上下未形，何由考之？'的著名'天问'。"典故出处：屈原《天问》。释义：请问远古开始之时，谁将此态流传导引？天地尚未成形之前，又从哪里得以产生？屈原对于天地、自然和人世等一切事物现象的发问，表现出对传统观念的大胆怀疑，追求真理的探索精神。习近平2014年10月15日《在文艺工作座谈会上的讲话》说，"探索宇宙奥秘的《天问》"，"是从人民生活中产生的"。

《天问》体制特异，内容形式独具特点。全篇一千五百多字，三百五十多句，诘问成篇。连提自然、社会、传说一百七十多个问题。神话传说杂陈，历代兴亡并举。对天地宇宙，社会古今，万事万物，发难诘问，奇气纵横。通过一连串诘问，表达对自然宇宙和社会历史的深刻思考，秉持孜孜不倦的求索精神，提出对传统观念的大胆怀疑和批判。

王夫之《楚辞通释》说："篇内事虽杂举，而自天地山川，次及人事，追述往古。终之以楚先。未尝无次序存焉。"鲁迅《摩罗诗力说》说："怀疑自遂古之初，直至百物之琐末，放言无惮，为前人所不敢言。"《天问》叙事丰富繁杂，次序井然，先问天地形成，宇宙变化，次问人事变化，历史兴亡，最后归结到楚国现实政治，线索清楚，脉络分明。

全诗由问句组成，一问到底，节奏明快有力，感情充沛强烈，有整齐活脱、奇崛生动美，无呆滞单调感。此诗作于屈原被放逐后。王逸《章句》："屈原放逐，忧心愁悴，彷徨山泽，经历陵陆，嗟号昊旻，仰天叹息。见楚有先王之庙及公卿祠堂。图画天地山川神灵，琦玮儒佹，及古贤圣怪物行事。周流罢倦，休息其下，仰见图画，因书其壁。呵而问之，以渫愤懑，舒泻愁思。"《天问》在诗歌史上是十分罕见以至独步千古之作，内含大量神话传说，有独特的史料价值。

二、《楚辞·天问》

曰：遂古之初，谁传道之？上下未形，何由考之？冥昭瞢暗，谁能极之？冯翼惟象，何以识之？明明暗暗，惟时何为？阴阳参合，何本何化？圆则九重，孰营度之？惟兹何功，孰初作之？斡维焉系？天极焉加？八柱何当？东南何亏？九天之际，安放安属？隅隈多有，谁知其数？天何所沓？十二焉分？日月安属？列星安陈？出于汤谷，次于蒙汜，自明及晦，所行几里？夜光何德，死则又育？厥利维何，而顾菟在腹？女歧无合，夫焉取九子？伯强何处？惠气安在？何阖而晦？何开而明？角宿未旦，曜灵安藏？

不任汩鸿，师何以尚之？佥曰"何忧，何不课而行之？"鸱龟曳衔，鲧何听焉？顺欲成功，帝何刑焉？永遏在羽山，夫何三年不施？伯禹腹鲧，夫何以变化？纂就前绪，遂成考功。何续初继业，而厥谋不同？洪泉极深，何以窴之？地方九则，何以坟之？河海应龙，何画何历？鲧何所营？禹何所成？康回冯怒，墬何故以东南倾？九州安厝？川谷何洿？东流不溢，熟知其故？东西南北，其修孰多？南北顺椭，其衍几何？昆仑县圃，其尻安在？增城九重，其高几里？

四方之门，其谁从焉？西北辟启，何气通焉？日安不到，烛龙何照？羲和之未扬，若华何光？何所冬暖？何所夏寒？焉有石林？何兽能言？焉有虬龙，负熊以游？雄虺九首，倏忽焉在？何所不死？长人何守？靡萍九衢，枲华安居？一蛇吞象，厥大何如？黑水玄趾，三危安在？延年不死，寿何所止？鲮鱼何所，鬿堆焉处？羿焉彃日？乌焉解羽？

禹之力献功，降省下土四方。焉得彼涂山女，而通之于台桑？闵妃匹合，厥身是继。胡为嗜不同味，而快朝饥？启代益作后，卒然离孽。何启惟忧，而能拘是达？皆归射鞠，而无害厥躬。何后益作革，而禹播降？启棘宾商，《九辩》、《九歌》。何勤子屠母，而死分竟地？帝降夷羿，革孽夏民。胡射夫河伯，而妻彼雒嫔？凭珧利决，封狶是射。何献蒸肉之膏，而后帝不若？浞娶纯狐，玄妻爱谋。何羿之射革，而交吞揆之？阻穷西征，岩何越焉？化为黄熊，巫何活焉？咸播秬黍，莆雚是营。

何由屏投，而鲧疾修盈？白蜺婴茀，胡为此堂？安得夫良药，不能固臧？天式从横，阳离爰死。大鸟何鸣，夫焉丧厥体？萍号起雨，何以兴之？撰体协胁，鹿何膺之？鳌戴山抃，何以安之？释舟陵行，何以迁之？

惟浇在户，何求于嫂？何少康逐犬，而颠陨厥首？女歧缝裳，而馆同爰止。何颠易厥首，而亲以逢殆？汤谋易旅，何以厚之？覆舟斟寻，何道取之？桀伐蒙山，何所得焉？妹嬉何肆，汤何殛焉？

舜闵在家，父何以鱞？尧不姚告，二女何亲？厥萌在初，何所臆焉？璜台十成，谁所极焉？登立为帝，孰道尚之？女娲有体，孰制匠之？舜服厥弟，终然为害。何肆犬体，而厥身不危败？吴获迄古，南岳是止。孰期去斯，得两男子？缘鹄饰玉，后帝是飨。何承谋夏桀，终以灭丧？帝乃降观，下逢伊挚。何条放致罚，而黎服大说？

简狄在台，喾何宜？玄鸟致贻，女何喜？该秉季德，厥父是臧。胡终弊于有扈，牧夫牛羊？干协时舞，何以怀之？平胁曼肤，何以妃之？有扈牧竖，云何而逢？击床先出，其命何从？恒秉季德，焉得夫朴牛？何往营班禄，不但还来？昏微遵迹，有狄不宁。何繁鸟萃棘，负子肆情？眩弟并淫，危害厥兄。何变化以作诈，后嗣而逢长？成汤东巡，有莘爰极。何乞彼小臣，而吉妃是得？水滨之木，得彼小子。夫何恶之，媵有莘之妇？汤出重泉，夫何罪尤？不胜心伐帝，夫谁使挑之？

会鼂争盟，何践吾期？苍鸟群飞，孰使萃之？列击纣躬，叔旦不嘉。何亲揆发，定周之命以咨嗟？授殷天下，其德安施？及成乃亡，其罪伊何？争遣伐器，何以行之？并驱击翼，何以将之？昭后成游，南土爰底。厥利维何,逢彼白雉?穆王巧梅,夫何为周流?环履天下,夫何索求?妖夫曳炫,何号于市?周幽谁诛,焉得夫褒姒?天命反侧,何罚何佑?齐桓九会,卒然身杀。彼王纣之躬,孰使乱惑?何恶辅弼,谗谄是服?比干何逆,而抑沈之?雷开何顺,而赐封之?何圣人之一德,卒其异方?

梅伯受醢,箕子佯狂。稷维元子,帝何毒之?投之于冰上,鸟何燠之?何冯弓挟矢,殊能将之?既惊帝切激,何逢长子?伯昌号衰,秉鞭作牧。何令彻彼岐社,命有殷国?迁藏就岐,何能依?殷有惑妇,何所讥?受赐兹醢,西伯上告。何亲就上帝罚,殷之命以不救?师望在肆,昌何识?鼓刀扬声,后何喜?武发杀殷,何所悒?载尸集战,何所急?伯林雉经,维其何故?何感天抑地?夫谁畏惧?皇天集命,惟何戒之?受礼天下,又使至代之?初汤臣挚,后兹承辅。何卒官汤,尊食宗绪?勋阖梦生,少离散亡。何壮武厉,能流厥严?彭铿斟雉,帝何飨?受寿永多,夫何长?中央共牧,后何怒?蜂蚁微命,力何固?惊女采薇,鹿何祐?北至回水,萃何喜?兄有噬犬,弟何欲?易之以百两,卒无禄。

薄暮雷电,归何忧?厥严不奉,帝何求?伏匿穴处,爰何云?荆勋作师,夫何长?悟过改更,我又何言?吴光争国,厥余是胜。何环间穿社,以及丘陵?是淫是荡,爰出子文?语告堵敖以不长,何轼上自与,忠名弥彰?

三、释文

试问，远古的最初形态，是谁把它传述下来？天地还没有形成，是根据什么考定？宇宙一片混沌暗昧，谁能够考究明白？大气弥漫无形象，根据什么辨认出来？白昼光明黑夜暗，为什么这样分明？阴阳二气相参合，哪是本原哪是化生？圆圆的天盖有九层，是谁度量和经营？这是何等大工程，当初是谁创造成？枢纽绳子拴何处？天的顶端架在哪？八支天柱怎支撑？地势为何东南低？

天体中央八方各有边，怎样安放连一体？天体角落曲折无其数，谁知它的详细数？天体在什么地方立足？怎样划分十二个星区？太阳月亮悬挂在何处？众星摆放在哪里？太阳从汤谷升起，晚上到蒙水岸边止息，从天亮到天黑，一天奔行多少里？月亮有什么功德，竟能死后又复活？它贪图什么好处，腹中竟藏有蟾蜍？女歧从未婚配，怎能生育九个孩子？风神伯强住在何处？祥和之风从哪吹来？为什么天门一关天就黑？为什么天门一开天就亮？天门未开的时候，太阳藏身在何方？

鲧不胜任治洪水，众人为什么还推崇？大家都说不必担心，何不考察一下再任用？鸱龟首尾相接似堤坝，鲧为什么照样施行？他顺从人心想把洪水治好，天帝为何还要对他加刑？尸体长久被丢弃在羽山，为什么三年不腐，完好如生？剖开鲧腹，生出个伯禹，怎么会有这样怪事情？伯禹继承先人遗业，终于成就亡父未竟之功，为什么继续当初事业，采取办法却不相同？洪水那么深，用什么填平？

大地分九等，怎么划分？助禹导河入海的应龙，用多少河道，把洪水排空？鲧做了哪些事？禹建立哪些功？为什么共工一发怒，大地就向东南倾？九州怎样安排？大川溪谷为何那样深？江河入海海不溢，其中缘故谁知情？大地东西和南北，哪个短来哪个长？南北顺长成椭圆，它比东西长多长？昆仑山上有悬圃，到底坐落在何方？上面增城高九层，它的高度多少里？

昆仑山上四方门，何人出入和来往？西北大门常敞开，什么风从这吹过来？太阳哪儿照不到？烛龙怎样来照耀？羲和尚未扬车鞭，若木花为何能放光？什么地方冬天暖？什么地方夏天凉？什么地方有石林？什么野兽吐人言？哪里有无角虬龙，往来遨游背大熊？一条大蛇九个头，来去如电哪儿有？什么地方人不死？何处巨人来看守？靡萍一枝九个杈，如麻的花儿开在哪儿？一条大蛇吞大象，它的身体该有多长？黑水玄趾与三危，它们都在哪里藏？哪里人们永不死，他们寿命何时止？人面鲮鱼哪儿有？吃人雀儿在何方？后羿怎样射九日？日中金乌掉何方？

禹勤力治水献大功，降临人间察水情。怎样得到涂山女，便在桑林把婚成？恩爱结合成配偶，生儿育女传血统。为什么禹与常人爱好不同，却也贪恋男女情？夏启取代伯益做君王，终于遇祸反遭殃。为什么启身陷囹圄遭危难，还能顺利逃脱转危为安？禹益行事都敬谨，他们自身无恶行。为什么伯益被革替，禹留子孙后代隆？启急于上天献美女，带回天乐《九辩》与《九歌》。

禹为什么厚爱儿子轻其妻，使她尸裂弃荒冢？天帝派后羿降人间，替夏人排忧除患。为什么又射瞎河伯眼，还把他妻子洛女占？套上扳指拉满弓，野猪应声而中箭。为什么祭献肥美肉，天帝不享不喜欢？寒浞勾引羿妻纯狐女，跟她合谋设机关。为什么羿能把皮革来射穿，却遭他们合谋丧黄泉？鲧被放逐不准往西行，高山峻岭怎越攀？鲧被杀死变黄熊，神巫为什么使他复活返人间？他让人们都种庄稼黑黍米，水边泽畔把蒲草芦荻种。

　　鲧也有功为什么还要屏弃他，使他身后长背恶名声？雪白衣裳美首饰，她为什么来到这高堂？羿从何处得来不死药，为什么不把它牢牢收藏？自然法则纵横交错处处在，万物离开阳气就死亡。为什么鼓神、钦鸦化鸟常悲鸣，他们死后尸体在何方？雨师屏翳能兴雨，他靠什么本领能这样？

　　风伯鹿身生两翅，凭借什么力量飞翔？大龟背负大山水中游，大山怎能安稳不漂流？大山离开龟背到陆上，怎么能把大山来移走？浇在嫂子门口，对她有何求？为什么少康随猎犬，砍掉浇的头？女歧给浇缝衣裳，两人便同舍共床。为什么身遭危难，也被砍下头？商汤谋划赏军队，为什么对他们如此厚爱？浇灭斟寻击沉他的船，用什么战术和计谋？夏桀攻伐蒙山国，他都得到啥？妹嬉得宠多放肆，汤为什么把她杀？

　　舜未成家常忧苦，怎么不给他娶媳妇？尧没有告诉舜父亲，怎么把二女嫁给舜？事刚萌生怎预料？十层高的大玉台，谁能把它来建造？伏羲登位称作帝，是谁尊奉的名号？女娲蛇身人面样，她的身体是谁造？舜对弟弟仁顺慈爱，弟弟对他屡加害。为什么像狗一般放肆，却终生平安无难无灾？吴国历史绵长久远，原居在南岳衡山一带。谁想到离开南岳途中，得到了两位开国贤才？嵌玉的宝鼎鹄肉羹，天帝既已接受夏的祭飨。为何还接受对夏桀的图谋，最终使他国灭身亡？

汤帝来到民间访民情，在民间遇到伊尹贤臣。为什么把夏桀放逐鸣条，黎民百姓个个高兴欢心？简狄深居在九层高楼，帝喾怎能与她结鸾俦？玄鸟送给简狄一枚蛋，她怎么吞下就生产？王亥继承父美德，他父亲王季是好榜样。为什么终于身败在有易，他在哪里放牛牧羊？王亥手执盾牌翩翩起舞，怎么就使有易女害相思？体肤丰满润泽有易女，怎么就成王亥妻室？在有易放牧的王亥，怎么会遭此不幸？床笫间险被刺杀，这是谁下命令？王恒承继父亲德行，从哪里又夺回哥哥的大牛？为什么又去钻营爵禄，从此一去不回头？

上甲微把祖业继承，有易人就不得安宁。为何在群鸟栖息的棘丛，上甲微纵欲贪欢乱施情？糊涂弟弟淫乱无德行，争夺君位危害他们长兄。为什么他们善变多诡诈，反倒子孙绵长人旺家兴？成汤东方去巡视，一直走到有莘氏。为什么想要得到小臣，却还娶来一位美丽妃子？桑树长在伊水边，树洞捡来一婴孩。为什么有莘氏讨厌他，把他当陪嫁送过来？成汤脱难出重泉，他究竟有什么罪过？他难压愤怒去伐桀，是被谁从中来挑拨？

甲子早晨诸侯争相盟誓，为什么他们都能践约如期？诸路兵马好似群飞雄鹰，是谁使他们聚会云集？剑击斧砍纣王尸体，此次伐纣周公并不赞许。亲自谋划定下伐纣计，为什么周得天下还叹息？上帝把天下交给殷，它施行什么德政？殷得到天下又灭亡，犯什么罪名？争相发兵伐殷商，怎样部署安排？齐头并进攻两翼，怎样指挥谁统帅？昭王出外去巡游，直到南国极远地。他究竟为什么好处，去迎取那白野鸡？

穆王善御巧鞭策，为何到处去周游？东西南北都走遍，还有什么要寻求？妖人带着老婆，在市上叫卖什么？幽王被谁杀死，在哪儿得到褒姒？天命反复无常，什么该罚什么该赏？齐桓公九会诸侯，到头来一命亡。纣王暴君，是谁使他残暴昏昏？为什么憎恶辅弼大臣，专门任用奸佞小人？比干触犯什么，惨遭剖肚剜心？雷开怎样顺从，竟然加官赐金？为什么圣人美德始终如一，结局却与常人不一样？

梅伯被剁成肉酱，箕子被迫装疯佯狂。后稷是长子，天帝为何讨厌他？把他丢弃寒冰上，众鸟为何温暖他？他怎么能弯弓射箭，成为杰出的统兵将才？既然天帝十分震惊，为什么又让他子孙万代？文王发迹在殷末，治国理民掌大政。怎样发展岐基业，取代殷商享天命？古公携财迁居岐山下，众人怎么会顺从？殷有惑妇妲己女，人们发出什么讥讽？纣王赐给文王人肉汤，文王状告暴纣诉天庭。殷纣为何自招天谴罚，殷商无救失天命？

姜尚朝歌开肉铺，文王怎知他有才能？钢刀霍霍声声响，文王为什么喜欢听？武王姬发兴师伐殷商，为什么满腔怒火气冲冲？载着父王灵牌去会战，为什么那么急迫不稍停？纣王吊死柏树林，什么缘故使他丧生？为何武王伐纣感天地？

又是哪一个胆战心惊？上天降赐天命于你身，你该怎样小心翼翼保天命？既把天下交人来治理，为何到时又代之以他姓？当初汤任伊尹做小臣，后来晋升他当汤的相。为什么他能终生做汤官，并能配祀成汤把祭享？

吴王阖庐是寿梦的嫡孙，年少时逃亡在外背井离乡。为什么壮年武勇过人，英名流布，威震四方？彭铿烹调野鸡汤，天帝何以接受他的祭飨？赐他年寿长永久，他的寿命到底有多长？共伯和暂代天子治天下，周厉王为何暴怒降祸殃？蜂蚁般的微弱生命，力量为何那样不可阻挡？村女提醒夷齐采的是周薇，白鹿为何来哺乳叔齐伯夷？他们此行来到黄河转弯处，兄弟共聚首阳为什么欢喜？秦景公喂养一猛犬，弟弟为什么想得到？要用百辆车乘去交换，结果把爵禄也白白丢掉。

时已黄昏，一片雷鸣闪电，我要回去，何必担忧？他既丧失尊严，天帝还能对他有何要求？隐伏荒野栖岩洞，还有什么话可讲？楚王贪功屡兴兵，立国怎能久长？如若改弦更张能醒悟，何必喋喋不休道短长？公子姬光得国成君主，他又战胜我楚国。为什么绕闾过村，相逢在丘陵，纵欲野合，却生下贤相子文？都说堵敖在命不久长，为什么弑君自立，忠名更显扬？

四、注释

"邃古"：远古。"传道"：传说。"冥昧瞢暗"：混沌暗昧。"冯翼"：大气弥漫。"时"通"是"：这样。"参合"：参错结合。"兹"：此。"维"：绳。"八柱"：传说八柱支天。"九天"：天中央和八方。"隈"：弯曲处。"十二焉分"：古认太阳空运轨迹是圆圈,称黄道,黄道分十二等份,每等份有若干星宿。"属":附属。"汤谷":神话太阳沐浴升起处。"夜光":月亮别名。"厥":其,指月亮。"女歧":神话传说人名,无夫生九子。"伯强":禺强,风神。"角宿":星座名,二十八宿之一,包括两颗星,早晨位东方。传说两星间为天门,黄道经其中,七曜行其间。

"汩"gǔ:治水。"佥"qiān:众人,大家,全,都,皆。"鸱"chī:鹞鹰。"曳":拉,牵引。"顺欲":顺从众人期望。"纂":继续。"绪":事业。"考":父亲。"谋":方法。"九则":九等。"坟":区分。《尚书·禹贡》载禹划分九州土地为九等。"厝":安置。"洿":深。"椭":椭圆,扁长,古认大地南北距离较东西距离短。"尻":屁股。"增城":城名。"烛龙":神名,人面蛇身,赤色,以目照明。"雄虺"huǐ:毒蛇。"长人":防风氏,长三丈,守封、嵎二山。"蛇吞象":《山海经·海内南经》:巴蛇食象,三岁而出其骨。"延年不死":三危国人长寿不死。"彃"bì:射。"乌":传说日中三足乌。

"禹之力献功":禹以勤力进献其治水功绩。"降省下土四方":察看天下。"涂山女":禹治水途中娶涂山女为妻。"台桑":桑间野地。"闵妃匹合":爱怜配偶。闵:爱怜。妃、匹、合:均配偶意。"厥朝饥":满足男女会合。"厥":满足。"朝饥":男女会合的隐语。"达":逃脱。"射鞠":鞠躬,谨敬。"作革":变革更替。"播降":留下后代。"屠母":传说禹妻涂山女化为石,禹呼:"归我子!"石破生启。见《汉书·武帝纪》颜师古注。"帝"：天帝。"夷羿"：羿，善射。"孽"：灾祸。"凭"：满。"珧"yáo：蚌壳，饰有贝壳的弓。"决"同"抉"：套在右手拇指上钩弦发箭的器具，扳指。"封豨"xī：大野猪。"浞"：寒浞，后羿的相。"纯狐"：纯狐氏女，后羿妻室。

"玄妻"：纯狐氏女名。"阻穷"：阻绝。鲧被永囚羽山，不准西行。"屏投"：屏弃。"疾"：恶。"修盈"：鲧罪恶多。"良药"：《淮南子·览冥训》："羿请不死之药于西王母，嫦娥窃以奔月。"嫦娥奔月故事不见于先秦，窃药之女子非嫦娥，是上文玄妻。"大鸟"：鼓神和钦鸦。"释"：放弃，舍弃。"陵行"：陆地行走。"少康"：夏国君相之子。浇杀相，少康杀浇。"颠陨"：掉落。"颠易厥首"：王逸《章句》：女歧与浇周舍同宿，少康夜袭浇，误杀女歧头。"桀"：夏亡国君。"蒙山"：古国名。传说桀攻蒙山，得琬、琰二女。

"闵"：忧愁。"姚"：舜姚姓，这里指舜父。"二女"：尧的两个女儿娥皇和女英。"臆"：预料。"璜台十成"：玉台十层。"极"：尽，看透。"立"：位。"道"：导引。"女娲"wā：神话中上古女帝，是天地万物和人的创造者。"制匠"：制造。"服"：顺从。"弟"：指象，舜异母弟。"男子"：太伯、仲雍。《史记·吴太伯世家》载他们是古公亶父的长子和次子，见古公亶父想把君位传给幼子季历，主动出走跑江南。当地人拥太伯为国君，太伯死，仲雍继位。"缘鹄"：做鹄羹。"饰玉"：嵌玉的鼎。"帝"：汤。"降观"：考察民情。

"伊挚"：伊尹，名挚。"简狄"：有娀氏美女，帝喾次妃，生商朝始祖契。"台"：简狄未嫁住地。"喾"：传说五帝之一，号高辛氏。"仪"：匹配。"玄鸟"：燕子。"贻"：赠送。"喜"：怀孕生子。《淮南子·地形训》高诱注："简翟、建疵姐妹二人在瑶台，帝喾之妃也。天使玄鸟降卵，简翟吞之，以生契，是为玄王，殷之祖也。""亥"：王亥，契的六世孙。"秉"：承。"季"：王亥父，叫冥。"臧"：善。"弊"通"庇"：寄居。"有扈"：有易。"平胁曼肤"：胸部丰满，皮肤润泽。"妃"：匹配。"牧竖"：指王亥。"逢"：相遇，指王亥相逢有易女。"击床先出"：指王亥与有易女行淫，有易人入，而袭击其床，亥被杀，女先自逃出。"恒"：王恒，王亥之弟。"服牛"：服役之牛。

"营"：经营，谋求。"班禄"：依次排列爵禄的等级。"繁鸟萃棘"：众鸟集荆棘。"肆情"：纵欲。"眩弟并淫，危害厥兄"：亥与弟恒并淫有易之女，致亥被杀身死。"有莘"：国名。"爰"：乃。"极"：到。"乞"：索取。"小臣"：奴隶，指伊尹。汤知伊尹贤能，向有莘氏讨要，有莘氏不给，汤于是向有莘氏求婚，有莘氏允，以伊尹作为陪嫁奴隶送给汤。"吉妃"：善妃。"小子"：指伊尹。"媵"yìng：陪嫁。《吕氏春秋》载，伊尹母住伊水边，伊水泛滥，全邑淹没，她变成一棵空心桑树，生伊尹，有莘国有女子采桑，在空桑中得伊尹，献给有莘国君，长大后做有莘国君小臣。屈原问有莘国君为什么憎恶伊尹，而把他作为女儿的陪嫁。

"苍鸟"：鹰，喻指伐纣各路诸侯。"萃"：集。"列"：分裂，分解。"纣躬"：纣的身体。《史记·周本纪》："至纣死所，武王自射之，三发，而后下车，以轻剑击之，以黄钺斩纣头，悬大白之旗。""揆"：揆度，谋划。"发"：周武王名。"咨嗟"：叹息。"昭后"：周昭王。"南土"：南方，指楚国。"底"：到。《史记·周本纪》正义引《帝王世纪》："昭王德衰，南征，济于汉，船人恶之，以胶船进王，王御船至中流，胶液船解，王及祭公俱没于水中而崩。"

"逢"：迎。"雉"：野鸡。史载交趾之南，有越裳国，周公居摄，越裳国来献白雉。昭王德衰，不能使越裳国复献白雉，故欲亲往迎取之。毛奇龄《天问补注》："越裳献雉在周公时，昭王安得而迎有之？按《竹书纪年》，昭王之季，荆人卑词致于王曰：'愿献白雉。'昭王信之而南巡，遂遇害。……献白雉正南巡事。""穆王"：周穆王，西周第五代国君。"巧枚"：善御。"枚"：马鞭。"周流"：周游。"环履"：周行。"履"：行。"妖夫"：妖人。"炫"：炫耀。"号"：吆喝，叫卖。"周幽"：周幽王。"褒姒"：周幽王王后。"反侧"：反复无常。"齐桓"：齐桓公，春秋五霸之一。"九会"：召集诸侯会盟。"卒然"：终于。"身杀"：齐桓公后期任用奸臣，成内乱，被围困在宫，饥渴死。

"乱惑"：疯狂昏迷。"谗谄"：搬弄是非，奉承拍马。"谗"：颠倒黑白，说人坏话。"谄"：阿谀奉承。"服"：用。"比干"：纣叔父，殷忠臣，忠谏被挖心。"逆"：抵触，违背。"雷开"：纣奸臣。"圣人"：纣王贤臣梅伯、箕子。"一德"：相同品德。"异方"：不同方式，不同结局。"梅伯"：纣诸侯，为人忠直，屡进谏，触怒纣王，被纣王杀死。"醢" hǎi：

古酷刑，剁成肉酱。"箕子佯狂"：箕子，纣叔父。《史记·殷本纪》："纣愈淫乱不止，微子数谏不听，乃与大师、少师谋，遂去。比干曰：'为人臣者，不得不以死争。'乃强谏纣。纣怒曰：'吾闻圣人心有七窍。'剖比干，观其心。箕子惧，乃佯狂为奴，纣又囚之。"

"稷"：后稷，周始祖。"元子"：嫡妻生长子。《史记·周本纪》载，后稷母姜嫄，姜嫄是帝喾的元妃。"毒"：憎恶。"燠"yù：温暖。"秉鞭"：执政。"惑妇"：纣王妃妲己。"师望"：太师吕望。"肆"：店铺。"百两"：一百辆车。"无禄"：失去俸禄。

"薄暮"：傍晚。"厥严"：楚国的威严。"奉"：保持。"伏匿"：隐藏。"穴处"：居山洞。"荆"：楚国。"勋"：追求功勋。"作师"：兴兵。"吴光"：吴公子光，即阖庐。"堵敖"：楚文王儿子，继楚文王为楚国君，其弟杀死他，自立为王，即楚成王。"彰"：显著。

五、趣谈

《楚辞·天问》是浪漫诗人屈原的代表作，表现屈原对传统观念的怀疑和追求真理的探索精神，是中国古典诗坛的奇葩，被称为万古至奇之作。《楚辞·天问》是奇文，表现形式奇特，作品内容奇绝。屈原根据神话传说材料创作，诗篇表现了作者的宇宙观、历史观和学术造诣。

诗中所问多古代奇闻怪事。天地万象之理，存亡兴废之端，贤凶善恶之报，神奇鬼怪之说，寻因求果，寻求解答。春秋战国的学人探究，诸子百家的热烈讨论，《天问》用疑问句式表达，体现其学识丰富，才智非凡。整篇作品整齐百家，网罗杂说，光怪陆离，神奇毕现；手法新奇，内容精湛，联想丰富；表现学术思想，问实实在在问题，是至奇之作，在文学史上极具特色，有特殊意义和重要价值。

全诗三百七十三句，一千五百六十字，是以四字句为格式的长诗，对天文、地理、历史、哲学提出一百七十多个问题。自然提问，表现诗人的宇宙探索精神。怀疑传说，可看出其进步的宇宙观和知识论。历史提问，则表现了作者的思想感情，政治见解，总结褒贬。

楚顷襄王兄弟读到《天问》震怒，把屈原放逐江南。写《天问》的目的，乃在通过发出疑问，教楚君臣"悟过改更"，改变任人唯亲的弊政，走革新政治、变法图强的道路。屈原因言获罪，受到残酷打击，被剥夺参政权，被迫离开郢都，流浪沅湘。

《天问》的艺术独创，为诗歌史上之特例。全诗表现了诗人的深沉理性思考，热烈情感。问句表现诗人对自然、历史、社会深思熟虑后的质疑，极富哲理，满含激情，激人情志，感人肺腑。句式错综变化，具有丰富的感情色彩，雄肆活脱，穷极幽渺，奇气袭人，充满理性探索精神。

郭沫若《屈原研究》说："其实《天问》这篇要算空前绝后的第一等奇文字。"《天问》集中反映屈原思想，切中蓬勃涌动的理性思维脉搏，是对宇宙自然、人类社会总体认识总结升华的艺术再现，构建精神思想巨峰，表现渊博学识，深沉思考，丰富想象和彻底的怀疑批判精神。

第七节　屈原楚辞集部始

"集部定义诗文集，屈原楚辞排第一。"什么是《四库全书》集部？《四库全书》对集部的定义：集部就是诗文集，包含楚辞、别集、总集、诗文评和词曲五类。《四库全书总目·集部总序》说集部五类的顺序："集部之目（目录），楚辞最古。别集次之。总集次之。诗文评又晚出。词曲则其润（滋润）余也。"

楚辞（楚词）：战国中后期屈原创造的诗体。屈原（前340—前278），略后于孟子、庄子，略早于公孙龙。楚怀王（前354—前296），前328—前298在位。楚顷襄王前298—前263在位。别集：个人诗文汇编。如白居易《白氏长庆集》，苏轼《东坡七集》等。

总集：多人诗文汇编。如梁萧统编《文选》，宋吕祖谦编《宋文鉴》，明程敏政编《明文衡》，明茅坤编《唐宋八大家文钞》，清黄宗羲编《明文海》等。诗文评：文学理论批评。如梁刘勰《文心雕龙》等。词曲：词和曲的并称。如宋辛弃疾撰《稼轩词》，宋陆游撰《放翁词》，清朱彝尊《词综》等。

《四库全书》叙述集部著作复杂情况和争论，确立《四库全书》集部的编写宗旨。《四库全书总目·集部总序》说："今扫除畛域（比喻由宗派情绪产生的成见偏见），一准至公。明以来诸派之中，各取其所长，而不回护其所短。盖有世道之防焉，不仅为文体（文章风格体裁）计也。"

意即《四库全书》集部的编写宗旨，是扫除由宗派情绪产生的偏见，秉持公平公正原则，在各派中"取其所长"，"不回护其所短"（批评缺点），注重作品社会影响，教育意义和舆论引领作用（"世道之防"），而不仅从文体（文章风格体裁）考虑。其中贯穿史家传统的辩证法世界观方法论，体现"文以载道"的文学批评原则，对今日有积极的启发借鉴意义。

集部是旨归古代文学的原始形态。用现代观点方法，分析集部所收古文学的原生态资料，是中国文学史学科的研究内容。今日讲解《四库全书》集部的宗旨、目的和指导原则，是古为今用，中西融汇，联接中外，沟通世界，创转创发，创新转型。①

第八节　浪漫文学树典型

楚辞是楚国文学作品。楚文化原落后于中原文化。前11世纪周成王（前1055—前1021）时代，楚是野蛮民族，以后受中原文化影响，继承中原文学传统，呈现特殊风格。楚辞反映现实和人民心声，有现实性。驰骋高度奇幻的想象力，感情热烈奔放，执着追求理想，突显浪漫的精神气质。屈原有远大的政治理想，像火山爆发一样的热烈感情。有正义感，爱国情怀，爱憎分明。

---

①　习近平2016年2月19日在北京舆论工作座谈会讲话说，在新时代条件下舆论工作承担"联接中外、沟通世界"的职责和使命。2014年9月24日在纪念孔子诞辰研讨会讲话说："努力实现传统文化的创造性转化、创新性发展，使之与现实文化相融相通。""创转创发"："创造性转化、创新性发展"的合并简称。

战国末期，楚文化发达，与北方并驾齐驱。南方楚国与北方中原，出现浪漫主义和现实主义两种文学典型。《诗经》是黄河流域现实主义文学的典型。楚辞是南方浪漫主义文学的典型。《诗经》情感质朴少想象，与现实和人民生活密切关联，散发浓郁稷麦气息，折射热烈人间烟火。楚辞充满大胆怀疑，超人想象，浪漫气息。屈原是古代伟大的爱国诗人，是楚辞的创立者和代表人。20世纪中被推举为世界文化名人，受到广泛纪念。屈原作品从内容到形式，都有巨大的创造性。

长江流域和黄河流域民风不同，屈原作品风貌与《诗经》不同。北方早进入宗法社会，楚地有氏族社会遗风，民性强悍，思想活泼，不拘礼法。直切抒写男女情思，志士爱国。用材丰富。写人神之恋，写狂怪之士，写远古历史传说，写与天神鬼怪游观，一切神都具有民间普通的人性，神是超出常人的人。作品色泽艳丽，情思馥郁，气势奔放，表现与北方文学不同特色。

屈原作品，在楚人建立汉朝，定都关中后，产生更大影响。"楚辞"传习发展，北方文学逐渐楚化。新兴五、七言诗都和楚骚有关。汉代赋作家无不受"楚辞"影响。汉后历代有"绍骚"（继承离骚）风格之作，用屈原诗句抒发胸中块垒，用屈原遭遇自喻，是屈原文学的直接发展。以屈原生平事迹为题材的诗、歌、词、曲、戏剧、琴辞、大曲、话本等，绘画艺术中如屈原像、《九歌图》、《天问图》等，难以数计。鲁迅《汉文学史纲要》说屈原作品"逸响伟辞，卓绝一世"，

"其影响于后来之文章,乃甚或在'三百篇'以上"。

春秋战国诸子百家,主张天下一统,天下重于国家。战国客卿制盛行,纵横家走红,士子有空前活动空间,朝秦暮楚。屈原爱国。韩愈《送盘谷序》说:"楚,大国也。其亡也,以屈原鸣。"《史记·项羽本纪》载,早在楚怀王客死于秦时,楚南公就说过:"楚虽三户,亡秦必楚。"意为即使楚国只剩到三个氏族,也能灭掉秦国。楚王族姓芈,本支为熊氏,另分为昭(昭阳)、屈(屈原)、景(景差)三氏(三户)。楚人反秦最踊跃,陈涉首事,以"张楚"为号,项梁从民间找到楚怀王孙子重新立为"楚怀王"。秦最终亡于楚人手。

《楚辞》是最早的浪漫文学诗歌总集,浪漫文学的源头。"楚辞"名称首见《史记·酷吏列传》。汉代前期已有这一名称,本义指楚地歌辞,后成专称,指以屈原创作为代表的新诗体。《楚辞》用楚地(湖南、湖北)方言声韵,叙写楚地山川人物、历史风情,有浓厚地域文化色彩。宋黄伯思《东观余论》说,《楚辞》"皆书楚语,作楚声,纪楚地,名楚物"。以屈原作品为主,余篇承袭屈赋形式,感情奔放,想象奇特。句式活泼,用楚国方言,节奏韵律独特,适合表现丰富复杂的思想感情。

《楚辞》作品,仿楚辞体例,称楚辞体,骚体。骚因《离骚》得名。后人谓之骚,与因十五《国风》而称为"风"的《诗经》相对,分别为中国现实主义与浪漫主义鼻祖。以风骚代指诗歌,以骚人称诗人。

经两千多年历史发展，《楚辞》成为中国古代文学殿堂的显学。《楚辞》对中国文学发展影响深广，每个文学领域，各个不同体裁文学，都存在其身影。郑振铎《屈原作品在中国文学史上的影响》说："像水银泻地，像丽日当空，像春天之于花卉，像火炬之于黑暗的无星之夜，永远在启发着、激动着无数的后代的作家们。"

骚体文学包括楚歌和楚赋，以《楚辞》中作品为模拟范型，"兮"大量运用，构成骚赋有别于其他作品最明显的外在标志。项羽《垓下歌》、刘邦《大风歌》、汉武《秋风辞》等帝王作品，整个两汉魏晋骚体都是《楚辞》的继承者。唐崇诗，文坛中心在诗，以韩愈、柳宗元、皮日休三家为代表的骚体作家，在中晚唐复兴。宋至清，骚体作品都起源于《楚辞》。《楚辞》在诗坛开创文学传统，浪漫主义诗风无一例外受其启发，从中汲取精神艺术滋养。屈原、阮籍、李白、龚自珍的作品，是浪漫主义诗风体现。

散文与韵文相对，《楚辞》是韵文，具备散文因素，句式长短不齐，有散文化倾向。抒发胸臆，辞章安排与散文通。可抒情，可言志，可论说，可质疑，与散文相接。鲁迅《汉文学史纲要》称《史记》为"无韵之《离骚》"。

《卜居》、《渔父》都是一问一答，活泼有趣，后世类似文章连绵不绝，《文选》专设"对问"、"设论"文体。《文心雕龙》归入杂文。东方朔《答客难》，柳宗元《愚溪对》，均从这种思路来。孙综《山晓阁选唐大家柳柳州全集》评："屈子泽畔行吟，柳州愚溪对答，千古同慨。"骚体句入散文，在散文体中插入骚体句，可抒怀励志，画龙点睛，为文章家习用。

戏剧是综合性表演艺术，《楚辞》部分作品包含戏剧成分。《九歌》是迎神娱神的歌舞乐章，是先秦一部戏剧。王国维《宋元戏曲考》直言其为戏曲"萌芽"。《楚辞》人物表现接近于戏剧。近代《楚辞》故事剧增。《楚辞》已融入戏剧文化。《楚辞》与小说，是文学的交融渗透。《楚辞》对小说的贡献，表现在想象空间的拓展。《九歌》对神的思恋追求之于后世人神恋的启发，如《离骚》、《远游》的腾云驾雾之于后世神怪小说的参照，如《招魂》之于志怪小说的借鉴作用。屈原传说故事，于今不绝，"戏说"成风。

第二章　别集：天地英华之所聚

第一节　飞流直下三千尺

一、浪漫色彩望庐山

1.《望庐山瀑布》

日照香炉生紫烟，遥看瀑布挂前川。飞流直下三千尺，疑是银河落九天。

2. 释文

日光照到香炉峰，透过云雾生紫烟，远望瀑布挂山前。水流飞奔直冲下，疑心银河落山崖。

3. 注释

"香炉"：庐山香炉峰。乐史《太平寰宇记》："在庐山西北，其峰尖圆，烟云聚散，如博山香炉之状。"李白笔下的庐山香炉峰景象：一座顶天立地的香炉，冉冉升起团团白烟，缥缈于青山蓝天间，红日照耀，化为紫色云霞，把香炉峰渲染得更美，富有浪漫主义色彩。为不寻常的瀑布，创造不寻常的背景。

4.趣谈

李白《望庐山瀑布》，把视线移向山壁瀑布。"遥看瀑布挂前川"，前四字点题。"挂前川"，是"望"的第一形象：瀑布像巨大白练高挂山川。"挂"字化动为静，惟妙惟肖表现倾泻瀑布在远望中的形象。"挂"字是诗人赞颂大自然的神奇伟力。

"飞流直下三千尺"写瀑布动态，铿锵有力。"飞"描绘瀑布喷涌而出的景象。"直下"写山的高峻陡峭，可见水流急，高空直落，势不可挡。"疑是银河落九天"，"疑是"，明知不是，这样写更生动逼真。

巍巍香炉峰，藏在云雾中。遥望瀑布，如从云端飞流直下，临空而落，想象银河从天降。比喻奇特，夸张自然，形象丰富多彩，雄奇瑰丽。"生"字把香炉峰写"活"，表现山间烟云上升浮游。"挂""落"字精彩，活画巨流高空倾泻的磅礴气象。

《望庐山瀑布》，出自《李太白集》。李白（701—762），字"太白"。《四库全书总目》卷一四九《集部·别集类一》收《李太白集》三十卷，《分类补注李太白集》三十卷，《李太白诗集注》三十六卷。《望庐山瀑布》是浪漫诗人李白的代表性作品。用浪漫想象，夸张比喻，刻画瀑布形象气势。历来广为传诵，选入语文课本。

李白是盛唐浪漫诗派的代表，把中国诗歌的浪漫主义推向高峰。代表作还有《早发白帝城》、《静夜思》、《行路难》、《蜀道难》、《将进酒》、《梁甫吟》等。李白被誉为"诗仙"。唐贺知章盛赞李白为"天上谪（zhé，降职外放）仙人"（天上下来的神仙），李白以此自诩。

杜甫（712—770）诗："昔年有狂客（指贺知章），号尔谪仙人。笔落惊风雨，诗成泣鬼神。"杜甫诗《饮中八仙歌》："李白斗酒诗百篇，长安市上酒家眠。天子呼来不上船，自称臣是酒中仙。"杨升庵《周受庵诗选序》说："李太白为古今诗圣。"

二、轻舟已过万重山

1.《早发白帝城》

朝辞白帝彩云间，千里江陵一日还。两岸猿声啼不住，轻舟已过万重山。

2.释文

清晨辞白帝，高在彩云间。江陵虽千里，船行一日间。两岸猿声不停叫，轻舟穿过万重山。

3.注释

"白帝"：在白帝山，地势高，从山下江中仰望，仿佛耸入云间。"江陵"：湖北荆州。白帝到江陵一千二百里，包括七百里三峡。

4.趣谈

李白《早发白帝城》，作于唐肃宗乾元二年（759）春天。李白流放夜郎，取道四川赴贬地。行至白帝城闻赦书，惊喜交加，放舟东下江陵，抒写喜悦畅快的心情。"彩云间"：写白帝城地势高，高入云霄，长江上下游斜度差距大，下水船只走得快。舟行之速,行期之短,不暇迎送。曙光初灿,晨曦景色,显示晦暝转光明气象,兴奋匆别白帝城。"千里江陵一日还":空间远而时间暂。"还"即归来,表现一日痛快行千里,透露遇赦喜悦。江陵并非李白家,还字亲切心里安。写景比兴表心情,因物兴感妙可言。顺水船如脱弦箭,瞬息已过万重山。经过艰难岁月后,悠扬轻快诵不厌。

三、举头望明月

1.《静夜思》

床前明月光,疑是地上霜。举头望明月,低头思故乡。

2. 释文

皎洁月光洒满床,好似地上结薄霜。抬头仰望空中月,不禁低头思故乡。

3. 注释

"静夜思":安静夜晚生思绪。"床":坐卧具。"疑":像。"举头":抬头。

4. 趣谈

李白《静夜思》,作于唐玄宗开元十四年(726)九月十五日扬州旅舍。时二十六岁。用叙述语气,表达客居思乡情。语言清新朴素,韵味含蓄无穷。感动无数羁旅人,千百年来人传颂。2015年3月21日,联合国发行《世界诗歌日》系列邮票,有六个小全张共三十六枚,汉语诗歌选印李白《静夜思》,用楷体中文写全诗,发行资料附杨宪益和戴乃迭夫妇英译本。

四、惟见长江天际流

1.《黄鹤楼送孟浩然之广陵》

故人西辞黄鹤楼，烟花三月下扬州。孤帆远影碧空尽，唯见长江天际流。

2. 释文

友人在黄鹤楼向我告别，阳光明媚的三月去扬州。帆影渐消在碧空，只见长江天边流。

3. 注释

"黄鹤楼"：在湖北武昌蛇山，长江下游。"故人"：老朋友，指孟浩然。年龄比李白大，诗坛负盛名，李白敬佩感情深。"烟花"：形容柳絮如烟，鲜花似锦，艳丽春景。"下"：顺流下行。"碧空尽"：消失在碧蓝天际。"唯见"：只见。"天际流"：流向天边际。

4. 趣谈

李白《黄鹤楼送孟浩然之广陵》，作于唐玄宗开元十五年（727）。李白东游归来，到湖北安陆。时年二十七岁。在安陆住十年。李白说："酒隐安陆，蹉跎十年。"李白寓居安陆，结识年长十二岁的孟浩然。孟浩然赞赏李白，两人成为挚友。开元十八年（730）三月，李白知孟浩然去广陵（江苏扬州），约在江夏（武昌）相会。孟浩然乘船东下，李白送到江边，写《黄鹤楼送孟浩然之广陵》。

两位风流潇洒的诗人离别，跟繁华的时代、季节和地区相联系。分手中带有诗人李白的向往。李白结交孟浩然，在他出四川不久，年轻快意，眼里世界美好。比李白大十多岁的孟浩然，名满天下，给李白的印象，是陶醉山水间，自由愉快。李白《赠孟浩然》说："吾爱孟夫子，风流天下闻。红颜弃轩冕，白首卧松云。"

　　这次离别在开元盛世，太平繁荣，正值烟花三月春意浓，从黄鹤楼到扬州，繁花似锦。扬州是东南地区最繁华的都会。李白浪漫爱游览，离别在浓郁的畅想曲和抒情诗气氛里。李白向往扬州，向往孟浩然，胸中诗意随江水荡漾。黄鹤楼是天下名胜，两位诗人流连聚会。黄鹤楼富有诗意，传说是仙人飞天地，和孟浩然愉快去扬州，构成联想，增加愉快的畅想曲气氛。

　　"烟花三月下扬州"，烟雾迷蒙，繁花似锦。看不尽的大片阳春烟景。开元时代繁华的长江下游，是烟花繁华地。意境优美，文字绮丽，清人誉之为"千古丽句"。"孤帆远影碧空尽，唯见长江天际流"，写景含诗意。把朋友送上船，船扬帆而去，在江边目送远去的风帆。目光望帆影，一直到帆影模糊，消失碧空尽头。帆影已消逝，还翘首凝望，一江春水浩荡流向远方。神驰目注，心潮起伏，像东去一江水。表现绚烂的阳春三月景色，放舟长江的宽阔画面，目送孤帆远影。人文与自然合一，目送与心送合一，深浅与浓淡合一，是"诗仙"神来之笔。

五、桃花潭水深千尺

1. 《赠汪伦》

李白乘舟将欲行,忽闻岸上踏歌声。桃花潭水深千尺,不及汪伦送我情。

2. 释文

李白坐船要离开,忽听岸上踏歌声。桃花潭水千尺深,不如汪伦相送情。

3. 注释

"汪伦":李白友。"踏歌":唐民间歌舞,边唱边用脚踏地打拍,可边走边唱。"桃花潭":在安徽泾县西南百里。"深千尺":夸张手法,比喻深情厚谊。"不及":不如。

4. 趣谈

李白《赠汪伦》,作于唐天宝年间。汪伦听说李白旅居叔父李阳冰家,写信邀李白来家做客,说:"先生好游乎?此处有十里桃花。先生好饮乎?此处有万家酒店。"李白好饮酒,闻有美景,应邀至,未见信言盛景。汪伦盛情款待,搬出用桃花潭水酿成的美酒与李白同饮,告李白:"桃花者,十里外潭水名也,并无十里桃花。万家者,开酒店的主人姓万,并非有万家酒店。"李白笑,感动汪伦盛情。逢春风桃李花开日,群山无处不飞红,潭水深碧,清澈晶莹,翠峦倒映。汪伦留李白住数日。李白去庐山,汪伦设宴为李白饯行,拍手踏脚,唱民间《踏歌》相送,李白感激汪伦盛意作诗。

六、长风破浪会有时

李白《行路难》名句"长风破浪会有时,直挂云帆济沧海"。习近平在2013年3月23日《顺应时代前进潮流促进世界和平发展——在莫斯科国际关系学院的演讲》,2014年7月4日《共创中韩合作未来同襄亚洲振兴繁荣——在韩国国立首尔大学的演讲》中引用发挥。①

1.《行路难》

其一:金樽清酒斗十千,玉盘珍馐值万钱。停杯投箸不能食,拔剑四顾心茫然。欲渡黄河冰塞川,将登太行雪满山。闲来垂钓碧溪上,忽复乘舟梦日边。行路难!行路难!多歧路,今安在?长风破浪会有时,直挂云帆济沧海。

其二:大道如青天,我独不得出。羞逐长安社中儿,赤鸡白雉赌梨栗。弹剑作歌奏苦声,曳裾王门不称情。淮阴市井笑韩信,汉朝公卿忌贾生。君不见昔时燕家重郭隗,拥篲折节无嫌猜。剧辛乐毅感恩分,输肝剖胆效英才。昭王白骨萦蔓草,谁人更扫黄金台?行路难,归去来!

其三:有耳莫洗颍川水,有口莫食首阳蕨。含光混世贵无名,何用孤高比云月?吾观自古贤达人,功成不

---

① 2013年3月24日《光明日报》第2版;2014年7月5日《光明日报》第2版。

退皆殒身。子胥既弃吴江上,屈原终投湘水滨。陆机雄才岂自保?李斯税驾苦不早。华亭鹤唳讵可闻?上蔡苍鹰何足道?君不见吴中张翰称达生,秋风忽忆江东行。且乐生前一杯酒,何须身后千载名?

2. 释文

其一:金杯美酒斗万钱,玉盘美餐费万钱。停杯丢筷难下咽,抽剑环顾心茫然。想过黄河冰塞川,欲登太行雪封山。闲暇钓鱼在碧溪(学吕尚东山再起),梦里乘船过日边(学伊尹恩遇商汤)。世上行路多艰难,岔道甚多选哪边?乘风破浪终有时,横渡沧海勇向前(积极入世,老子得其时则驾,孔子用之则行,孟子达则兼善天下)!

其二:人生大道宽天地,唯独在我无出路。不愿追随富家子,斗鸡走狗赌游戏。(像冯谖)弹剑作歌发牢骚,巴结权贵不合意。淮阴市人讥韩信,汉朝大臣妒贾谊。你看燕(昭)王重郭隗,谦恭下士不猜疑。剧辛乐毅感知遇,竭忠尽智报君主。燕昭(王)已死坟生草,谁人像他重贤士?世路艰难唯退居!

其三:不学许由颍洗耳,不学伯夷吃野菜。韬光养晦不要名,哪用清高比云月?我看自古贤达人,功成不退都祸身。子胥被弃吴江上,屈原自沉汨罗江。陆机高才难自保,李斯悲惨悔已晚。(陆机)华亭鹤唳岂可闻?(李斯)上蔡打猎办不到。吴中张翰旷达人,因见秋风回江东。快乐生前一杯酒,千年虚名何须重?

3. 注释

"闲来垂钓碧溪上,忽复乘舟梦日边":姜太公吕尚在渭水磻溪钓鱼,遇周文王,助周灭商。伊尹梦见乘船从日月旁经过,被商汤聘请,助商灭夏。吕尚和伊尹辅佐帝王建立不朽功业,表明期待从政。"长风破浪":比喻施展政治抱负。《宋书·宗悫传》:宗悫少年时,叔父宗炳问他志向,他说:"愿乘长风破万里浪。""会":当。

"雉":野鸡。"弹剑作歌奏苦声":战国齐公子孟尝君门下食客冯谖,屡弹剑作歌怨己不如意。"汉朝公卿忌贾生":贾谊上书汉文帝,劝改制兴礼,大臣反对。"拥篲":拿扫帚。燕昭王亲自拿扫帚扫路,清理环境,恐尘土飞扬,用衣袖挡着扫帚,礼迎贤士,等候贵客来临,表对贵客敬意。"归去来":隐居。东晋陶渊明有《归去来辞》。

"有口莫食首阳蕨":《史记·伯夷列传》:"武王已平殷乱,天下宗周,而伯夷、叔齐耻之,义不食周粟,隐于首阳山,采薇而食之……遂饿死于首阳山。"前人误以"薇"为"蕨"。"含光混世贵无名":不露锋芒,随世俯仰,韬光养晦。《高士传》:巢父谓许由曰:"何不隐汝形,藏汝光?"

"吾观自古贤达人,功成不退皆殒身":《史记·蔡泽列传》:"四时之序,成功者去。商君为秦孝公明法令,功已成矣,而遂以车裂。白起功已成矣,而遂赐剑死于杜邮。吴起功已成矣,而卒枝解。大夫种为越王深谋远计令越成霸,功已彰而信矣,勾践终负而杀之。此四子者,功成不去,祸至于身?""子胥既弃吴江上":伍子胥,春秋末吴国大夫。《吴越春秋·夫差内传》:"吴王闻子胥之怨恨也,乃使人赐属镂之剑,子胥遂伏剑而死。吴王乃取子胥尸,盛以鸱夷之器,投之于江中。"又见《国语·吴语》。

"陆机雄才岂自保":《晋书·陆机传》:陆机因宦人诬陷,被杀害于军中,临终叹:"华亭鹤唳,岂可复闻乎?""李斯税驾苦不早":李斯,秦统一六国功臣,秦朝丞相,被杀。《史记·李斯列传》:李斯喟然叹曰:"斯乃上蔡布衣,今人臣之位,无居臣上者,可谓富贵极矣。物极则衰,吾未知所税驾?"《索隐》:"税驾,犹解驾,言休息也。"

"华亭鹤唳讵可闻":写陆机。"上蔡苍鹰何足道":写李斯。《史记·李斯列传》:"二世二年七月,具斯五刑,论腰斩咸阳市。斯出狱,与其中子俱执,顾谓其中子曰:'吾欲与若复牵黄犬俱出上蔡东门逐狡兔,岂可得乎!'"《太平御览》卷九二六:《史记》曰:"李斯临刑,思牵黄犬、臂苍鹰,出上蔡门,不可得矣。"

"君不见吴中张翰称达生,秋风忽忆江东行":写张翰。《晋书·张翰传》:"张翰,字季鹰,吴郡吴人也。为大司马东曹掾。因见秋风起,乃思吴中菰菜、莼羹、鲈鱼脍,曰:'人生贵得适志,何能羁宦数千里,以要名爵乎?'遂命驾而归。或谓之曰:'卿乃纵适一时,独不为身后名邪?'答曰:'使我有身后名,不如即时一杯酒。'时人贵其旷达。"

4. 趣谈

李白《行路难》,写遭遇险阻不放弃,怀抱理想与期待。天宝元年(742),李白奉诏入京,任翰林供奉。积极入仕,才高志大，效法管仲、张良、诸葛亮等杰出人物干大事。受权臣谗毁排挤，没被唐玄宗重用，744年被赐金放还，被逼出京，朋友饯行，怀愤吟诗《行路难》，叹人生路途艰难，挣扎浪漫两茫然。

其一。前四句，写朋友对李白深情厚谊，设宴饯行，惜天才被弃。李白"嗜酒见天真"，平时遇美酒，朋友盛情，会"一饮三百杯"。这次酒杯端起又推开，拿起筷子又放下。离开座席拔宝剑，举目四顾心茫然。停投拔顾四连动，苦闷抑郁情激变。两句紧承"心茫然"，用比兴手法，写冰塞川，雪满山，路艰险。怀伟大政治抱负，受诏入京，接近皇帝，不能任用，被赐金还山，撵出长安，像冰塞黄河，雪拥太行。李白不气馁，从拔剑四顾开始，不甘消沉，继续追求。

"闲来垂钓碧溪上，忽复乘舟梦日边。"在心境茫然中，想到吕尚八十岁钓鱼磻溪，遇文王，伊尹受汤聘前，梦乘舟绕日月而过，路途不顺，终有作为，增加信心。"行路难，歧路安在？"回到现实，感道路艰难。瞻望前程路崎岖，歧途多路在何方？思绪在尖锐复杂的矛盾中挣扎回旋。倔强自信的李白，不愿表现气馁。以积极用世的追求，摆脱歧路彷徨的苦闷，唱响理想期待的最强音："长风破浪会有时，直挂云帆济沧海！"信前路障碍重重，将会有时"乘风破浪挂云帆，横渡沧海到彼岸"。

其二。"大道如青天，我独不得出。"用"青天"形容路宽易行，展现矛盾挣扎，潜台词无边。"羞逐"以下六句，两句一组。"羞逐"两句写自己不愿意。唐上层社会斗鸡、游戏、赌博，交结纨绔子弟，在仕途走后门。李白嗤之以鼻，羞于追随长安里社中小儿。

"弹剑作歌"，用冯谖典故：在孟尝君门下作客，觉得孟尝君不够礼遇，弹剑而歌，表示要回。李白希望"平交王侯"，受权贵轻视，像冯谖一样不能忍受。两句写不称意。韩信未得志，在淮阴受市井无赖嘲笑侮辱。贾谊年轻有才，汉文帝本想重用，受大臣灌婴、冯敬等忌妒反对，遭贬逐。李白用韩信、贾谊典故，写长安社会对他的嘲笑轻视，权贵的忌妒打击。两句写不得志。

"君不见"以下六句，唱燕国君臣互相尊重信任，渴望建功立业，追求理想。李白自比伊尹、姜尚、张良、诸葛亮，符合理想。唐玄宗下诏召李白进京，要李白歌功颂德。"昭王白骨萦蔓草，谁人更扫黄金台？"慨叹昭王死，没人再扫黄金台，表明对唐玄宗失望，感慨深刻沉痛。

以上十二句承接"大道如青天，我独不得出"，具体描写"行路难"。朝廷排斥，只有拂袖去。"行路难，归去来！"只有归隐路可走。两句沉重叹息，愤怒抗议。李白渴望积极用世，建功立业，向往像燕昭王和乐毅那样风云际会，希望有"输肝剖胆效英才"的机缘。篇末愤激词"行路难，归去来"，表示离开长安，希望东山再起，想象实现"直挂云帆济沧海"的目标。

其三。第三首言退意。以对比手法，前四句言人生须韬光养晦，不务虚名。中八句列举功成不退而殒身，诫求功恋位。赞成张翰求适意的人生态度。一篇三层而两折。功成须退身，避祸求适意，是李白的人生哲学基调。用典频繁，评论古人表心情。非议许由、伯夷与叔齐的弃世，不满伍员、屈原、陆机和李斯的殉身。弃世非人生理想，济世又世情险恶，两边皆非愿意选项。二难推理，进退维谷。

李白"行路难"，有深刻悲剧性。用典揭露宫廷政治的黑暗险恶，两难是诗人在长安宫廷的切身感受，是不得不辞官的理由。赞赏张翰的及时退身，是无可奈何的强自宽解，是抗议激愤不合理的现实。执着现实人生的积极态度，是李白悲剧深刻性原因的所在，是李白诗歌永恒生命力的所在。李白组诗《行路难》，表现他挣扎于理想与现实矛盾的悲愤苦闷，体现他浪漫主义的特点。

七、蜀道难于上青天

1.《蜀道难》

噫吁戏，危乎高哉！蜀道之难难于上青天。蚕丛及鱼凫，开国何茫然。尔来四万八千岁，不与秦塞通人烟。西当太白有鸟道，可以横绝峨眉巅。地崩山摧壮士死，然后天梯石栈相勾连。

上有六龙回日之高标，下有冲波逆折之回川。黄鹤之飞尚不得，猿猱欲度愁攀缘。青泥何盘盘，百步九折萦岩峦。扪参历井仰胁息，以手抚膺坐长叹。问君西游何时还？畏途巉岩不可攀。但见悲鸟号古木，雄飞雌从绕林间。又闻子规啼夜月，愁空山。

蜀道之难难于上青天，使人听此凋朱颜。连峰去天不盈尺，枯松倒挂倚绝壁。飞湍瀑流争喧豗，砯崖转石万壑雷。其险也如此，嗟尔远道之人胡为乎来哉！剑阁峥嵘而崔嵬。一夫当关，万夫莫开。所守或匪亲，化为狼与豺。朝避猛虎，夕避长蛇。磨牙吮血，杀人如麻。锦城虽云乐，不如早还家。蜀道之难难于上青天，侧身西望长咨嗟！

2. 释文

啊！何其高峻何其险！蜀道难比登天难。古蜀先王探事迹，久远恍惚何茫然。岁月漫漫四万八千年，蜀道未跟秦地通人烟。西边挡着太白山，只有鸟道可飞还，飞鸟才可越过峨眉山。山崩地裂壮士死，才有天梯相接连。

上有高峰绕路行，下有河川漩涡转。黄鹤高飞不得过，猿猴想过无攀缘。青泥河路多曲折，短路转弯绕山峦。屏住呼吸摸星星，用手抚胸坐长叹。请问西游何时归？山路险道实难攀。只见古树鸟悲号，雄飞雌随绕林间。月夜杜鹃啼声哀，哀愁回荡满空山。

蜀道难走如登天，即使听说变容颜。山高离天不盈尺，枯松倒挂悬崖边。急流瀑布喧嚣下，撞山石滚雷声传。蜀道艰险惊人心，远道来人何惊险。问你为何到这里，剑阁高峻不平坦。一人把关能守住，万夫莫开很安全。坏人守关酿大祸，变为豺狼有艰险。早上需要避猛虎，晚上需要避长蛇。虎蛇磨牙吸人血，杀人如同斩乱麻。锦城成都安乐地，还是不如家安全。蜀道难走如登天，侧身西望长嗟叹！

3. 注释

"蚕丛及鱼凫 fú，开国何茫然"：传说古蜀国两国王蚕丛和鱼凫，开国初况，渺茫不清。"地崩山摧壮士死，然后天梯石栈相勾连"：《华阳国志·蜀志》传秦惠王想征服蜀国，知蜀王好色，答应送五美女，蜀王派五壮士接人，回到梓潼四川剑阁南，见一大蛇入穴，一壮士抓住蛇尾，四人来助，用力外拽，不多时，山崩地裂，壮士美女被压死。山分五岭蜀路通：五丁开山故事。

"上有六龙回日之高标，下有冲波逆折之回川"：上有拉车六龙绕弯最高峰，下有河川漩涡转。《淮南子》注："日乘车，驾以六龙。羲和御之。日至此面，而薄于虞渊，羲和至此，而回六螭。"传说羲和驾六龙车即太阳，到此处，便迫近虞渊，传说日落处。"扪参 shēn 历井仰胁息，以手抚膺坐长叹"：参、井是二星宿名。参星为蜀之分野，井星为秦之分野。"剑阁峥嵘而崔嵬 wéi"：剑门关大小剑山栈道长三十里。

4. 趣谈

《蜀道难》是李白代表作品。全诗二百九十四字，用山川险，说蜀道难，显示诗人的浪漫气质。诗中画面，山高水急，河山改观，林木荒寂，连峰绝壁，气势逼人。以浪漫主义手法，展开丰富想象，再现蜀道奇丽惊险，吟咏蜀地山河雄伟壮丽。"蜀道之难，难于上青天"，反复咏叹，动人心弦。神话传说、奇特想象和恣意夸张互为表里，相辅相成，是李白浪漫主义风格的特征。

极度夸张，动辄用"千""万"巨额数词形容修饰。"白发三千丈""飞流直下三千尺""轻舟已过万重山"等诗句是典型。《蜀道难》夸张登峰造极,无以复加。人们都说登天难,他说:"蜀道之难,难于上青天!"成语说谈虎色变,他道"蜀道之难","使人听此凋朱颜!"民谣相传"武功太白,去天三百",他笔下成"连峰去天不盈尺"。强调秦蜀交通阻隔时间久,他说"四万八千岁"。形容青泥岭山路曲折,他说"百步九折"。形容蜀道高耸,他夸张说连为太阳驾车的六龙到这里,也要掉头东返。极度夸张,突出蜀道艰险雄奇难攀越的气势。

想象奇特,超越时空,不受约束。从蚕丛开国,五丁开山等古老传说,到"朝避猛虎,夕避长蛇"的可怕现实,从六龙回日的九重云霄,到冲波逆折的百丈深渊。展现"百步九折"、"连峰去天不盈尺"、"枯松倒挂倚绝壁"图景。有"悲鸟号"、"子规啼"、"砯崖转石万壑雷"音响激荡。有"扪参历井仰胁息,以手抚膺坐长叹"经历感受。凭借神奇想象,描绘蜀道峥嵘崔嵬的状貌,生动渲染阴森幽邃的氛围,如身临其境,耳闻目睹。欧阳修《太白戏圣俞》说:"蜀道之难,难于上青天,太白落笔生云烟。"表达吟咏《蜀道难》的感受。

八、天生我材必有用

1.《将进酒》

君不见黄河之水天上来,奔流到海不复回。君不见高堂明镜悲白发,朝如青丝暮成雪。人生得意须尽欢,莫使金樽空对月。天生我材必有用，千金散尽还复来。烹羊宰牛且为乐，会须一饮三百杯。

岑夫子，丹丘生，将进酒，杯莫停。与君歌一曲，请君为我倾耳听。钟鼓馔玉不足贵，但愿长醉不复醒。古来圣贤皆寂寞，惟有饮者留其名。陈王昔时宴平乐，斗酒十千恣欢谑。主人何为言少钱，径须沽取对君酌。五花马，千金裘，呼儿将出换美酒，与尔同销万古愁。

2. 释文

你看黄河水，从天上奔腾来，波涛翻滚奔东海，不再往回流。你看对镜叹白发，早晨黑发晚变白。人生得意应欢乐，不让这金杯空对月。每人出生有价值，千金耗尽又挣来。烹羊宰牛暂欢乐，一次痛饮三百杯。

岑夫子，丹丘生，快喝酒，不要停。让我为你唱高歌，请你为我仔细听。作乐美餐不珍贵，希望长醉不清醒。自古圣贤都寂寞，只有会喝传美名。曹植设宴平乐观，斗酒万千任欢乐。主人莫说钱不多，只管买酒来痛饮。五花马，千金裘，叫儿拿去换美酒，一起尽消无边愁！

3. 注释

"黄河之水天上来"：黄河发源青海高原。"会须"：正应当。"陈王"：曹植。"平乐"：观名，洛阳西门外，汉代富豪显贵娱乐场所。"径须"：干脆只管。"沽"：买。

4. 趣谈

李白《将进酒》，是汉乐府曲调旧题，题意是劝酒歌：请喝酒，请干杯。"将"：愿，请。唐玄宗天宝初年，由道士吴筠推荐，李白被唐玄宗招进京，任供奉翰林。受权贵排挤，天宝三载（744）唐玄宗赐金放还。李白与岑勋（岑夫子），应邀到嵩山元丹丘的颖阳山居相会时作。诗咏怀才不遇，借酒发泄激愤，浪漫色彩浓厚。

李白时在颖阳山，离黄河不远。登高纵目，借黄河起兴，感情发展像黄河水奔腾激荡。黄河源远流长有落差，如从天降泻千里，东走大海不复回，景象壮阔带夸张。大河之来，势不可挡。大河之去，势不可回。李白乐观好强，肯定自我："天生我材必有用。"有用而必表自信，是高唱人生价值的凯歌，肯定人生价值的宣言，有渴望入世的积极内容。

九、杞国无事忧天倾

1.《梁甫吟》

长啸梁甫吟，何时见阳春？君不见，朝歌屠叟辞棘津，八十西来钓渭滨。宁羞白发照清水，逢时吐气思经纶。广张三千六百钓，风期暗与文王亲。大贤虎变愚不测，当年颇似寻常人。君不见，高阳酒徒起草中，长揖山东隆准公。入门不拜逞雄辩，两女辍洗来趋风。东下齐城七十二，指挥楚汉如旋蓬。狂客落魄尚如此，何况壮士当群雄！

我欲攀龙见明主，雷公砰訇震天鼓。帝旁投壶多玉女，三时大笑开电光。倏烁晦冥起风雨，阊阖九门不可通。以额扣关阍者怒，白日不照我精诚。杞国无事忧天倾，獶貐磨牙竞人肉。驺虞不折生草茎，手接飞猱搏雕虎。侧足焦原未言苦，智者可卷愚者豪。世人见我轻鸿毛，力排南山三壮士，齐相杀之费二桃。吴楚弄兵无剧孟，亚夫咍尔为徒劳。梁甫吟，声正悲。张公两龙剑，神物合有时。风云感会起屠钓，大人岷屼当安之。

2. 释文

梁甫吟啊梁甫吟，何时能见春来临？朝歌屠夫别棘津，八十钓鱼渭水滨。一头白发映清水，逢时扬眉说经纶。渭河垂钓累十年，风度谋略文王亲。大贤变化出人料，当年好似寻常人。高阳酒徒起草莽，作揖山东汉刘邦。入门不跪施雄辩，停止洗脚来相迎。东下齐城七十二，谋盖楚汉如旋蓬。狂客落魄且如此，何况壮士比群雄！

我想攀龙见明主，雷公干扰震天鼓。皇帝整日寻欢乐，权奸宦官弄权柄，朝廷政令混无常。皇宫九门严把守，以额扣关门不通。白日不照我精忠，嫌我多余献忠诚。朝廷恶人吃人肉，不跟恶人涉污流。手搏朝廷凶险人，鹤立鸡群不同流。

智者韬晦愚者骄，俗人见我轻鸿毛。权相陷害忠良人，设计杀人不费桃。吴楚弄兵无剧孟，亚夫讥笑为徒劳。梁甫吟啊梁甫吟，心事重啊声悲壮。干将莫邪何时合？何时风云能际会？风云际会好圆梦，才人安心等机会。

3. 注释

"长啸"：吟唱。"朝歌屠叟"：吕尚，吕望，姜太公。

《韩诗外传》："吕望行年五十，卖食棘津，年七十屠于朝歌，九十乃为天子师，则遇文王也。""太公望……屠牛朝歌，赁于棘津，钓于磻溪，文王举而用之，封于齐。""经纶"：治国。"广张三千六百钓"：吕尚渭河垂钓十年，即三千六百日。"风期"：风度谋略。"大贤虎变愚不测"：大贤变化莫测，骤得志，非常人预料。

"高阳酒徒起草中"：西汉郦食其。《史记·郦生陆贾列传》："郦生食其者，陈留高阳人也。好读书，家贫落魄，无以为衣食业，为里监门吏。然县中贤豪不敢役，县中皆谓之狂生。……沛公至高阳传舍，使人召郦生。郦生至，入谒，沛公方倨床使两女子洗足，而见郦生。郦生入，则长揖不拜。"郦生自称高阳酒徒。"长揖山东隆准公"：指刘邦。《史记·高祖本纪》："高祖为人，隆准而龙颜。"隆准：高鼻子。"趋风"：疾行如风来迎接。"东下齐城七十二"：《史记·郦生陆贾列传》：楚汉在荥阳成皋相持，郦生建议刘邦联齐孤立项羽，受命到齐游说，齐王田广表愿以七十余城归汉。"旋蓬"：飘旋蓬草。"狂客"：郦食其。

"攀龙"：依附帝王建功业。《后汉书·光武帝纪》：耿纯对刘秀说："天下士大夫所以跟随大王南征北战，本来是希望攀龙鳞，附凤翼，以成就功名。""砰訇"：形容声音宏大。"帝旁投壶多玉女"：《神异经·东荒经》：东王公与玉女投壶游戏，每次投一千二百支，不中则天为之笑。天笑时，流火闪耀为闪电。"三时"：早午晚。"倏烁"：电光闪耀。"晦冥"：昏暗。"起风雨"：皇帝寻欢作乐，权奸宦官弄权，朝廷政令无常。

"阊阖"：神话天门。"阍者"：守天门人。《离骚》："吾令帝阍开关兮，倚阊阖而望予。"玄宗宠奸佞，才人报国无门。"杞国无事忧天倾"：《列子·天瑞》："杞国有人忧天地崩坠，身亡所寄，废寝食者。"自嘲皇帝不理解我，以为我杞人忧天。"猰貐"yàyǔ：神话吃人野兽，喻恶人。"竞"：争吃。"驺zōu虞"：神话仁兽，白质黑纹，不伤人畜，不践踏生草，李白自比，表不跟奸人同流合污。"手接"：搏斗。"雕虎"：喻凶险人。"焦原"：传说春秋莒有五十步方圆大石，下有百丈深渊，无畏人敢站。

"智者可卷愚者豪"：智者忍屈愚者骄。"世人见我轻鸿毛"：俗人轻视。"力排南山三壮士，齐相杀之费二桃"：《晏子春秋》内篇卷二《谏》下：齐景公手下有公孙接、田开疆、古冶子三勇士，力能搏虎，不知礼义，相国晏婴建议景公用桃赏有功者，三勇士争功，各羞愧自杀，李白讽刺权相李林甫陷害韦坚、李邕、裴敦复等。

"吴楚弄兵无剧孟，亚夫咍尔为徒劳"：汉景帝时，吴楚等七国诸侯王起兵反汉，景帝派大将周亚夫讨伐，周到河南，见名侠剧孟，高兴说：吴楚叛汉，不用剧孟，注定败。"咍尔"：讥笑。"张公"：西晋张华。"两龙剑，神物合有时"：《晋书·张华传》：西晋时丰城江西县令雷焕掘地得双剑干将莫邪，雷把干将送张华，己留莫邪，后张华被杀，干将失落，雷焕死，他儿子雷华佩莫邪，过延平律，今福建南平市东，剑从腰间跳水，与水中干将会合，化两蛟龙，用典谓有日得明君赏识。"风云感会"：风云际会。云从龙，风从虎。喻君臣相得成大业。"大人"：才人。"嶭屼"nièwù：坎坷。

4. 趣谈

《梁甫吟》是李白代表作，堪称乐府名篇。天宝三载（744）离长安后的作品。通篇用典，以古为鉴。通过姜子牙、郦食其的知遇故事和神话传说，期盼有机会实现积极入世的理想。引用历史故事，寄寓理想抱负，前途充满信心。写法犹如《离骚》，置身神话境界，描写奇特遭遇，反映现实感受，倾诉愤懑不平。信心百倍回答"何时见阳春"的设问，确信有朝一日，风云际会，建功立业。理当安时俟命，等待机遇，实现理想。曾国藩《求阙斋读书录》评："太白此诗，则抱才而专俟际会之时。"一语道出李白诗作抱持才华，专等风云际会的时机来临，一展理政济世的理想抱负。

十、浪漫文学树典范

李白生活在盛唐，游遍各地，写大量赞美名山大川的壮丽诗篇。抒情浓烈，有排山倒海，一泻千里之势。想象、夸张、比喻、拟人手法综合运用。形象塑造，素材摄取，体裁选择，艺术手法，有典型的浪漫文学特征。笔下峨眉、华山、庐山、泰山、黄山，巍峨雄奇，吐纳风云，汇泻川流。笔下奔腾黄河，滔滔长江，荡涤万物，席卷一切，表现诗人桀骜不驯的性格，冲决羁绊的强烈愿望。体现叛逆精神，反抗性格，有深刻的爱国内涵、社会意义和时代特征。

李白诗歌，抒写豪迈气概，激昂情怀，以奔放气势贯穿，纵横驰骋，一气呵成。如《上李邕》："大鹏一日同风起，扶摇直上九万里。假令风歇时下来，犹能簸却沧溟水。"以奋飞引起震动的大鹏自喻，气势浩大惊千古。《江上吟》诗说："兴酣落笔摇五岳，诗成笑傲凌沧州。"李白诗抒情方式的鲜明特点，是洒脱不羁，傲世独立。感情强烈，如天际的狂飙，喷溢的火山。悲愤不平，慷慨激昂，情感喷发，起伏跌宕，令人心灵震撼。

李白诗歌结合喷发式感情表达的方式，想象变幻莫测，发想无端，奇之又奇。如《西岳云台歌送丹丘子》："西岳峥嵘何壮哉！黄河如丝天际来，……巨灵咆哮擘两山，洪波喷流射东海。"《赠裴十四》："黄河落天走东海，万里写入胸怀间。"《秋浦歌十七首》其十五："白发三千丈，缘愁似个长。"《金乡送韦八之西京》："狂风吹我心，西挂咸阳树。"想落天外，匪夷所思。奇特想象，异常衔接。情思流动，变化万端。想象之间，离奇惝恍。

李白诗气魄宏大，想象丰富，气吞山河，包孕日月。倾心体积巨大的壮观事物，大鹏巨鱼长鲸，大江大河，沧海雪山，是他喜欢吟咏的对象。李白描绘，置于异常广阔的时空背景，构成雄奇壮伟的意象。如《庐山谣寄卢侍御虚舟》："登高壮观天地间，大江茫茫去不还。黄云万里动风声，白波九道流雪山。"雄奇壮美的意象组合，给人以崇高感。《渡荆门送别》："山随平野尽，江入大荒流。月下飞天镜，云生结海楼。"意象阔大壮观。

李白《望终南山寄紫阁隐者》诗："有时白云起，天际自舒卷。心中与之然，托兴每不浅。"喜欢白色透明体，最亲月亮。《月下独酌》："举杯邀明月，对影成三人。月既不解饮，影徒随我身。暂伴月将影，行乐须及春。我歌月徘徊，我舞影零乱。"反复出现月象。李白诗多用"白"，共出现过四百六十三次。性开朗，喜明丽色调。语言风格，明丽爽朗，透明纯净，绚丽夺目，突显人格高洁，不苟世俗。

李白是时代骄子，震惊诗坛。气挟风雷的诗歌创作，天才大气，征服读者，许为奇才，声誉崇高。杜甫推崇李白。《春日忆李白》："白也诗无敌，飘然思不群。清新庾开府（指庾信，北周官至骠骑大将军、开府仪同三司，世称庾开府），俊逸（豪迈）鲍参军（指鲍照。南朝宋时任荆州前军参军，世称鲍参军）。渭北（渭水北岸，借指长安，当时杜甫在此）春天树，江东（苏南浙北，当时李白在此）日暮云。何时一樽酒，重与细论文（论诗。六朝以来通称诗为文）。"

意即：李白诗作无人敌，高超才思远超人。李白诗有庾信诗的清新气，有鲍照作品的俊逸风。如今我在渭北独对春日树，你在江东远望日暮云，天各一方，遥相思念。何时才能同桌饮，再次仔细探讨诗？赞美李白诗高超脱俗，清新俊逸。杜甫《寄李十二白二十韵》："昔年有狂客，号尔谪仙人。笔落惊风雨，诗成泣鬼神。声名从此大，汩没一朝伸。文采承殊渥，流传必绝伦。"意即李白诗有盖世绝伦的神奇艺术感染力，巨大声名，流传后世。诗赞李白纵恣天才。

李白对后世的巨大影响，是其诗歌表现的人格力量，个性魅力。"天生我材必有用"的非凡自信，"安能摧眉折腰事权贵"的独立人格，"戏万乘若僚友，视同列如草芥"的凛然风骨,与自然合一的潇洒风神,引人赞佩。狂放不羁的纯真个性风采,魅力巨大。豪放飘逸的风格,变化莫测的想象,清水芙蓉的美感,感染力强。凭才力气质写诗,诗风怪奇,在诗歌史上地位不朽。

第二节　安得广厦千万间

一、语不惊人死不休

1.《江上值水如海势聊短述》

为人性僻耽佳句,语不惊人死不休。老去诗篇浑漫与,春来花鸟莫深愁。新添水槛供垂钓,故着浮槎替入舟。焉得思如陶谢手,令渠述作与同游。

2. 释文

为人性情孤僻,沉醉美文佳句。若不出语惊人,到死不肯罢休。如今年老体衰,不再苦心琢磨,写诗一挥而就,妙处全在自然。春来花鸟莫怕,老夫不与争美。江边新装木栏,供我悠然垂钓。再置备一只小竹筏,用来代替出入江河的小船。如何能遇陶渊明、谢灵运这样的写诗老手,我愿当好陪游,欣赏他们好诗。

3. 注释

"值":正逢。"水如海势":江水如同海水的气势。"聊":姑且。自述创作经验,作诗苦心。"性僻":性情偏僻,古怪,自谦语。"耽":爱好,沉迷,迷醉。"惊人":打动读者。

"死不休"：死不罢手，极言求工。"浑"，完全，简直。"漫与"：随意付与，给出。功夫深，随意自如。"莫"：没有。"愁"：诗人形容刻画，花鸟也要愁怕。"新添"：刚添置。"水槛"：水边木栏。"故着"：又置备。"槎"chá：木筏。"焉得"：怎么找到。"陶谢"：陶渊明、谢灵运。都擅长描写景物，想到他们。"令渠"：让他们。"述作"：作诗述怀。让他们作诗，自己陪游。谦而有趣。

4. 趣谈

杜甫《江上值水如海势聊短述》中的传世名句"语不惊人死不休"，道出杜甫诗作的语言特色，反映他认真严谨的写作态度。晋陆机《文赋》："立片言以居要，乃一篇之警策。"杜诗"语不惊人死不休"。所谓"惊人语"，即"警策"：本意指使马惊动疾奔的鞭子，比喻诗文精练扼要，含意深刻，能使读者闻而惊警的妙句。"片言"：极少言辞。"居要"：处关键紧要地方。

在诗文的关键紧要处，嵌入不同凡响、发人深省的精辟语句，成为警句。一篇中最能切合题意、点明主旨、见解精辟、含意深刻、引人惊警的名言佳句，如画龙点睛，使整篇生辉，成为久传不衰的警句格言（警策）。

诗作于唐肃宗上元二年（761）。安史之乱，杜甫年五十岁，流落成都，居草堂。面对如大海汹涌的江水，抒发内心感受。观锦江水如海势，波涛汹涌，触景生情，感慨万端。"聊短述"，抒写激愤，自我解脱，一时感悟。诗艺炉火纯青，态度严肃认真，效果动人心弦。杜甫写作一丝不苟，勇于创新，老年臻于出神入化，妙手成春极境。任笔所之，自然而然。

二、大庇天下寒士俱欢颜

习近平2015年10月14日《在文艺工作座谈会上的讲话》引用杜甫（712—770）名句"安得广厦千万间，大庇天下寒士俱欢颜"。① 习近平的中学语文教师陈秋影说，习近平中学时很喜欢杜甫的诗。陈秋影讲完杜甫《绝句》，习近平主动对老师说十分喜爱杜甫，希望多读杜甫的作品。②

广德二年（760）春，杜甫回草堂，此前漂泊在外将近两年。严武表荐杜甫为检校工部员外郎（低阶闲职无实权），做严武参谋，后称杜甫为杜工部，不久辞职。五六年间，寄人篱下，生活艰苦。杜甫说："厚禄故人书断绝，恒饥稚子色凄凉。"（《狂夫》）"痴儿不知父子礼，叫怒索饭啼门东。"（《百忧集行》）孩子饿，吵着要饭，在门东号哭。秋风暴雨，杜甫屋破，饥儿老妻，彻夜难眠，写《茅屋为秋风所破歌》。其中最著名诗句："安得广厦千万间，大庇天下寒士俱欢颜。"

1.《茅屋为秋风所破歌》

八月秋高风怒号，卷我屋上三重茅。茅飞渡江洒江郊，高者挂罥长林梢，下者飘转沉塘坳。南村群童欺我老无力，忍能对面为盗贼。公然抱茅入竹去，唇焦口燥

---

① 见2015年10月15日《光明日报》第1版。
② 2015年3月2日《北京青年报》，记者林艳报导。

呼不得，归来倚杖自叹息。

俄顷风定云墨色，秋天漠漠向昏黑。布衾多年冷似铁，骄儿恶卧踏里裂。床头屋漏无干处，雨脚如麻未断绝。自经丧乱少睡眠，长夜沾湿何由彻！安得广厦千万间，大庇天下寒士俱欢颜，风雨不动安如山！呜呼！何时眼前突兀现此屋，吾庐独破受冻死亦足！

2. 释文

八月秋深狂风号，风卷屋顶几层茅。茅草飞过浣花溪，对岸江边胡乱跑。高飞茅草缠树梢，低飞飘洒沉塘坳。南村儿童欺我老没力，忍心眼前做盗贼，抱茅飞快进竹林。喊得唇焦口燥没有用，回来拄杖叹自己。

一会儿风停云墨黑，深秋迷蒙天渐黑。布被多年冷像铁，孩子乱踢被子破。屋顶漏雨没干处，如线雨点下没完。战乱以来睡眠少，长夜屋湿怎度日！怎能得到大房千万间，遍遮天下穷人都开颜！风雨不动安如山。唉！什么时候眼前出现这大屋，即使唯独我茅屋吹破，受冻而死也甘心！

3. 注释

"塘坳"：低洼积水地，池塘。"坳"，水边低地。"俄顷"：顷刻，一会儿。"衾"qīn：棉被。"丧乱"：安史之乱。"彻"：结束，完结。"庇"：庇护，掩护。"突兀"wù：高耸。

4. 趣谈

杜甫《茅屋为秋风所破歌》，作于上元二年（761）春，杜甫在成都浣花溪边盖茅屋栖身。八月大风破屋，大雨接踵。诗人长夜难眠，感慨万千，写诗表现忧国忧民的情感。"八月秋高风怒号，卷我屋上三重茅"起势迅猛，音响宏大，秋风咆哮，"怒"把秋风拟人化，有动作性，有浓烈感情色彩。好不容易盖茅屋，刚定居，秋风怒吼，卷起层层茅草，使人焦急万分。

"茅飞渡江洒江郊。"风卷茅草"飞"过江，"洒"在"江郊"挂树梢，"沉塘坳"。动态组合，鲜明图画，牵人视线，动人心弦。寓情意于客观描写。一个衣衫单薄破旧的干瘦老人，拄拐杖，立屋外，巴望怒吼秋风，层层卷起屋上茅，吹过江去洒江郊。大风破屋的焦灼怨愤之情，激起读者心灵共鸣。

落地茅草被"南村群童"抱跑。"唇焦口燥呼不得"，《又呈吴郎》："不为困穷宁有此。"如果不是十分困穷，不会对大风刮走茅草心急如焚。

"归来倚杖自叹息"，"叹息"内容深又广。风吹屋破无处安，联想穷人类似境。屋破又遭连夜雨。"俄顷风定云墨色，秋天漠漠向昏黑"，渲染暗淡愁惨氛围，烘托心境。"布衾多年冷似铁，娇儿恶卧踏里裂"，"自经丧乱少睡眠，长夜沾湿何由彻"，由个人艰苦处境，联想他人类似处境。"安得广厦千万间，大庇天下寒士俱欢颜，风雨不动安如山"，表现阔大境界和愉快情感，声音洪亮，构成铿锵有力的节奏，奔腾前进的气势，迸发奔放的激情，火热的希望，现实主义和浪漫主义结合。

"呜呼！何时眼前突兀见此屋，吾庐独破受冻死亦足！"

抒发忧国忧民情感，表现推己及人、舍己为人的高尚风格，将博大胸襟、崇高理想表现得淋漓尽致。抒发情怀，"先天下之忧而忧，后天下之乐而乐"。

俄国著名文学评论家别林斯基说："任何伟大诗人之所以伟大，是因为他们的痛苦和幸福的根子深深地伸进了社会和历史的土壤里，因为他是社会、时代、人类的器官和代表。"杜甫通过描写本身的痛苦，表现"天下寒士"的痛苦，社会的苦难，时代的苦难。杜甫炽热的忧国忧民情感，迫切要求变革黑暗现实的崇高理想，激动读者心灵，发挥积极作用。

杜诗集六朝盛唐诗歌大成，影响后代诗人。杜甫兼各家之长。杜甫忧国忧民，有与屈原相似的深沉忧思。杜诗叙事议论近《诗经》。慷慨悲歌近《离骚》。杜甫系念国家安危，同情生民疾苦，为历代崇仰。南宋爱国将领文天祥兵败被俘，在燕京坐牢的三年中，有《集杜诗》二百首。《文山全集·集杜诗序》说："凡我意所欲言者，子美（杜甫字）先为代言之。""但觉为吾诗，忘其为子美诗。"杜甫在诗史上的影响，历久不衰。

三、痴儿不知父子礼

1.《百忧集行》

忆年十五心尚孩，健如黄犊走复来。庭前八月梨枣熟，一日上树能千回。即今倏忽已五十，坐卧只多少行立。强将笑语供主人，悲见生涯百忧集。入门依旧四壁空，老妻睹我颜色同。痴儿不知父子礼，叫怒索饭啼门东。

2. 释文

十五岁时像小孩，力壮像牛走又来。门前八月梨枣熟，一天爬树上千回。现在转眼人五十，只多坐卧少行立。勉作笑语奉主人，悲从中来百忧聚。进家依旧四壁空，老妻看我也忧伤。痴儿不知老父心，发怒要饭哭门东。

3. 注释

"心尚孩"：心智未成熟像小孩。杜甫十四五岁时天真烂漫，活泼淘气。"犊"：小牛。"少行立"：走站时少身体衰。"强将笑语"：强为笑语。"主人"：泛指求援的人。"依旧"：尽管百般将就，仍然得不到援助，穷得四壁空。

4. 趣谈

杜甫《百忧集行》，作于唐肃宗上元二年（761）。杜甫栖居成都草堂，生活极其贫困，充当幕府，仰人鼻息，勉强度日。诗中"悲见生涯百忧集"的慨叹是全诗的画龙点睛，诗人情绪凝聚到"悲"字上，因老而悲，因贫而悲，因依附别人，缺乏自身独立存在价值而悲。"悲见生涯百忧集"有高度概括性，是全诗主线，与诗题相应。杜甫《百忧集行》题注："王筠诗：'百忧俱集断人肠。'"[①] 诗人不幸遭遇，切身体验，内心痛楚，百感交集，回旋激荡，悲愤呼号，久久不息。

---

① 王筠（481—549）：南朝梁文学家。

"行"：歌曲，乐曲，乐府诗的变体体裁，乐府曲名，又叫歌行。《汉书·司马相如传》："为鼓一再行。"师古曰："行谓引，古乐府长歌行，短歌行，此其义也。"乐府诗标题加"行"。汉魏后乐府诗题名为"行"，音节格律自由，形式富有变化，叫歌行体。歌行从乐府出，行文更流转酣畅。日人松浦氏认为，乐府多第三人称，歌行多第一人称，歌行抒写情感，更痛快淋漓。如杜甫《兵车行》、《丽人行》。

四、朱门酒肉臭

杜甫《自京赴奉先县咏怀五百字》千古名句"朱门酒肉臭，路有冻死骨"，形象揭示贫富悬殊的社会现实，反映人民苦难，执政者荒淫腐败。2015年10月14日习近平《在文艺工作座谈会上的讲话》引用发挥。[1]

1.《自京赴奉先县咏怀五百字》

杜陵有布衣，老大意转拙。许身一何愚，窃比稷与契。居然成濩落，白首甘契阔。盖棺事则已，此志常觊豁。穷年忧黎元，叹息肠内热。取笑同学翁，浩歌弥激烈。非无江海志，潇洒送日月。生逢尧舜君，不忍便永诀。

当今廊庙具，构厦岂云缺。葵藿倾太阳，物性固莫夺。顾惟蝼蚁辈，但自求其穴。胡为慕大鲸，辄拟偃溟渤。以兹误生理，独耻事干谒。兀兀遂至今，忍为尘埃没。

---

[1] 见2015年10月15日《光明日报》第1版。

终愧巢与由，未能易其节。沉饮聊自遣，放歌破愁绝。岁暮百草零，疾风高冈裂。

天衢阴峥嵘，客子中夜发。霜严衣带断，指直不得结。凌晨过骊山，御榻在嵽嵲。蚩尤塞寒空，蹴蹋崖谷滑。瑶池气郁律，羽林相摩戛。君臣留欢娱，乐动殷胶葛。赐浴皆长缨，与宴非短褐。彤庭所分帛，本自寒女出。鞭挞其夫家，聚敛贡城阙。

圣人筐篚恩，实欲邦国活。臣如忽至理，君岂弃此物。多士盈朝廷，仁者宜战栗。况闻内金盘，尽在卫霍室。中堂舞神仙，烟雾散玉质。煖客貂鼠裘，悲管逐清瑟。劝客驼蹄羹，霜橙压香橘。朱门酒肉臭，路有冻死骨。荣枯咫尺异，惆怅难再述。北辕就泾渭，官渡又改辙。群冰从西下，极目高崒兀。疑是崆峒来，恐触天柱折。河梁幸未坼，枝撑声窸窣。行旅相攀援，川广不可越。

老妻寄异县，十口隔风雪。谁能久不顾，庶往共饥渴。入门闻号咷，幼子饥已卒。吾宁舍一哀，里巷亦呜咽。所愧为人父，无食致夭折。岂知秋禾登，贫窭有仓卒。生常免租税，名不隶征伐。抚迹犹酸辛，平人固骚屑。默思失业徒，因念远戍卒。忧端齐终南，澒洞不可掇。

2. 释文

杜陵有我老布衣，年纪越大越不宜。自我要求多可笑，要向稷契来看齐。想法不宜会碰壁，头白受苦不休息。盖上棺材无法提，不死志向不转移。整年为民来叹息，想到苦难心里急。同辈先生齐嘲讽，更加激昂不泄气。

我也打算去隐居，江海度日图清寂。碰上尧舜贤明帝，不忍轻易来丢弃。朝廷会有栋梁材，建造大厦不缺席。葵藿叶子朝太阳，忠诚天性怎抛弃。蚂蚁小人谋钻营，我何慕长鲸在海里？巴结权贵不肯去，因此营生误自己。虽然现在还穷困，怎忍埋没灰尘里？不像许由巢父飘世外，实在惭愧不放弃。痛喝几杯排烦闷，作诗高唱除忧凄。

年终草木已凋零，狂风怒吼扫平地。黑云像山压下来，孤零客子夜别离。扑落寒霜断衣带，想要结接指麻痹。天蒙蒙亮骊山脚，骊山高处有皇帝。大雾迷漫天空寒，我登山路路滑腻。华清宫像瑶池境，温泉蒸腾守军密。乐声大作响天宇，皇帝大臣纵欢娱。赐浴温泉是贵人，参加宴会无布衣。达官显宦分绸帛，绸帛出自贫妇女。丈夫公公被鞭打，勒索绸帛运城里。皇帝绸帛赏群臣，指望图报救国意。臣子忽略皇帝意，皇帝等于白送礼！济济英才满朝挤，稍有良心该转意！

皇宫内金盘宝器，转移国舅家厅堂。神仙美人堂上舞，轻烟罗衣玉体香。客人保暖貂皮袄，朱弦玉管奏乐章。驼蹄羹汤劝客尝，香橙金橘来南方。朱门酒肉飘香气，路有冻死谁人葬！苦乐不同两世界，人间不平难再讲！

折向北去泾渭边，泾渭合流改路线。河水冲击大冰块，波翻浪涌如山巅。疑心崆峒水上来，要把天柱碰折断！河上桥梁没冲毁，桥柱摇晃声震颤。河面宽阔难飞越，牵挽过桥不顾险。

妻儿寄居在奉先,无依无傍隔两边。受冻挨饿穷度日,怎能长久不来管?此去探望共患难,有难同当理自然。小儿活活被饿死,进门听见哭声酸。满腔悲痛难压抑,邻居泪流声呜咽!竟没本事养孩子,为人之父心羞惭!今秋收成还不错,穷人仍无糊口饭!我是个官享特权,不服兵役无税担。悲惨遭遇免不了,平民日子更辛酸。倾家荡产失业民,想远守边关缺吃穿。忧民忧国千万重,高过终南怎收敛!

3.注释

"杜陵有布衣,老大意转拙":杜陵在长安城东南,是杜甫的祖籍,杜甫自称少陵野老,杜陵布衣。任右卫率府胄曹参军八品小官,仍自称布衣。时年四十四岁,自嘲无成。"许身一何愚":自许愚腐。"稷与契":传说舜帝两大臣,稷是周祖先,教百姓种植五谷。契是殷代祖先,掌文化教育。"濩 hù 落":廓落,大而无用。"契阔":辛勤劳苦。"觊 jì 豁":希望达到,活着希望实现理想。

"肠内热":内心焦急,忧心如焚。"江海志,潇洒送日月":身在江海之上隐居的志向,自由自在地生活,道家的人生理想。"尧舜君":比唐玄宗。"廊庙具":具有心在庙堂之上的治国人才。"葵藿":向日葵与豆叶。"顾":想。"蝼蚁辈":钻营利禄的人。"胡为":为何。"慕大鲸":倾慕有远大理想者。"辄拟偃溟渤":就常想要到大海中去。

"以兹误生理":因理想误生计。"事干谒":求见权贵。"兀兀":穷困劳碌。"巢与由":巢父、许由,尧时隐士。"沉饮聊自遣":姑且痛饮自我排遣。"阴峥嵘":阴云密布。"客子":杜甫自称。"骊山":陕西临潼。"嶰嵲"dìniè:骊山。

"蚩尤":蚩尤作雾,指雾。"瑶池":传说西王母、周穆王宴会地,指骊山温泉。"气郁律":温泉热气蒸腾。"羽林":皇帝禁卫军。"摩戛":武器相撞击。"殷":充满。"胶葛":山石高峻貌。指乐声震动山冈。"长缨":权贵。"彤庭":朝廷。

"圣人筐篚恩":皇帝筐篚盛布帛赏赐。"臣如忽至理,君岂弃此物":臣如忽视此理,皇帝赏赐岂不白费。"多士盈朝廷,仁者宜战栗":朝臣众多,仁者应惶恐不安尽心为国。"内":皇宫御用。"卫霍":卫青、霍去病,汉武帝亲戚,指杨贵妃从兄权臣杨国忠。

"中堂":杨氏家族庭堂。"舞神仙":神仙样美女起舞。"烟雾":美女穿如烟雾薄纱。"玉质":美人肌肤。"劝客驼蹄羹,霜橙压香橘":贵族豪华奢侈。"惆怅":感慨难过。

"北辕":车北行,自长安至蒲城,沿渭水东走,折向北。"泾渭":二水陕西临潼会合。"官渡":官设渡口。"崒兀":浮冰突兀。"崆峒":山名,在甘肃岷县。"恐触天柱折":神话天四角柱撑,冰水汹涌,仿佛共工头触不周山,天崩地塌。担心国家命运。"梁":桥。"圻":断裂。"枝撑":桥柱。"声窸窣":振动声。

"异县":奉先县。"十口隔风雪":杜甫家十口,分居两地,风雪阻隔。"庶":希望。"贫窭"jù:贫穷。"仓卒":意外不幸。"生常免租税,名不隶征伐":名属士人,按规定免征赋税兵役劳役,杜甫任右卫率府兵曹参军,享豁免租税兵役权。"平人固骚屑"：平民免不了赋役烦恼，唐避李世民讳。"失业徒"：失产业人。"忧端齐终南"：忧虑情怀像终南山沉重。"掇"：止息。

4. 趣谈

杜甫到长安求职十多年。天宝十四年（755），朝廷任四十四岁的杜甫为右卫率府兵曹参军。杜甫往奉先省家，进门听到哭泣声，小儿子饿死。就长安十年感受见闻，写《自京赴奉先县咏怀五百字》。

诗圣杜甫直面历经八年战乱，以动地歌吟，表现战火中人间灾难，生民血泪，把强烈深沉的抒情，融入叙事，以叙事手法写时事。诗题下原注："天宝十四载十月初作。"杜甫在长安十年，被授右卫率府胄曹参军，是看守兵甲器仗、管钥匙的小官。不久，天宝十四年（755）的十月至十一月，由长安往奉先县（陕西蒲城）探望妻儿写诗。

这年十月，唐玄宗携杨贵妃，往骊山华清宫避寒。十一月安禄山举兵造反。杜甫途经骊山，玄宗贵妃大玩特玩，不知安禄山在范阳起兵反叛，安史之乱消息还没传到长安。"安史之乱"是唐朝社会矛盾总爆发，李唐王朝一蹶不振。杜甫凭借长安十年经历和途中见闻，敏锐感到国家危机迫在眉睫。诗人忧国忧民，忠君念家，怀才不遇，错综交织，构成博大浩瀚，沉郁顿挫的鸿篇巨制，深刻反映尖锐社会矛盾。

"老大意转拙"，如同俗语说"越活越回去"。说"笨拙"指诗人自比稷与契两位虞舜贤臣，志向迂阔，肯定失败。濩落即廓落，大而无当，空廓无用。"居然成濩落"即果然失败。契阔即辛苦。诗人明知定失败，却甘心辛勤到老。

诗人自嘲中带幽愤。人虽已老，却还没死，只要未盖棺，就须努力，仍志愿通达，口气坚决。孟子说："禹思天下有溺者，犹己溺之也；稷思天下有饥者，犹己饥之也。是以若是其急也。"杜甫自比稷契，所以"穷年忧黎元"，尽己一生，与万民同哀乐，衷肠热烈，为同学老先生笑，毫不在乎，慷慨悲歌。

隐逸为士大夫崇尚。杜甫说："我难道真的这样傻，不想潇洒山林，度过时光？无奈生逢尧舜之君，不忍走开。好比向日葵跟太阳转，忠君爱国发乎天性。为个人利益着想的人，像蚂蚁似的经营自己巢穴，我却偏要向沧海巨鲸看齐，生计耽搁。"诗人有用世心，因羞于干谒，辛辛苦苦，埋没风尘。

"生逢尧舜君，不忍便永诀。"尧舜之世，何尝没有隐逸避世之人，巢父、许由是高尚君子，我自愧不如，却也不能改变操行。不能高攀稷契，不屑俯就利禄，不忍像巢父、许由那样，跳出圈子，逃避现实，只好饮酒赋诗。沉醉能忘忧，放歌可破闷。诗酒流连，不得已而为。尽情抒怀，衷肠热烈。

百姓痛苦不堪，朝廷挤满贪婪庸鄙，无心肝的家伙，国事危险，如同千钧一发，仁人心会战栗。貂鼠裘，驼蹄羹，霜橙香橘，珍品享受，酒肉凡品，不须爱惜。诗人疾呼："朱门酒肉臭，路有冻死骨！"这是传诵千古的名句。骊山宫像仙界，宫门外路有倒尸。咫尺荣枯差别大。

写到家，抒发感慨。进门听见家人号啕大哭。"幼子饿已卒"，"无食致夭折"，景况凄惨。"吾宁舍一哀"，能够勉强达观自遣，邻里为之呜咽，惭愧为父，让儿子生生饿死。时节过秋收，粮食不该缺乏，穷人不免仓皇挨饿。诗人是个官，可免租税兵役，尚且狼狈，平民更加扰乱不安。弱者填沟壑，强者想造反。忧愁与终南山齐高，与大海一样无际。

诗人"推己及人"，结合自己生活，推想社会群体，从万民哀乐，推定国家兴衰，句句真知灼见。杜甫史诗论事，可供千秋万代后世鉴戒。杜甫系念国家安危，生民疾苦，诗风基调悲慨。动乱时代，坎坷遭遇，一有感触，悲慨满怀，深沉忧思。写生民疾苦，怀友思乡，穷愁潦倒，感情深沉。诗中厚积感情力量，喷薄而出。

《自京赴奉先县咏怀五百字》，叙抱负落空，仕既不成，隐又不遂，感情起伏，郁勃不平之气爆发，转入描写骊山奢靡生活，写"朱门酒肉臭，路有冻死骨"，愤懑之情喷薄出，成"荣枯咫尺异，惆怅难再述"深沉叹息。"入门闻号啕，幼子饿已卒。吾宁舍一哀，里巷亦呜咽。所愧为人父，无食致夭折"，悲痛欲绝难自制。"默思失业徒，因念远戍卒。忧端齐终南，澒洞不可掇"，个人悲痛，变成深沉忧思百姓苦难。

杜诗风格，沉郁顿挫。沉郁是感情的悲慨，壮大深厚。顿挫是感情表达的波浪起伏，反复低回。胡震亨《唐音癸签》评杜甫诗："精粗巨细，巧拙新陈，险易浅深，浓淡肥瘦，靡不毕具。"杜诗风格的多样性，是创作艺术高度成熟的标志。

五、有吏夜捉人

1.《石壕吏》

　　暮投石壕村，有吏夜捉人。老翁逾墙走，老妇出门看。吏呼一何怒，妇啼一何苦。听妇前致词：三男邺城戍。一男附书至，二男新战死。存者且偷生，死者长已矣！室中更无人，惟有乳下孙。有孙母未去，出入无完裙。老妪力虽衰，请从吏夜归。急应河阳役，犹得备晨炊。夜久语声绝，如闻泣幽咽。天明登前途，独与老翁别。

2.释文

暮宿石壕村，差役夜抓人。老翁越墙逃，老妇出门应。差役喊凶狠，老妇啼伤悲。老妇上前说："三儿邺城战。一儿捎信来，两儿刚战死。活人且偷生，死人不复生！家里没有人，只有吃奶孙。有孙母没离，进出无完裙。老妇力虽衰，让我跟你归。河阳去应征，还能备晨炊。"夜深语声绝，如闻泣声咽。天亮我赶路，只与老翁别。

3.注释

"暮"：傍晚。"投"：投宿。"石壕村"：在河南陕县东七十里，三门峡东南。"吏"：官吏，抓丁差役。"逾"：翻越。"走"：逃跑。"前致词"：老妇上前对差役说。"邺城"：相州（河南安阳）。"戍"：防守，服役。"附书至"：捎信来。"长已矣"：永远完结。"去"：改嫁。"完裙"：完整衣服。"老妪"

（yù）：老妇人。"河阳"：河南孟州，当时唐朝与叛军在这里对峙。"如"：好像，仿佛。"泣幽咽"：低微断续哭声。"泣"：有泪无声。"咽"：哭声哽塞低沉。

4.趣谈

乾元元年（758）底，杜甫四十八岁，由左拾遗贬为华州司功参军，离华州，到洛阳偃师（河南）探亲。第二年三月，唐军与安史叛军的邺城（河南安阳）之战爆发。当时唐朝集中郭子仪等九位节度使，率步骑二十万，围攻安禄山儿子安庆绪所占邺郡，被史思明援兵打得全军溃败。唐朝为补充兵力，在洛阳以西至潼关一带，抓人当兵，人民苦不堪言。

杜甫从洛阳返回，夜宿晓行，风尘仆仆，赶往华州任所。沿途亲见哀鸿遍野，民不聊生，引起强烈震动，感慨万千。投宿石壕村，遭遇吏卒夜捉人。创作不朽史诗"三吏"、"三别"（《新安吏》、《石壕吏》、《潼关吏》；《新婚别》、《垂老别》、《无家别》）。《石壕吏》是杰出的叙事史诗，现实主义文学的典范作品。本篇写差吏到石壕村，连夜捉人当兵，年老力衰的老妇被抓服役。揭露官吏残暴，制度黑暗，同情人民苦难。

六、人事多错迕

1.《新婚别》

菟丝附蓬麻，引蔓故不长。嫁女与征夫，不如弃路旁。结发为君妻，席不暖君床。暮婚晨告别，无乃太匆忙！君行虽不远，守边赴河阳。妾身未分明，何以拜姑嫜？

父母养我时，日夜令我藏。生女有所归，鸡狗亦得将。
君今往死地，沉痛迫中肠。誓欲随君去，形势反苍黄。
勿为新婚念，努力事戎行！妇人在军中，兵气恐不扬。
自嗟贫家女，久致罗襦裳。罗襦不复施，对君洗红妆。
仰视百鸟飞，大小必双翔。人事多错迕，与君永相望！

2. 释文

菟丝缠蓬麻，藤蔓不能长。姑娘嫁征夫，不如早丢路旁。结发做夫妻，炕席犹冰凉。夜婚晨离别，分手太匆忙！离家虽不远，戍守到河阳。婚礼没行完，怎好拜爹娘？父母养女儿，谨慎叫我藏。养女要嫁人，嫁谁都认账。夫今上战场，沉痛心中藏。真想随您去，军情急匆忙。新婚勿挂念，努力从军行！女人在军中，士气恐有妨。自叹穷家女，艰难做嫁装。嫁衣不再穿，当面洗掉红妆。仰看百鸟飞，大小定成双。人事多错违，跟您永不忘！

3. 注释

"菟丝"：蔓生草，依附其他植物枝干生长。蓬麻枝干短，菟丝引蔓不长，比喻嫁征夫难久处。"无乃"：岂不是。"河阳"：河南孟县，时唐军跟叛军在这里对峙。"身"：身份，名分。唐俗嫁后三日，上坟告庙算成婚，宿一夜婚礼未完，身份不明。"姑嫜"：公婆。"藏"：躲藏，不见外人。"归"：出嫁。

"将"：随。俗语"嫁鸡随鸡，嫁狗随狗"。"迫"：煎熬压抑。"中肠"：内心。"苍黄"：仓皇。"事戎行"：从军打仗。"久致"：很久以前已制成。"襦"：短袄。"裳"：下衣。"不复施"：不再穿。"洗红妆"：洗脂粉。"错迕" wǔ：差错矛盾不如意。"永相望"：永盼重聚，表爱情如一。

4. 趣谈

杜甫《新婚别》，用独白形式，塑造深明大义的少妇形象。用生死不渝的爱情，坚定丈夫斗志。运用大胆浪漫的艺术虚构，倾注浪漫的理想色彩，是高度思想性和完美艺术性的结合。人物塑造，用现实主义的精雕细琢，生动逼真，使读者深受感染。

七、人生无家别

1.《无家别》

寂寞天宝后，园庐但蒿藜。我里百余家，世乱各东西。存者无消息，死者为尘泥。贱子因阵败，归来寻旧蹊。久行见空巷，日瘦气惨凄。但对狐与狸，竖毛怒我啼。四邻何所有？一二老寡妻。宿鸟恋本枝，安辞且穷栖。方春独荷锄，日暮还灌畦。县吏知我至，召令习鼓鞞。虽从本州役，内顾无所携。近行止一身，远去终转迷。家乡既荡尽，远近理亦齐。永痛长病母，五年委沟溪。生我不得力，终身两酸嘶。人生无家别，何以为蒸黎。

2. 释文

天宝后，农村寂寞荒凉，家园只剩蒿草蒺藜。乡里百余人家，世道乱离各奔东西。活着没消息，死已化为尘。邺城

（安阳）兵败，回来找家乡旧路。走久见空巷，日光暗淡，萧条凄惨。面对狐狸，竖毛向我吼。四邻剩什么？一两老寡妇。宿鸟恋本枝，依恋故土，哪能辞而去，只能穷栖居。正春我扛锄，天晚还浇畦。县吏知我回，召我练军鼓。虽在本州役，家里没可带。近去空一人，远去终迷失。家乡已空荡，远近都一样。永痛长病母，五年没埋葬。生我不得侍，终身受辛酸。人世无家别，百姓可咋当？

3. 注释

"天宝后"：安史之乱后。"庐"：房屋。"但"：只有。"贱子"：无家者自谓。"阵败"：指邺城之败。"日瘦"：日光淡薄，杜甫自创语。"怒我啼"：对我发怒啼叫，乡村久荒芜，野兽猖獗。"鼙" pí：鼓名。

"无所携"：家里无可告别的人。"携"：离。"终转迷"：终究前途迷茫，生死凶吉难料。"委沟溪"：母亲葬山谷。"两酸嘶"：母子两人都饮恨。"酸嘶"：失声痛哭。"蒸黎"：劳动人民。"蒸"：众。"黎"：黑，指劳动者。

4. 趣谈

杜甫《无家别》，作于唐肃宗乾元二年（759）春。唐玄宗天宝十四年（755）安史之乱爆发，乾元二年三月，唐六十万大军败邺城，局势危急，为补充兵力，无限制拉夫。主人公是再次被征兵的单身汉，无人送别无人别，自言自语诉悲情。写军人邺城败后，故乡荒凉，无家可归。老母病死，重又被征。遭遇凄惨，感人至深。

八、车辚辚，马萧萧

1.《兵车行》

车辚辚，马萧萧，行人弓箭各在腰。爷娘妻子走相送，尘埃不见咸阳桥。牵衣顿足拦道哭，哭声直上干云霄。道旁过者问行人，行人但云点行频。或从十五北防河，便至四十西营田。去时里正与裹头，归来头白还戍边。边庭流血成海水，武皇开边意未已。

君不闻，汉家山东二百州，千村万落生荆杞。纵有健妇把锄犁，禾生陇亩无东西。况复秦兵耐苦战，被驱不异犬与鸡。长者虽有问，役夫敢申恨？且如今年冬，未休关西卒。县官急索租，租税从何出。信知生男恶，反是生女好。生女犹得嫁比邻，生男埋没随百草。君不见，青海头，古来白骨无人收。新鬼烦冤旧鬼哭，天阴雨湿声啾啾。

2. 释文

战车隆隆响不停，战马萧萧嘶鸣声，军士弓箭各在腰。爹娘妻儿跑相送，尘埃遮蔽咸阳桥。拽衣跺脚拦路哭，哭声直上冲九霄。路边过客问军士，军士只说征兵频。十五北方守黄河，四十河西搞军垦。出发村长扎头巾，归来头白守边境。战士流血如流水，皇上拓边无休止。

唐朝东有二百州，千万村落长野草。虽有壮妇把犁锄，垄亩庄稼乱糟糟。关中士兵耐苦战，被人驱赶如鸡狗。过路老人虽有问，役夫怎敢说怨恨？再说今年冬，不放关西守。县官急催租，租税从哪出？早知生男恶，不如生女孩。生女可以嫁近邻，生男尸骨埋草丛。不信请您睁眼看，青海白骨无人收。新旧鬼魂含冤哭，阴天下雨声凄苦。

3. 注释

"辚辚"：车轮声。《诗经·秦风·车辚》："有车辚辚。""萧萧"：马鸣声。《诗经·小雅·车攻》："萧萧马鸣。""行人"：被征出发的士兵。"走"：跑。"咸阳桥"：在陕西咸阳西南，长安通西北经路。"干"：冲。"过者"：过路人，杜甫自称。"但云"：只说。"点行频"：频繁点名征丁。"或"：有人。"北防河"：军士集结河西防御，地在长安北。"西营田"：屯田防御。"里正"：负责管理户口，检查民事，催促赋役。"裹头"：男子成丁裹头巾。新兵年幼，里正裹头。"边庭"：边疆。"武皇"：汉武帝刘彻，唐诗以汉指唐，委婉避讳，借武皇代指唐玄宗。下文"汉家"指唐朝。"开边"：开拓边疆。

"汉家"：借汉指唐。"山东"：崤山华山以东，秦居西方，秦外称山东。"荆杞"：灌木荆棘杞柳。"垄亩"：田地。"垄"：田埂。"无东西"：不分东西，行列不齐。"况复"：更何况。"秦兵"：关中士兵。"长者"：杜甫。"役夫"：服役人。"敢"：岂敢，怎敢。"且如"：就如。"关西"：函谷关西。"县官"：官府。"比邻"：近邻。"青海头"：青海边。"烦冤"：愁烦冤屈。"啾啾"：凄厉哭声。

4.趣谈

杜甫《兵车行》，揭露唐玄宗穷兵黩武，连年征战，造成灾难。控诉战争，同情苍生，心怀怨愤，展现生离死别凄惨图景。诗作于天宝中后期，唐朝不断用兵。天宝八年（749），石堡城（青海西宁西南）一役，死数万人。天宝十年（751），剑南节度使率兵八万，攻南诏（云南）大败，死六万人。为补充兵力，四处捕人，连枷押送，家人送行，哭声震野，是现实生活的真实记录，有深刻的典型意义，体现杜诗的人民性。

九、国破山河在

1.《春望》

国破山河在，城春草木深。感时花溅泪，恨别鸟惊心。烽火连三月，家书抵万金。白头搔更短，浑欲不胜簪。

2.释文

国家沦陷山河旧，春日城区荒草生。忧心伤感花开泪，别离鸟鸣我心惊。战火硝烟连三月，家人书信值万金。愁闷心烦搔白头，白发稀疏不上簪。

3.注释

"国"：指国都长安（陕西西安）。"破"：陷落。"山河在"：旧日山河依然在。"城"：长安。"草木深"：人烟稀少。"感时"：感伤时局。"溅泪"：流泪。"恨别"：怅恨离别。"烽火"：边防报警烟火，指安史之乱战火。"三月"：正月、二月、三月。

"抵"：值，相当。"白头"：白头发。"搔"：手指轻抓。"浑"：简直。"欲"：想，要，就要。"胜"：受不住，不能。"簪"：束发首饰。古男子蓄长发，成年后头顶束发，用簪横插免散开。

4. 趣谈

杜甫最早最全面反映大战乱大破坏大灾难。杜甫用诗写战争中事件，百姓的苦难，以深广生动、血肉饱满的形象，展现战火中社会生活的广阔画面，后人称诗史，有历史科学的认识价值。诗中反映重要的历史事件。天宝十四年（755）十一月，安禄山起兵叛唐。次年六月，叛军攻陷潼关，玄宗逃四川。七月太子李亨即位灵武（宁夏），称肃宗，改元至德。杜甫投奔肃宗，途中被叛军俘获，解送长安，因官职低微未被囚禁。

至德二年（757）春，杜甫目睹长安萧条零落景象，写这首传诵千古名作，饱含兴衰感慨。写诗人挂念亲人，心系国事情怀，充满凄苦哀思。诗格律严整，"感时花溅泪"应国破之叹，"恨别鸟惊心"应思家之忧，强调忧思之深，导致发白稀疏。对仗精巧，声情悲壮。全篇情景交融，感情深沉，含蓄凝练，言简意赅。典型时代，典型感受，忧国忧民，感时伤怀。情景交融，景中有情，景中有意。借事抒情，情中有景。意境深沉，一字传神。

十、忆昔开元全盛日

1.《忆昔》

忆昔开元全盛日，小邑犹藏万家室。稻米流脂粟米白，公私仓廪俱丰实。九州道路无豺虎，远行不劳吉日出。

齐纨鲁缟车班班,男耕女桑不相失。宫中圣人奏云门,天下朋友皆胶漆。百余年间未灾变,叔孙礼乐萧何律。岂闻一绢值万钱,有田种谷今流血。洛阳宫殿烧焚尽,宗庙新除狐兔穴。伤心不忍问耆旧,复恐初从乱离说。小臣鲁钝无所能,朝廷记识蒙禄秩。周宣中兴望我皇,洒泪江汉身衰疾。

2. 释文

想当年开元盛世时,小城市就有万家人口,农业丰收,粮食储备充足,储藏米谷的仓库也装得满满的。社会秩序安定,天下太平没有寇盗横行,路无豺虎,旅途平安,随时可以出门远行,自然不必选什么好日子。当时手工业和商业发达,到处是贸易往来的商贾的车辆,络绎不绝于道。男耕女桑,各安其业,各得其所。宫中天子奏响祭祀天地的乐曲,一派太平祥和。社会风气良好,人们互相友善,关系融洽,百余年间,没有发生过大的灾祸。国家昌盛,政治清明。

谁知安史乱后,田园荒芜,物价昂贵,一匹绢要卖万贯钱。洛阳的宫殿被焚烧殆尽,吐蕃也攻陷长安,盘踞了半月,代宗不久之后收复两京。不敢跟年高望重的人絮叨旧事,怕他们又从安禄山陷两京说起,惹得彼此伤起心来。小臣我愚钝无所能,承蒙当初朝廷授检校工部员外郎官职给我。希望当代皇上能像周宣王恢复周代初期的政治,使周朝中兴那样恢复江山社稷,我在江汉流经的巴蜀地区也会激动涕零。

3.注释

"开元":唐玄宗年号(713—741)。开元盛世是中国历史上最有名的治世之一。"小邑":小城。"藏":居住。"万家室":户口繁多。"仓廪":米仓,粮库。"豺虎":比喻寇盗。"齐纨鲁缟":齐鲁(山东)生产的精美丝织品。

"车班班":商贾车辆络绎不绝。"班班":繁密众多,不绝于道。"桑":养蚕织布。"不相失":各安其业,得其所。"圣人":指天子。"奏云门":演奏《云门》乐曲。"云门":祭祀天地乐曲。"胶漆":喻友情深,亲密无间。

"百余年间":唐开国(618)到开元末(741)百多年。"未灾变":没生大灾。"叔孙":西汉初,高祖命叔孙通制定礼乐,萧何制定律令,用汉初盛世喻开元时代。"岂闻":由忆昔转说今。以前物价不高,生活安定,安史之乱后田园荒芜,物价昂贵。"一绢":一匹绢。

"洛阳"句:用东汉末董卓烧洛阳宫殿事,喻指两京破坏严重。广德元年十月吐蕃陷长安,盘踞半月,代宗于十二月复还长安,诗作于代宗还京后。"宗庙":皇家祖庙。"狐兔":指吐蕃。"耆旧":年高望重的人。"乱离":天宝末年安史之乱。

"小臣":杜甫自谓。"鲁钝":粗率,迟钝。"记识":记得,记住。"禄秩":俸禄。"蒙禄秩":指召补京兆功曹,未赴任。"周宣":周宣王,厉王之子,即位整理乱政,励精图治,恢复周初政治,中兴周朝。"我皇":指代宗。"洒泪":极言迫切盼望中兴。"江汉":长江和嘉陵江流经的巴蜀地。嘉陵江上源为西汉水,亦称汉水。

4. 趣谈

杜甫《忆昔》，作于广德二年（764）。描述开元盛世的繁荣景象，是常被史学家用来说明开元盛世社会风貌的诗。杜甫从广阔视野，频繁写时事。诗提供史实，可证史、补史的不足。题目忆昔，实是讽今。忆唐玄宗开元盛世，目的是鼓舞代宗致力安国兴邦，恢复往日繁荣。杜甫怀"位卑未敢忘忧国"的崇高理想，身处乱世，颠沛流离，仍心系天下，忧国忧民。

十一、两个黄鹂鸣翠柳

1.《绝句》

两个黄鹂鸣翠柳，一行白鹭上青天。窗含西岭千秋雪，门泊东吴万里船。

2. 释文

两只黄莺在翠绿的柳枝上鸣唱，一行白鹭飞上高高的蓝天。窗口正对岷山千年不化的积雪，门外停泊来自东吴的万里航船。

3. 注释

"黄鹂"：黄莺。"白鹭"：鹭鸶，羽毛纯白能高飞。"窗含"：由窗往外望西岭，好似嵌在窗框中。"西岭"：成都西南岷山，雪常年不化。"千秋雪"：想象词。"东吴"：长江下游江苏一带，成都水路通长江，所以说"长江万里船"。

4. 趣谈

《绝句》是杜甫组诗，作于唐代宗广德二年（764）。诗人经长时的东川漂流，因严武再次镇蜀，重返成都草堂，心情舒畅，面对春景生机，欣然命笔，所见所感，收入诗篇，一挥而就，是杜诗中寓情于景的佳作。其中第三首最著名，作为唐诗名篇选入语文课本。

乾元三年（760）杜甫在成都建草堂，生活安定。这首《绝句》写于成都浣花溪草堂，刻画周围明媚秀丽的春景，色彩绚丽鲜明，显示春景生机，透露欢快喜悦。从自然美景切入，营造清新轻松的情致。"翠"是新绿，是初春时节万物复苏，萌发生机时的颜色。

黄莺鸣叫，清脆悦耳。嫩芽初发的柳枝，成对黄莺欢唱，富有喜庆气味。黄莺居柳而鸣，静中寓动。晴空万里，一碧如洗，白鹭飞翔，自由自在，奋发向上。以"黄"衬"翠"，以"白"衬"青"，色彩鲜明，衬托早春生机。黄莺鸣叫，分别从视听角度刻画，有声有色，生机盎然。黄莺鸣柳，白鹭上天，空间开阔，由下而上，由近而远，生机充盈。

唐代宗广德二年（764）春，杜甫因严武再次镇蜀，返成都草堂，安史之乱已平，诗人心情大好，面对生气勃勃的春天景象，情不自禁，兴到笔随，写即景小诗。草堂春色，情绪陶然，随视线游移，景物转换，江船出现，触动乡情。两两对杖，精致考究，自然流畅。由眼前景观，引向广远空间，悠长时间中，引入对历史和人生的哲思理趣。

黄鹂翠柳，活泼气氛。白鹭青天，平静安适。"鸣"表现鸟怡然自得。"上"表现白鹭悠然飘逸。黄、翠、白、青，色泽交错，展示春天明媚景色，传达诗人欢快心情。有声有色，意境优美，对仗工整。"含"表明凭窗远眺，景嵌窗框一幅画，表现心情舒畅喜悦。"千秋雪"说时间久，"万里船"说空间广。身在草堂，思接千载。视通万里，境界开阔。两笔鹅黄染翠绿，青淡空间勾白线。对仗精工，动静结合。诗如画卷，山水壮阔。

十二、会当凌绝顶

1.《望岳》

岱宗夫如何？齐鲁青未了。造化钟神秀，阴阳割昏晓。荡胸生层云，决眦入归鸟。会当凌绝顶，一览众山小。

2.释文

巍峨泰山何雄伟，走出齐鲁见青翠。大山南北分晨昏，自然会聚真优美。层云荡涤胸中壑，翩翩归鸟入眼内。有朝一日登绝顶，一览众山脚下垂。

3.注释

"岱宗"：泰山在山东泰安，也叫岱山、岱岳。古以泰山为五岳之首，诸山之宗，为天下第一山，所以又叫"岱宗"。历代帝王在此行封禅（祭天）大典。"夫"：语气词。"如何"：怎么样。"齐鲁"：古齐鲁以泰山为界，齐在泰山北，鲁在泰山南。在山东，齐鲁代指山东。

"青未了"：翠绿山色无边际，浩茫浑涵难尽言。"青"：翠绿。"未了"：不尽，不断。"造化"：大自然。"钟"：聚集。

"神秀"：天地灵气，神奇秀美。"阴阳"：阴指山北，阳指山南，这里指泰山南北。"割"：分。夸张说因泰山高，同一时间，山南北分如晨昏。"昏晓"：黄昏早晨。

"荡胸"：心胸摇荡。"层"：重叠。"决眦 zì入归鸟"：眼角裂开张大眼，远望归鸟入山图。"决"：裂开。"眦"：眼角。"入"：收入眼底，看到。"会当"：终当，定要。"凌绝顶"：登上最高峰。"凌"：登上。

4.趣谈

杜甫《望岳》吟咏泰山，代表杜甫青年时想为国效力，光芒四射，积极进取。"会当凌绝顶，一览众山小"，千百年来人传诵，至今引起强共鸣。后人誉为"绝唱"，刻石为碑，与泰山永垂不朽。

唐玄宗开元二十三年（735），诗人到洛阳应考进士，落第归。开元二十四年（736），二十四岁杜甫北游豫冀鲁，诗在旅途作。现存杜诗年最早，洋溢青年杜甫蓬勃朝气。描绘泰山雄伟磅礴，赞美泰山高大巍峨，神奇秀丽，流露热爱山河情，表达不怕困难敢攀顶，俯视一切大气魄。

此诗写泰山绵延辽阔，雄峻磅礴，想象登顶大视野。诗以"望"字统全篇，远望近望，凝望俯望，给人以身临其境之感，谋篇构思，气势恢宏。泰山雄伟磅礴，抒发勇于攀登，俯视一切，朝气蓬勃的凌云壮志，富浪漫色彩。泰山的崇高伟大，有自然人文的双重含义，登顶泰山的理想愿望，具备自然人文的双重含义。

十三、不尽长江滚滚来

1.《登高》

风急天高猿啸哀，渚清沙白鸟飞回。无边落木萧萧下，不尽长江滚滚来。万里悲秋常作客，百年多病独登台。艰难苦恨繁霜鬓，潦倒新停浊酒杯。

2. 释文

天高风急猿哀鸣，清澈水中鸟飞回。无边落叶纷纷下，无尽长江滚滚来。悲对秋色常漂泊，暮年多病独登台。艰难困苦白发生，穷途潦倒停酒杯。

3. 注释

"登高"：农历九月九日为重阳节，有登高习俗。"猿啸哀"：长江三峡猿猴凄厉叫声。《水经注·江水》引民谣："巴东三峡巫峡长，猿鸣三声泪沾裳。""渚"zhǔ：水中洲，水中陆地。"鸟飞回"：鸟在急风中飞舞盘旋。"回"：回旋。

"落木"：秋天飘落树叶。"萧萧"：风吹落叶声。"万里"：远离故乡。"常作客"：长期漂泊。"百年"：一生，借指晚年。"艰难"：兼指国运和自身命运。"苦恨"：极恨，极遗憾。"苦"：极。"繁霜鬓"：多白发，如鬓着霜雪。"繁"：增多。"潦倒"：衰颓，失意。衰老多病志未伸。"新停"：新近停止。重阳登高，例应喝酒，杜甫晚年因肺病戒酒。

4. 趣谈

杜甫《登高》，作于大历二年（767）秋。时年五十六岁。杜甫于大历元年（766）到夔州（奉节）暂住，为公家代管东屯公田一百顷，租公田，买四十亩果园雇工，自己和家人参加劳动。不到两年作诗四百三十多首，占现存作品三成。《登高》名句"无边落木萧萧下，不尽长江滚滚来"，是千古绝唱。

杜甫独自登夔州白帝城外高台，登高临眺，百感交集，激起诗意。秋江萧瑟景色，感慨身世飘零，渗入孤愁悲哀。写景述登高见闻，紧扣秋天季节，描绘江边空寂，局部近景和整体远景。抒情写登高感受，围绕身世遭遇，抒发穷困潦倒，年老多病，流寓他乡的悲哀。自伤身世，慷慨激越。蕴含比兴、象征和暗示，申述愁苦作尾声。

十四、现实文学树典范

杜甫（712—770），字子美，河南巩县（今巩义）人。伟大的现实主义诗人，被誉为"诗圣"，诗称"诗史"，影响深远。青少年时家庭环境优越，好学，七岁能诗。"七龄思即壮，开口咏凤凰。"[①] "（有志）致君尧舜上，再使风俗淳。"[②]

开元十九年（731）十九岁，出游山东临沂。二十岁漫游吴越数年。开元二十三年（735）回乡参加乡贡。二十四年（736）在洛阳参加进士考试落第。父亲时任兖州司马，杜甫赴兖州省亲，游齐赵。

天宝三年（744）四月，在洛阳与被唐玄宗赐金放还的李

---

① 《全唐诗·壮游》，中华书局1960年版。
② 《全唐诗·奉赠韦丞丈二十二韵》，中华书局1960年版。

白相遇，相约同游梁、宋（河南开封、商丘）。到齐州（山东济南）。过四年秋天转赴兖州与李白相会，二人寻仙访道，谈诗论文，结下"醉眠秋共被，携手日同行"的友谊。

天宝六年（747），玄宗诏天下"通一艺者"到长安应试，杜甫参加考试落选。科举路不通，转走权贵门，投赠干谒无结果。"举进士不中第，困长安。"[①]客居长安十年，奔走献赋不得志，仕途失意陷贫困。

天宝十四年（755）十一月，安史之乱爆发，次年六月，潼关失守，玄宗西逃。七月太子李亨即位于灵武，为肃宗。杜甫家搬到鄜州（陕西富县）羌村避难，听说肃宗即位，八月只身北上，投奔灵武，途中为叛军俘虏押长安。

至德二年（757）四月，郭子仪大军来到长安北方，杜甫冒险从城西金光门，逃出长安，穿过对峙的两军，到凤翔（陕西宝鸡），投奔肃宗。五月十六日，被肃宗授为左拾遗，世称"杜拾遗"。

杜甫因营救房琯，触怒肃宗，被贬到华州（华县），负责祭祀礼乐，学校选举，医筮考课等。在华州，杜甫苦闷烦恼。九月长安收复，十一月杜甫回长安任左拾遗，忠于职守，因受房琯案牵连，乾元元年（758）六月被贬为华州司功参军。

乾元二年（759）夏，华州及关中大旱，杜甫忧时伤乱，咏叹国难民苦。立秋后，杜甫因对污浊时政痛心疾首，放弃

---

① 欧阳修、宋祁：《新唐书·文艺上》，中华书局1997年版。

华州司功参军职，西去秦州（甘肃天水）。几经辗转到成都，在城西浣花溪畔，建草堂，世称"杜甫草堂"、"浣花草堂"。后寄居四川奉节。

大历三年（768），杜甫思乡心切，乘舟出峡，到江陵，转公安，年底漂泊到湖南岳阳，一直住船上。生活困难，不能北归，被迫南行。大历四年（769）正月，由岳阳到潭州（长沙），到衡州（衡阳），折回潭州。

大历五年（770），臧玠在潭州作乱，杜甫逃衡州，打算往郴州投靠舅父崔湋，到耒阳遇江水暴涨，停泊方田驿，肚饿五天得救。杜甫由耒阳到郴州，逆流而上两百多里，洪水未退，北归不成，改变计划顺流下，回潭州。冬杜甫在由潭州往岳阳船上去世，年五十九岁。

杜甫生活在唐朝由盛转衰的历史时期，涉笔社会动荡，政治黑暗，人民疾苦，反映社会矛盾，记录唐代由盛转衰的历史巨变，表达崇高的仁爱精神，强烈的忧患意识。杜甫忧国忧民，人格高尚，诗艺精湛。诗多传颂千古名篇，是现实主义诗歌的代表作。

杜甫是唐代最杰出诗人之一，影响深远。鲁迅晚年与友人讨论中国文学史，认为李白、杜甫皆第一流诗人，说："我总觉得陶潜站得稍稍远一点，李白站得稍稍高一点，这也是时代使然。杜甫似乎不是古人，就好像今天还活在我们堆里似的。"鲁迅曾说："杜甫是中华民族的脊梁！"

杜甫有狂放不羁的一面，名作《饮中八仙歌》可看出杜甫豪气干云。"为人性僻耽佳句，语不惊人死不休"，是他的创作风格。杜诗有仁政思想的传统精神，司马迁的实录精神。韩愈把杜甫与李白并论说："李杜文章在，光焰万丈长。"陈善《扪虱新语》卷七："老杜诗当是诗中《六经》，他人诗乃诸子之流也。"

杜甫诗歌内容，反映社会面貌，题材广泛，寄意深远，描述民间疾苦，抒发悲天悯人的仁民爱物，忧国忧民情怀。杜诗为纪实诗，可补史证史，称为诗史。杜甫具史识史见，笔法森严，可媲美历史学家司马迁。评人评事，"不虚美，不隐恶"。

杜甫说"穷年忧黎元"，"济时肯杀身"，是一贯精神。进步思想形成杜甫永不衰退的政治热情，坚忍不拔的顽强性格，胸怀开阔的乐观精神，成为历史上政治性最强的伟大诗人，和他接近人民生活实践分不开。

杜甫在《奉赠韦左丞丈二十二韵》说："自谓颇挺出，立登要路津。致君尧舜上，再使风俗淳。"企望入仕，在仕途大业中实现自己的理想抱负，渴望在社会实际工作中建功立业，兼济苍生。

二十岁开始为时十年以上的"壮游"，接触到无比丰富的文化遗产和壮丽河山，充实生活，扩大视野，为早期诗歌带来浓厚的浪漫主义色彩，《望岳》诗可为代表。"会当凌绝顶，一览众山小"，流露诗人对事业的雄心壮志。作为伟大的现实主义诗人，是他创作的准备期。

杜甫走向现实主义，从三十五岁到四十四岁十年长安困守开始。这是安史之乱的酝酿期，当权的是奸相李林甫和杨国忠，杜甫不能实现"致君尧舜上，再使风俗淳"的政治抱负，过着"朝扣富儿门，暮随肥马尘"的屈辱生活，经常挨饿受冻："饥饿动即向一旬，敝衣何啻悬百结。"杜甫在长安十载，历尽辛酸。"卖药都市，寄食友朋。"（《献三大礼赋表》）"朝扣富儿门，暮随肥马尘，残杯与冷炙，到处潜悲辛。"（《奉赠书左丞》）

在饥寒煎熬下，杜甫曾想退隐，做"潇洒送日月"的巢父、许由。但终没有回避艰苦，坚决走上积极入世的道路。生活折磨杜甫，成全杜甫，使他逐渐深入人民生活，看到人民痛苦，看到统治者罪恶，写《兵车行》、《前出塞九首》、《丽人行》和《自京赴奉先县咏怀五百字》等现实主义杰作，反映社会风貌。

杜甫有诗句："男儿生世间，及壮当封侯。""丈夫誓许国，愤惋复何有？功名图麒麟，战骨当速朽。""丈夫四方志，安可辞固穷。"反映出杜甫渴望济世扬名，建功立业的雄怀大志。理想抱负建立在强烈的社会责任感，忧患意识之上。十年困守，使杜甫变成忧国忧民的诗人，确定杜甫此后生活道路和创作道路的方向。

从四十五岁到四十八岁，是杜甫生活的第三期，陷贼与为官期。这是安史之乱最剧烈的时期，国家岌岌可危，人民灾难深重，诗人历尽艰险，深入人民生活，投入实际斗争，写《悲陈陶》、《哀江头》、《春望》、《羌村》、《北征》、《洗兵马》和"三吏"、"三别"等一系列有高度人民性和爱国精神的诗篇，达到现实主义的高峰。

诗歌《登岳阳楼》："昔闻洞庭水，今上岳阳楼。吴楚东南坼，乾坤日夜浮。亲朋无一字，老病有孤舟。戎马关山北，凭轩涕泗流。"在岳阳楼上远眺，想到兵荒马乱，战火纷飞的社会状况，凭依窗轩，胸怀家园，不禁涕泪流。

《闻官军收河南河北》："剑外忽传收蓟北，初闻涕泪满衣裳。却看妻子愁何在，漫卷诗书喜欲狂。白日放歌须纵酒，青春作伴好还乡。即从巴峡穿巫峡，便下襄阳向洛阳。"由于听到朝廷收复失地的消息而惊喜若狂。

这两首诗都是杜甫流落漂泊时作。由于安史之乱，社会一片狼藉，杜甫期望平息叛乱，社会安定。当想到国家遭殃，战火不熄，生灵涂炭的时候，流泪不止。当听说官军收复蓟北，喜极而泣，不能自抑。杜甫忧喜来自国家，是以天下为己任的社会责任感。

"满目悲生事，因人作远游。"759年杜甫弃官，在成都西郊盖草堂，开始他最后一期"漂泊西南"的生活。漂泊十一年，过"生涯似众人"的日子。爱和劳动人民往来，憎厌官僚，说："不爱入州府，畏人嫌我真。及乎归茅宇，旁舍未曾嗔。"

杜甫生活很苦，逝世那年，因避臧玠之乱而挨五天饿。漂泊十一年，写一千多首诗。杜甫在四川漂泊八九年，在湖北、湖南漂泊两三年。770年冬，死在由长沙到岳阳的一条破船上。"战血流依旧，军声动至今"，是他对国家人民最后的怀念。杜甫诗有丰富的社会内容，强烈的时代色彩，鲜明的政治倾向，深刻反映安史之乱前后历史时代政治时事和广阔的社会生活画面。

杜诗运用艺术手法多样，是唐诗艺术的集大成。杜甫创作不少"即事名篇，无复依傍"的新题乐府，如"三吏"、"三别"等。杜诗受到广泛重视。文天祥以杜诗为坚守民族气节的精神力量，在狱中作两百首集杜甫五言诗，自序说："凡吾意所欲言者，子美先为代言之。"杜诗影响，超出文学艺术的范围，杜甫是影响随时间不断增长的诗人。文学家学习他创新艺术手法，政治改革家学习他悲悯穷人。

清初文学评论家金圣叹，把杜甫诗作，跟屈原《离骚》、庄周《庄子》、司马迁《史记》、施耐庵《水浒传》、王实甫《西厢记》，合称"六才子书"。当代赞赏杜甫使用人民语言，创现实主义杰作。

美国作家和评论家雷克斯罗斯（K. Rexroth，1905—1982）说："我的诗歌，毫无疑问地主要受到杜甫的影响。我认为他是有史以来，在史诗和戏剧以外的领域里最伟大的诗人，在某些方面他甚至超过了莎士比亚和荷马，至少他更加自然和亲切。""我三十年以来沉浸在他（杜甫）的诗中。我深信，他使我成了一个更高尚的人。"雷克斯罗斯译杜诗三十六首，收在1956年出版《中国诗歌一百首》和1970年出版《爱与历史的转折岁月：中国诗百首》。

第三节　文章公论历久明

《四库全书》别集类序："集始于东汉。荀况诸集，后人追题也，其自制名者，则始张融玉海集，其区分部帙，则江淹有前集有后集，梁武帝有诗赋集，有文集，有别集，梁元帝有集有小集，谢朓有集有逸集，与王筠之一官一集，沈约之正集百卷，又别选集略三十卷者，其体例均始于齐梁，盖集之盛，自是始也。唐宋以后名目益繁，然隋唐志所著录，今又十不存一，新刻日增，旧编日减者，岂数有乘除欤，文章公论，历久乃明，天地英华所聚，卓然不可磨灭者，一代不过数十人，其余可传可不传者，则系乎有幸有不幸，存佚靡恒，不足异也，今于元代以前，凡讼定诸编，多加甄录，有明以后，篇章弥富，则删薙弥严，非曰沿袭恒情，贵远贱近，盖阅时未久，珠砾并存，去取之间，尤不敢不慎云尔。"

别集是个人诗文汇编。如白居易《白氏长庆集》，苏轼《东坡七集》。先秦无别集，诸子论文结集，称《荀子》、《庄子》、《墨子》，跟后代文集相似。汉代文学创作发展，西汉刘向《七略》有"诗赋略"，著录《屈原赋》二十五篇、《唐勒赋》四篇、《宋玉赋》十六篇，《左冯翊路恭赋》八篇，共六十六家，以作家为单位，汇集赋作，为后代目录家"别集类"的开始。东汉末年后，别集渐繁。汉魏六朝别集，见于《隋书·经籍志》八百八十六部。以后历代相沿。清人文集三万家，学者人人有别集。

作者生前定，属选集，删汰作品。后人编，属全集，只字不遗。编者是作者子孙学生，同乡后辈，研究爱好者。别集单收诗，称诗集。单收文，称文集。兼收诗文，称文集。作家因作品而传。文学流派，靠作品的创作风格倾向成立。中国文学史，是作家作品及文学流派史。别集收集作家的诗、词、曲、散文,是研究作家生平创作和文学成就的资料,是编总集的依据,保存历史文献,有文献价值。

别集分类。按照收录范围,分汇集一人全部作品的全集(如宋陆游《陆放翁全集》),选录一人部分作品的选集(如唐代皮日休《皮子文薮》)。按编辑情况,分自编别集(如唐代孙樵《孙可之文集》),他人编别集(如唐代韩愈撰李汉编的《韩昌黎集》)。

别集内文献编排方式多样。有按作品主题编排(如宋文天祥《文山先生集》)。有按作品著成时代先后编排(如唐杜甫《杜少陵集》)。有按作品体裁分类编排(如唐李白《李太白集》)。有综合几种方式编排(如宋黄庭坚《山谷全集》)。

就编排方式说,别集分四类。第一类按分体编排的别集。这一类在古代文学别集中最常见。如唐李白《李太白集》三十卷,卷一为古赋,卷二为古风,卷三至卷六为乐府,卷七至卷二十五为古体诗和近体诗,另有文四卷,诗文拾遗一卷。

第二类按编年编排的别集。如唐杜甫撰、清仇兆鳌编注《杜少陵集详注》二十五卷,卷一至卷三作于安史之乱前,卷四至卷七作于安史之乱时,卷八至卷九(前半部)是赴四川途中所作,卷九(后半部)至卷十四是定居成都五年所作,卷十五至卷二十三是离开成都沿江东下时所作。最后两卷收表、赋、赠序和其他杂著。

第三类按作品主题分部编排的别集。如宋文天祥《文山先生集》二十卷(四部丛刊本),分《文集》(卷一至卷十二,包括诗词文)、《指南录》、《指南后录》、《吟啸集》、《集杜诗》、《纪年录》(卷十三至卷十八)以及附录(卷十九、卷二十为传记、祭文等)。

第四类兼用以上几类编排的别集。如宋黄庭坚《山谷全集》三十卷,《内集》二十卷为诗,编年;《外集》十七卷,第一部分为赋,不编年,第二部分为诗,编年;《别集》二卷为诗,不编年。

别集命名方式。有的用作者本名命名,如《骆宾王文集》、《孟浩然集》,这种命名方式在古典文献中较少,近人新编的别集常见。有用作者的字、号、别名命名,如《李太白集》、《玉溪生诗集》(唐李商隐撰)、《陶渊明集》、《船山诗草》(清张问陶撰)。有用作者的斋室命名,如《玉茗堂集》(明汤显祖撰)。有用作者的官衔、封号、谥号命名,如《阮步兵集》(三国魏阮籍撰)、《诚意伯文集》(明刘基撰)、《范文正公全集》(宋范仲淹撰)。有用作者籍贯、居住地、别墅命名,如《柳河东集》(唐柳宗元撰)、《樊川文集》(唐杜牧撰)。有用作者撰作编集的时代命名,如《白氏长庆集》(唐白居易撰)。

《辞源》定义:"图书四部分类中集部的分目,同总集相对而言,即收录个人诗文的集子。"《辞海》定义:"别集与总集相对,即编录一个人的著作成为一书,通常别集以诗文作品为主,也包括论说、奏议、书信、语录等著作,内容较为广泛。"《现代汉语词典》定义:"收录个人的作品而成的诗文集。"

编录别集起东汉。图书编目列别集分目，始于梁阮孝绪《七录》，定型《隋书·经籍志》。《四库全书·集部》，收九百六十一部别集。清乾隆年编《四库全书》分经史子集四部。集部收除小说外的古代文学类图书，分楚辞、别集、总集、诗文评、词曲五个分目。别集相对总集，是收录个人诗文的集子。

"集部"著录文学类图书。《隋书·经籍志》确立经史子集四部分类体例，此后正史书目和私人书目因循此例著录图书，以清乾隆年编《四库全书》为集大成。《四部备要》、《四部丛刊》大型丛书相继问世。经史子集由古代目录学术语，衍化为古代文化典籍代名词，凝聚中华民族在古代各时期、各领域的精神劳动成果，成为古代文化宝库。

作为总括文学类图书的术语，《隋书·经籍志》"集部"反映东汉至南朝文学创作空前发展的现实。"别集"术语，是南朝梁目录学家阮孝绪首创。《隋书·经籍志》把集部分为楚辞、总集、别集三个分目，其别集小序说："别集之名，盖汉东京（洛阳）之所创也。自灵均（屈原）已降，属文之士众矣，然其志尚不同，风流殊别。后之君子，欲观其体势，而见其心灵，故别聚焉，名之为集。辞人景慕，并自记载，以成书部。"

别集术语出现于班固（东汉洛阳求学）后。别集出现的基础，是文学作家作品增多，呈现与《楚辞》不同风貌。编录别集的动机目的，是收集某一作家的作品，编成一书，展现其创作全貌，全面鉴赏研究。"别聚焉，名之为集"：后代人在流传的前代作品中,辑录某一作家的作品,单独编成一书,把它叫作集,是别集命名的缘由。

早期的集,就是别集,总集后来出现。刘勰《文心雕龙·通变》:"今才颖之士,刻意学文;多略汉篇,师范宋集。"《隐秀》:"凡文集胜篇,不盈十一。"其中"集"指别集。后代作家敬慕前代作家已经被编录的别集,有意效仿,把自己作品编辑成书,也称之为别集。

《隋书·经籍志》编写以前,初唐以前,编录别集已成风尚。别集是古代图书分类中集部的分目。收录某一作家的全部或部分诗、文、赋、杂著等文学作品而成的书,以及为这些书作注释或评点的书都称为别集。收录词曲、小说而成的书不称为别集。《四库全书总目》别集下共著录九百六十一部别集。

据《隋书·经籍志》,别集概念界定:别集是古代图书分类中集部的分目,收录某一作家的全部或部分诗文赋等文学作品而成的书称为别集。到《四库全书》编纂时,词曲作品集大量存在,《四库全书》编者认为"歌词体卑而艺贱",词曲作品集没有被称为别集的资格,将其排斥于诗文之外,另立词曲分目。收录词曲、小说而成的书不称为别集。

第三章　总集：菁华毕出有统纪

第一节　古文大家韩昌黎

一、若父名仁，子不得为人乎

1.《讳辩》

愈与李贺书，劝贺举进士。贺举进士有名，与贺争名者毁之曰："贺父名晋肃，贺不举进士为是，劝之举者为非。"听者不察也，和而唱之，同然一辞。皇甫湜曰："若不明白，子与贺且得罪。"愈曰："然。"

律曰："二名不偏讳。"释之者曰："谓若言征不称在，言在不称征是也。"律曰："不讳嫌名。"释之者曰："谓若禹与雨，丘与蓲之类是也。"今贺父名晋肃，贺举进士，为犯二名律乎？为犯嫌名律乎？父名晋肃，子不得举进士；若父名仁，子不得为人乎？

夫讳始于何时？作法制以教天下者，非周公、孔子欤？周公作诗不讳，孔子不偏讳二名，《春秋》不讥不讳嫌名。康王钊之子，实为昭王。曾参之父字晳，曾子不讳"昔"。周之时有骐期，汉之时有杜度，此其子宜如何讳？将讳其嫌，遂讳其姓乎？将不讳其嫌者乎？汉讳武帝名"彻"为"通"，不闻又讳车辙之"辙"为某字也，讳吕后名"雉"为"野鸡"，不闻又讳治天下之"治"为某字也。今上章及诏，不闻讳"浒"、"势"、"秉"、"机"也。惟宦官宫妾，乃不敢言"谕"及"机"，以为触犯。士君子言语行事，宜何所法守也？今考之于经，质之于律，稽之以国家之典，贺举进士为可邪？为不可邪？

凡事父母，得如曾参，可以无讥矣。作人得如周公、孔子，亦可以止矣。今世之士，不务行曾参、周公、孔子之行，而讳亲之名，则务胜于曾参、周公、孔子，亦见其惑也。夫周公、孔子、曾参，卒不可胜。胜周公、孔子、曾参，乃比于宦者、宫妾，则是宦者、宫妾之孝于其亲，贤于周公、孔子、曾参者邪？

2. 释文

我写信给李贺，劝他参加进士科考试。李贺如去参加进士科考试，就会考中，所以跟他争名的人，就攻击说："李贺父亲名晋肃，李贺不应参加进士科考试，劝他考进士的人不对。"听到这种议论的人，没细想，就异口同声附和。皇甫湜对我说："如果不把这件事说清楚，你和李贺要蒙受恶名。"我说："是这样。"

《礼记》规定说："名字的两个字，不必都避讳。"解释的人说："孔子母亲名征在，如果说征，就不说在，说在，就不说征。"《礼记》又规定说："声音相近的字，不避讳。"解释的人说："像禹和雨，丘和蓲之类的字，就是这样。"李贺父亲名晋肃，李贺参加进士科考试，是违犯名字两个字不必都避讳的规定，还是违犯声音相近的字不避讳的规定？父亲名晋肃，儿子不能参加进士科考试，假如父亲名仁，儿子不能做人吗？（归谬法）

避讳规定从什么时候开始？制定礼法制度，教化天下的人，不是周公、孔子吗？周公作诗不避讳，孔子对人名的两个字，也不都避讳，《春秋》不讥讽、不避讳人名音近的字。周康王钊的儿子是昭王（钊昭音近）。曾参父亲字晳，曾参不避讳昔字（晳昔音近）。周朝有人叫骐期，汉朝有人叫杜度，他们的儿子怎样避讳？是为了避讳跟名字音近的字，就连他们的姓也避讳，还是不避讳跟名字音近的字？

汉朝避讳武帝的名，把"彻"改为"通"，没有听说为避讳，把车辙的"辙"改作别的字。避讳吕后的名，把"雉"叫作"野鸡"，没有听说为避讳，把治天下的"治"改作别的字。现在在上奏章和下诏谕，没有听说避讳"浒"（唐太祖名虎，浒虎音近）、"势"（太宗名世民，势世音近）、"秉"（世祖名昞，昞秉音近）和"机"（玄宗名隆基，机基音近）字。只有宦官宫妾，才不敢说"谕"字（唐代宗名豫，谕豫同音）和"机"字，认为说了就是触犯皇上。君子著书做事，应该遵守什么礼法？考察经典，查对规定，考核前代避讳的规定，李贺参加进士科考试，是可以，还是不可以？

侍奉父母，做到像曾参那样，就不被人讥讽。做人像周公、孔子那样，可说到顶点。现在世人，不努力学习曾参、周公、孔子品行，要在避讳父母名字事上，胜过曾参、周公、孔子，可见他们糊涂。周公、孔子、曾参，毕竟不能胜过。在避讳上试图胜过周公、孔子、曾参，就只能落得跟宦官、宫妾一样。这些宦官、宫妾，对父母孝顺，岂能胜过周公、孔子、曾参？（归谬法）

3.注释

李贺（790—816），字长吉，唐河南昌谷人。中唐诗人。唐宗室远亲，郑王（李亮）后人，家世没落。其父李晋肃官职低微，早死。少能文，韩愈、皇甫湜激赏。终生不得志，当小官奉礼郎和协律郎。背锦囊骑驴外出，途得佳句，书投囊中，暮归整理成篇。诗想象丰富，炼词琢句，险峭幽诡，矜奇晦涩。长乐府，合弦管。二十七岁卒。有诗二百三十三首。

"进士"：礼部考试，考中叫进士。"毁"：毁谤，攻击。"察"：细看。"和而唱之"：唱和一气。"皇甫湜"：字持正。唐宪宗元和年进士，从韩愈学古文。"明白"：说清楚，辩明是非。"且"：将要。"得罪"：蒙受恶名。

"律"：指《礼记》。"二名不偏讳"：两字名字，可不避讳其中一字，即下文"二名律"。"释之者"：《礼记》注释者汉郑玄。"言征不称在，言在不称征"：郑玄对"二名不偏讳"的注释，谓二名不一一讳，孔子母名征在，言在不言征，言征不言在。孔子不讳单称。"不讳嫌名"：臣避讳君父名讳，不避讳声音相近的字。郑玄注释《礼记》"礼不讳嫌名"说：

"嫌名，谓声音相近，若禹与雨，丘与蓲也。"即下文说"嫌名律"。"夫"：句首语气词。

"周公"：姓姬，名旦，周文王子，周武王弟，西周初政治家，制定周朝典章制度。"孔子"：名丘，字仲尼，春秋鲁国陬邑（山东曲阜）人，儒家学派创始人。"周公作诗不讳"：其父文王名昌，其兄武王名发，周公作诗不讳"昌"、"发"，《诗经》周颂有"燕及皇天，克昌厥后"，"骏发尔私，终三十里"。

"《春秋》不讥不讳嫌名"：《春秋》不讥讽不避讳声音相近的字。如卫桓公名完，"完"与"桓"同音，属于嫌名，《春秋》不讥。"康王钊之子，实为昭王"：周康王，姓姬，名钊；其子周昭王，名瑕；"昭"和"钊"同音，周人不讳。

"曾参之父名晳，曾子不讳昔"：曾参，曾子，春秋鲁人，孔子学生，对父孝。其父名点，字晳，孔子学生。《论语》记曾子话："昔者吾友，尝从事于斯矣。""昔""晳"同音，曾子不讳。"骐期"：春秋楚人。"杜度"：汉朝人。以上两人姓名同音，如避讳同音字，他们的姓不能说。

"汉武帝"：姓刘，名彻，当时为避武帝讳，把"彻侯"改为"通侯"。"吕后"：名雉，汉高祖刘邦皇后，临朝称制，为避吕后讳，称"雉"为"野鸡"。"浒、势、秉、机"：唐太祖名虎，太宗名世民，世祖名昞，玄宗名隆基，"浒"、"势"、"秉"、"机"四字分别同"虎"、"世"、"昞"、"基"四字同音。"乃"：竟。"谕"：唐代宗名豫，"谕"、"豫"二字同音。

"士君子"：有志操学问的人。"法守"：效法遵守。"考"：考察。"质"：询问，对照。"稽"：考核，考查。"典"：文献典籍。"讥"：指责，非难。"止"：到顶。"务"：致力。"不务行曾参……之行"：前"行"系动词，实行，学习；后"行"系名词，品行，品德。"卒"：终于，到底。

4.趣谈

韩愈《讳辩》说："父名晋肃，子不得举进士；若父名仁，子不得为人乎？"父亲名晋肃，儿子不能参加进士科考试；假如父亲名仁，儿子不能做人吗？这是运用归谬式反驳法的典型案例。《讳辩》是杰出应用归谬法的议论文，是应用逻辑学的范例。观点正确，论据充分，逻辑严谨，有极强的说服力和震撼力。

二、孔墨必相互为用

1.《读墨子》

儒讥墨以"尚同、兼爱、尚贤、明鬼"，而孔子畏大人，居是邦不非其大夫，《春秋》讥专臣，不"尚同"哉？孔子泛爱亲仁，以博施济众为圣，不"兼爱"哉？孔子贤贤，以四科进褒弟子，疾殁世而名不称，不"尚贤"哉？

孔子祭如在，讥祭如不祭者，曰我祭则受福，不"明鬼"哉？儒墨同是尧舜，同非桀纣，同修身正心以治天下国家，奚不相悦如是哉？余以为辩生于末学，各务售其师之说，非二师之道本然也。孔子必用墨子，墨子必用孔子，不相用，不足为孔墨。

2. 释文

儒家讥笑墨家的"尚同、兼爱、尚贤、明鬼"学说。但是孔子敬畏权贵，处在一国，不非议其大夫，《春秋》讥讽专权大臣，不正是"尚同"？孔子广泛普遍爱人亲人，以博大布施，救济众人为圣人，不正是"兼爱"？孔子尊重贤人，用"德行、言语、政事、文学"四种特长选拔弟子，疾恨至死而未得到理想称心的功名，不是"尚贤"？孔子祭神，就如同神真在那里，讥讽祭祀像不祭祀一样的人，说："我祭祀，则我受福禄。"不正是"明鬼"？

儒墨同样赞扬尧舜，同样非议桀纣，同样修身，摆正内心，来治理天下国家，哪里不是相互高兴地愿意这样？我认为儒墨辩论，产生于学派的末流，各自兜售其宗师的学说，并非儒墨二师学说的本来面目。孔子必定借鉴墨子，墨子必定借鉴孔子，不相互借鉴，就不足以为孔墨。

3. 注释

"讥"：讥讽，嘲笑。"尚同"：崇尚统一，下级跟上级保持一致。"兼爱"：普遍亲爱。"尚贤"：崇尚贤才。"明鬼"：证明鬼神存在，墨子的迷信观点。"畏"：畏惧，害怕。"非"：非难，批评，反对。"专臣"：专权的臣下。"泛爱"：广泛普遍亲爱。"亲仁"：亲近仁义。"博施济众"：普遍施惠，有利大众。"贤贤"：以贤人为贤，尊重贤才，即尚贤。

"四科"：孔子门徒的四种科目：德行、言语、政事、文学。《论语·先进》:"德行:颜渊、闵子骞、冉伯牛、仲弓。言语:宰我、子贡。政事:冉有、季路。文学:子游、子夏。"邢昺疏:"夫子门徒三千,达者七十有二,而此四科惟举十人者,但言其翘楚者耳。""进褒":提携褒扬。"疾殁世而名不称":疾恨至死而未得到理想称心的功名。

"祭如在":祭祀时抱着鬼神真在那里的诚心。《论语·八佾》:"祭如在,祭神如神在。子曰:'吾不与祭,如不祭。'"意即:祭祀祖先就如同祖先真在那里,祭神就如同神真在那里。孔子说:"我如果不亲自参加祭祀,由别人代祭,那就如同不祭祀一样。""相悦如是":哪里不是相互高兴地愿意这样?"辩生于末学":辩论产生于学派的末流。"二师之道本然":孔墨学说的本来面目。"必用":必然相互借鉴。

4. 趣谈

韩愈不足二百字"读墨子"感言,基本论点是:孔墨"二师之道本然",即儒墨学说的本来面目,是"儒墨相互为用":"孔子必用墨子,墨子必用孔子,不相用,不足为孔墨。"支撑这一基本论点的论据是:尚贤、尚同和兼爱等相同。"儒墨同是尧舜,同非桀纣,同修身正心,以治天下国家。"

韩愈"儒墨相互为用"的论点论据,偏离儒家从孟子以来,痛骂墨子"兼爱为禽兽"谬说的常规,纠正儒家正统的偏执狂妄。这是两千多年中国封建社会墨学衰微期,意识形态主流儒学狂热反墨谬论的对立面,是整个黑暗中世纪的一丝真理闪光,透露实事求是,辩证思考一缕阳光。

韩愈这种"儒墨相互为用"的真理奇说,遭到黑暗中世纪儒家极端反墨派一致的质疑惶恐。说明从战国中期孟子到十九世纪的二千三百多年的漫长岁月里，意识形态主流的儒学群体，在对待儒学对立面墨学的观点方法上，偏执狂妄，不能自拔。在中世纪两千多年的墨学衰微期，官方儒学家，一边倒重复发挥孟子恶意杜撰的"墨子兼爱为禽兽"说。

总体"宗孟氏之学"的韩愈，在《韩昌黎文集·与孟尚书书》重复和发挥孟子恶意杜撰的"孟子兼爱为禽兽"说，扬儒抑墨："孟子云：'今天下不之杨，则之墨。'杨墨交乱，而圣贤之道不明，则三纲沦而九法斁（dù，败坏），礼乐崩而夷狄横，几何其不为禽兽也！故曰：'能言拒杨墨者，皆圣人之徒也。'扬云云：'古者杨墨塞路，孟子辞而辟之，廓如也。夫杨墨行，正道废，且将数百年，以至于秦，卒灭先王之法，烧除其经，坑杀学士，天下遂大乱。及秦灭，汉兴且百年，尚未知修明先王之道。其后始除挟书之律，稍求亡书，招学士，经虽少得，尚皆残缺，十亡二三。故学士多老死，新者不见全经，不能尽知先王之事，各以所见为守，分离乖隔，不合不公，二帝三王群圣人之道于是大坏。后之学者无所寻逐，以至于今泯泯也。其祸出于杨墨肆行，而莫之禁故也。孟子虽贤圣，不得位，空言无施，虽切何补？然赖其言，而今学者尚知宗孔氏，崇仁义，贵王贱霸而已。其大经大法皆亡灭而不救，坏烂而不收，所谓存十一于千百，安在其能廓如也？然向无孟氏，则皆服左衽而言侏离矣。故愈尝推尊孟氏，以为功不在禹下者，为此也。'"

意即：孟子说："现在天下所有人的主张，不属于杨朱派，就属于墨翟派。"杨墨两派交相惑乱，使孔孟之道不能发扬光大，三纲沉沦，九法败坏，礼乐毁弃，佛老横行，人性堕落，几如禽兽。孟子说："能反对杨墨学说，都是圣人门徒。"扬雄说："从前杨墨学说堵塞言路，孟子著书立说，予以批驳，终于澄清思想混乱。"杨墨学说盛行，孔孟之道废弃几百年，秦朝尽灭先王之法，焚书坑儒，天下大乱。秦朝灭亡，汉朝兴起，将近百年，不知怎样发扬光大先王之道，过很长时间，剔除"挟书灭族"（秦朝藏经书，杀全族）的法律，遍求圣贤经书，诚招儒学士。虽得献书，书缺简脱，圣贤经典十有二三失传。饱学之士，老的老，死的死，年青儒生，没见圣贤经典全貌，不能详细了解先王事迹，各自都把自己接触到的部分经典，奉为圣道，抱残守缺，固守一隅，尧舜夏殷周时期，先圣创立的王道，从此毁坏。后来文人儒士，找不到目标，今天先王之道，泯灭无据。这种祸患形成，是因杨墨之道肆行，没有及时制止。孟子虽是贤达圣人，但因不在其位，政治抱负没法施展，虽能切中时弊，又能怎样？多亏有他著述，使现在学者，知道师法孔子，崇尚仁义，拥护仁德治国，反对独裁垄断。先王道义精华，佚亡不能补救，坏烂不能回收，浩如烟海经籍，百不存一，谈何澄清先王之道？如没孟子，中原臣民，只能像蛮夷，穿衣前襟左开，说话奇特怪异。正因如此，我推崇孟子，认为孟子的功劳，不在夏禹之下。

以上韩愈所说，反映整个两千多年中世纪墨学衰微期，儒家正统学者的观点。《韩昌黎文集·与孟尚书书》，写于元和十五年（820）冬，韩愈时任袁州刺史。"孟尚书"，名简，字几道。从韩愈《读墨子》，宣扬"儒墨相互为用"，到韩愈《与孟尚书书》重复发挥孟子恶意杜撰"孟子兼爱为禽兽"说，扬儒抑墨，可见韩愈思想观点的两面性和多样性，反映韩愈意识形态的矛盾本性和不可避免的历史局限性。

三、业精于勤行成于思

韩愈《进学解》名言警句："业精于勤荒于嬉，行成于思毁于随。"业务专精在勤奋，业务荒废在玩乐。行动成功在思考，行动失败在因循。

1.《进学解》

> 国子先生，晨入太学，招诸生立馆下，诲之曰："业精于勤，荒于嬉；行成于思，毁于随。方今圣贤相逢，治具毕张。拔去凶邪，登崇俊良。占小善者率以录，名一艺者无不庸。爬罗剔抉，刮垢磨光。盖有幸而获选，孰云多而不扬？诸生业患不能精，无患有司之不明；行患不能成，无患有司之不公。"
>
> 言未既，有笑于列者曰："先生欺余哉！弟子事先生，于兹有年矣。先生口不绝吟于六艺之文，手不停披于百家之编。纪事者必提其要，纂言者必钩其玄。贪多务得，细大不捐。焚膏油以继晷，恒兀兀以穷年。先生之业，可谓勤矣。抵排异端，攘斥佛老。补苴罅漏，张皇幽眇。寻坠绪之茫茫，独旁搜而远绍。障百川而东之，回狂澜于既倒。先生之于儒，可谓有劳矣。沉浸醲

郁，含英咀华，作为文章，其书满家。

上规姚姒，浑浑无涯；周诰殷《盘》，佶屈聱牙；《春秋》谨严，《左氏》浮夸；《易》奇而法，《诗》正而葩；下逮《庄》、《骚》，太史所录；子云相如，同工异曲。先生之于文，可谓闳其中而肆其外矣。少始知学，勇于敢为。长通于方，左右具宜。先生之于为人，可谓成矣。然而公不见信于人，私不见助于友。跋前踬后，动辄得咎。暂为御史，遂窜南夷。三年博士，冗不现治。命与仇谋，取败几时。冬暖而儿号寒，年丰而妻啼饥。头童齿豁，竟死何裨。不知虑此，而反教人为？"

先生曰："吁，子来前！夫大木为杗，细木为桷，欂栌侏儒，椳闑扂楔，各得其宜，施以成室者，匠氏之工也。玉札丹砂，赤箭青芝，牛溲马勃，败鼓之皮，俱收并蓄，待用无遗者，医师之良也。登明选公，杂进巧拙，纡余为妍，卓荦为杰，较短量长，惟器是适者，宰相之方也。

昔者孟轲好辩，孔道以明，辙环天下，卒老于行。荀卿守正，大论是弘，逃谗于楚，废死兰陵。是二儒者，吐辞为经，举足为法，绝类离伦，优入圣域，其遇于世何如也？今先生学虽勤而不由其统，言虽多而不要其中，文虽奇而不济于用，行虽修而不显于众。犹且月费俸钱，岁靡廪粟；子不知耕，妇不知织；乘马从徒，安坐而食。踵常途之役役，窥陈编以盗窃。然而圣主不加诛，宰臣不见斥，兹非其幸欤？动而得谤，名亦随之。投闲置散，乃分之宜。若夫商财贿之有无，计班资之崇卑，忘己量之所称，指前人之瑕疵，是所谓诘匠氏之不以杙为楹，而訾医师以昌阳引年，欲进其豨苓也。"

2. 释文

国子先生早上进太学，召集学生站在学舍下面，教导说："学业精进由于勤奋，荒废由于游荡玩乐。德行成就由于思考，败坏由于因循随便。当前圣君贤臣相遇合，法制健全。拔除凶恶奸邪，晋升英俊善良。有微小优点，都已录取，有一技之长，无不任用。搜罗人才，加以甄别教育培养，刮去污垢，磨炼发光。大概侥幸得选，谁说多才多艺，不被高举？诸位学生，只怕学业不能精进，不要怕主管部门官吏看不清。只怕德行不能成就，不要怕主管部门官吏不公正。"

话没说完，有人在行列笑："先生欺骗我们吧？我们这些学生，侍奉先生您，到现在已经好几年。先生嘴里不断地诵读六经文章，两手不停地翻诸子百家书籍。记事文一定提取要点，言论编一定探索深奥旨意。不知满足地多方学习，力求有所收获，大小都不舍弃。点上灯烛，夜以继日，经常刻苦用功，一年到头不休息。先生从事学业，可说勤奋。抵制批驳异端邪说，排斥佛教道家，弥补儒学缺漏，发扬光大精深微妙义理。寻找渺茫失落古圣道统，独自广泛搜求，遥远承接。防堵纵横奔流的各条川河，引导东注大海。挽回狂涛怒澜，尽管已经倾倒泛滥。先生您对儒家，可说是有功劳。心神沉浸在意味浓郁醇厚的书籍，仔细品尝咀嚼其中精英华采，写起文章，书卷堆满家屋。向上规模取法虞夏时代典章，深远博大，无边无际。周代诰书和殷代《盘庚》，艰涩拗口难读。《春秋》语言精练准确，《左传》文辞铺张夸饰，《易经》变化奇妙有法则，《诗经》思想端正，辞采华美。到《庄子》、《离骚》，太史公记录，扬雄、司马相如创作，同样巧妙，曲调各异。先生文章可说是内容宏大，外表气势奔放，波澜壮阔。先生少年时代就开始懂得学习，敢作敢为，长大之后通达道理，处理各种事情，左的右的，无不合宜。先生做人，可说有成就。可是在公的方面，不能被信任。在私的方面，得不到朋友帮助。前进退后，都发生困难，动辄惹祸获罪。刚当上御史，就被贬到南方边远地区。做三年博士，职务闲散表现不出治理成绩。您一生与敌仇打交道，不时遭受失败。冬天气候还算暖和的日子，您儿女们已为缺衣少穿而哭着喊冷。年成丰收，您夫人却仍为食粮不足，啼说饥饿。您头顶秃，牙齿缺，这样一直到死，有什么好处？不知想这些，倒反而来教训别人？"

　　国子先生说："唉，你到前面来！大木做屋梁，小木做瓦椽，斗栱短椽，门臼门橛，门闩门柱，量材使用，各适其宜，建成房屋，这是工匠技巧。贵重的地榆、朱砂、天麻、龙芝，贱价的牛尿、马屁菌、坏鼓皮，全都收集，储藏齐备，等到用时，没有遗缺，这是医师的高明。提拔人才，公正贤明，选用人才，态度公正。灵巧人和朴质人都得引进，有人谦和，成为美好，有人豪放，成为杰出，比较各人短处，衡量各人长处，按照才能品格，分配适当职务，这是宰相的方法！从前孟轲好辩，孔子之道得以阐明，游历车迹，周遍天下，奔走老去。荀况恪守正道，发扬光大宏伟的理论，逃避谗言到楚国，丢官死兰陵。两位大儒，说出话来成经典，一举一动成法则，远远超越常人，优异进到圣人境界，他们在世上的遭遇怎样？

现在你们的先生，学习虽勤劳，不顺守道统。言论虽不少，不切合要旨。文虽写得出奇，无益于实用。行为虽有修养，没有突出表现，尚且每月浪费国家俸钱，消耗仓库粮食。儿子不懂耕地，妻子不懂织布。出门乘车马，后面跟仆从，安稳坐着吃。局局促促，按常规行事，眼光狭窄，在旧书里盗窃陈言，剽窃抄袭。圣君不加处罚，没被宰相大臣斥逐，岂不幸运？有所举动，就遭到毁谤，名誉跟着受影响。被放置在闲散位置，实在恰如其分。至于商量财物的有无，计较品级的高低，忘记自己有多大才能，多少分量，什么相称，指摘官长上司的缺点，这就等于所说的责问工匠，为什么不用小木桩做柱子，批评医师用菖蒲延年益寿，却想引进他的猪苓！"

3. 注释

"国子先生"：韩愈自称，时任国子博士。国子监是京都最高学府，下有国子学、太学等七学，各学置博士为教授官。国子学为高级官员子弟设。"太学"：国子监。"治具"：治理工具，法令。《史记·酷吏列传》："法令者，治之具。""毕张"：全部确立。"率"：都，皆，全部。"庸"：用。"爬罗剔抉"：指仔细搜罗人才。"爬罗"：爬梳搜罗。"剔抉"：剔除挑选。"刮垢磨光"：刮去污垢，磨出光亮，精心造就人才。"有司"：负有专责的部门官吏。

"六艺"：六经《诗》、《书》、《礼》、《乐》、《易》、《春秋》。"纂言者"：言论集理论著作。"膏油"：灯烛。"晷"guǐ：日影。"恒"：经常。"兀兀"wù：辛勤不懈。"攘"：排除。"补苴"jū：填补。"罅"：xià：缝隙，裂缝。"张皇幽眇"：张大幽深微小。"绪"：前人留下事业，儒家道统。韩愈认为儒家道尧舜传到孔孟失传，以继承传统自居。

"姚姒"：虞舜夏禹。"周诰"：《尚书·周书》有《大诰》、《康诰》、《酒诰》、《召诰》、《洛诰》。"诰"：训诫勉励文告。"殷《盘》"：《尚书·商诰》有《盘庚》。"佶屈聱牙"：屈曲拗口。"《左氏》浮夸"：《左传》解释《春秋》，铺叙详赡有文采，有夸张。"子云"：汉文学家扬雄字。"相如"：汉辞赋家司马相如。"见"：表被动语气。

"跋前踬后"：狼前进踩颈肉，后退被尾巴绊，喻进退两难。"跋"：踩。"踬"zhì：绊。"遂窜南夷"：贞元十九年（803）授韩愈四门博士，次年转监察御史，冬上书论宫市弊，触怒德宗，贬连州阳山令，在广东。"窜"：贬谪。"三年博士"：韩愈在宪宗元和元年（806）六月至四年任国子博士。一说"三年"当作"三为"，即韩愈此文是第三次任博士时所作，在元和七年二月至八月三月。"冗"：闲散。"几时"：不定何时，随时。"为"：语助词，表疑问反诘。

"宋"máng：屋梁。"桷"jué：屋椽。"欂栌"：斗栱，柱顶承托栋梁方木。"侏儒"：梁上短柱。"椳"：门枢臼。

"闑"niè：门中央竖短木，两扇门相交处。"扂"diàn：门闩。"楔"xiē：门两旁长木柱。"玉札"：地榆。"丹砂"：朱砂。"赤箭"：天麻。"青芝"：龙兰。 以上是四种名贵药材。"牛溲"：牛尿，车前草。"马勃"：马屁菌。 以上是贱价药材。"纡余"：委婉从容。"妍"：美。"卓荦"luò：突出，超群出众。"校"jiào：比较。

"孟轲好辩"：《孟子·滕文公下》：孟子有好辩名，他说："予岂好辩哉？予不得已也！"为捍卫孔子之道辩论。"辙"：车轮痕。"绝"、"离"：超越。"伦"：类。"靡"：浪费，消耗。"廪"：粮仓。"踵"：脚后跟，跟随。"役役"：拘谨局促。

"窥"：从小孔缝隙隐僻处察看。"陈编"：古旧书。"财贿"：财物，俸禄。"班资"：等级，资格。"前人"：职位在前列的人。"瑕"：玉石斑点。"疵"：病，瑕疵，缺点。"杙"yì：小木桩。"楹"：柱。"訾"zǐ：毁谤非议。"昌阳"：菖蒲，药材名，相传久服可长寿。"狶苓"：猪苓，利尿药。

4. 趣谈

元和八年（813），韩愈认为自己才学高深却屡遭贬，作《进学解》，假托向学生训话，勉励他们学业德行进步。抒发了怀才不遇、仕途不顺的愤慨，宣传选拔人才。《进学解》表现有抱负知识分子的苦闷，批判不合理社会现象，有典型意义，历代传诵不绝。

国子先生勉励生徒：圣主贤臣，励精图治，选拔造就人才。业务操行刻苦努力。学业读书作文属业务，操行指为人行事，立言属操行。《进学解》业务操行教诲，是韩愈执着的立身处世要点。

生徒质问：先生业务操行有成遭坎坷，业精行成有何用？业务：先生为学勤勉，六经诸子，熟读精研。叙事文记要略，论说文究深义，夜以继日，孜孜不倦写作。博取秦汉文字之长，写作古文，得心应手。操行：力挽狂澜，有功儒道。敢作敢为，通晓治道。为人处事有成。生徒所说，实际是韩愈的自我评价。

《进学解》造语精工，传为成语："业精于勤"、"刮垢磨光"、"贪多务得"、"含英咀华"、"佶屈聱牙"、"同工异曲"、"动辄得咎"、"俱收并蓄"、"投闲置散"、"提要钩玄"、"焚膏继晷"、"闳中肆外"、"啼饥号寒"等。韩文传诵不绝，为一代师法，历代典范。

三、术业有专攻

1.《师说》

古之学者必有师。师者，所以传道授业解惑也。人非生而知之者，孰能无惑？惑而不从师，其为惑也，终不解矣。生乎吾前，其闻道也固先乎吾，吾从而师之。生乎吾后，其闻道也亦先乎吾，吾从而师之。吾师道也，夫庸知其年之先后生于吾乎？是故无贵无贱，无长无少，道之所存，师之所存也。

嗟乎！师道之不传也久矣！欲人之无惑也难矣！古之圣人，其出人也远矣，犹且从师而问焉；今之众人，其下圣人也亦远矣，而耻学于师。是故圣益圣，愚益愚。圣人之所以为圣，愚人之所以为愚，其皆出于此乎？爱其子，择师而教之；于其身也，则耻师焉，惑矣。彼童子之师，授之书而习其句读者，非吾所谓传其道解其惑者也。句读之不知，惑之不解，或师焉，或不焉，小学而大遗，吾未见其明也。

巫医乐师百工之人，不耻相师。士大夫之族，曰师曰弟子云者，则群聚而笑之。问之，则曰："彼与彼年相若也，道相似也，位卑则足羞，官盛则近谀。"呜呼！师道之不复可知矣。巫医乐师百工之人，君子不齿，今其智乃反不能及，其可怪也欤！

圣人无常师。孔子师郯子、苌弘、师襄、老聃。郯子之徒，其贤不及孔子。孔子曰："三人行，则必有我师。"是故弟子不必不如师，师不必贤于弟子。闻道有先后，术业有专攻，如是而已。李氏子蟠，年十七，好古文，六艺经传皆通习之，不拘于时，学于余。余嘉其能行古道，作《师说》以贻之。

2. 释文

古代求学人定有师。师传授道理、教授学业、解答疑惑。人不是生下来就懂道理，谁能没疑惑？有疑惑，不跟老师学，疑惑终不能解。生在我前，懂道理本来早于我，我应该跟从把他当老师。生在我后，懂得道理早于我，我也应该跟从把他当老师。我向他学道理，管他生年比我早晚？无论地位高低贵贱，年纪大小，道理存在，老师存在。

古代从师学习风尚不流传已经很久，想要人没有疑惑难！古代圣人，超人很远，尚且跟从老师请教。现在人，才智低于圣人很远，却以向老师学习为耻。圣人更加圣明，愚人更加愚昧。圣人之所以能成为圣人，愚人之所以能成为愚人，大概都出于这？人爱孩子，选择老师教他，他却以跟从老师学习为耻，真是糊涂！孩子老师，教读书，学断句，不是我所说的传授道理，解答疑惑。不通晓句读，不能解决疑惑，句读向老师学习，疑惑却不向老师学习。小的方面学习，大的方面反而放弃不学，我没看出明智。

巫医乐师和各种工匠，不以互相学习为耻。士大夫听到称老师，称弟子，就聚群讥笑。问他们为什么讥笑就说："他和他年龄差不多，道德学问差不多，以地位低的人为师，觉得羞耻，以官职高的人为师，近乎谄媚。"唉！古代跟从老师学习风尚不能恢复，从这些话里就可以明白。巫医乐师和各种工匠，君子们不屑一提，现在他们的见识反而赶不上这些人，令人奇怪！

圣人没有固定老师。孔子以郯 tán 子、苌弘、师襄、老聃为师。郯子贤能比不上孔子。孔子说："几个人一起走，其中一定有可以当我老师的人。"学生不一定不如师，师不一定比学生贤能。听到道理有早晚，学问技艺各有专长，如此罢了。李家孩子蟠，年十七，喜古文，六经经传文都学习，不受时俗拘束，向我学习。我赞许他能够遵行古人从师的途径，写《师说》赠送他。

3.注释

"学者":求学的人。"出人":超出众人上。"郯子":春秋时郯国君,孔子向他请教官职。"苌弘":东周敬王时候的大夫,孔子向他请教古乐。"师襄":春秋时鲁国乐官,名襄,孔子向他学琴。"老聃":老子,李耳,春秋楚人,孔子向他学周礼。聃是老子的字。"贻":赠予。

4.趣谈

韩愈《师说》,作于唐贞元十八年(802)。时愈三十五岁,文坛出名。用论证方法写定义。《师说》概念明确,论证严密。开头制定"师"的功用定义:"师者,所以传道授业解惑也。"简洁明快,语言功力非凡。论点鲜明,论据充分,说理透彻,逻辑严密,有极强的说服力和感染力。

韩愈《师说》,不同流俗。韩愈招收弟子,亲授学业,论说师道,激励后世。认为只要有学问,就是老师。柳宗元《答韦中立书》说:"独韩愈不顾流俗,犯笑侮,收召后学,作《师说》,因抗颜而为师。""愈以是得狂名。"不顾流俗不怕笑,抗颜为师有勇气。

四、伯乐能识千里马

1.《马说》

世有伯乐,然后有千里马。千里马常有,而伯乐不常有。故虽有名马,只辱于奴隶人之手,骈死于槽枥之间,不以千里称也。马之千里者,一食或尽粟一石。食马者,不知其能千里而食也。是马也,虽有千里之能,食不饱,力不足,才美不外见,且欲与常马等不可得,安求其能千里也?策之不以其道,食之不能尽其材,鸣之而不能通其意,执策而临之曰:"天下无马!"呜呼!其真无马邪?其真不知马也!

2.释文

世上有伯乐,然后才有千里马。千里马经常有,可是伯乐却不经常有。因此即使有千里马,只能屈辱在仆役手里,跟普通马并列死在马厩,不能以千里马称名。一匹日行千里的马,一顿有时能吃一石食。喂马人不懂要根据食量,多加饲料喂养。这样的马,即使有日行千里的能力,吃不饱,力气不足,其才能和素质不能表现出来,要跟一般马一样都办不到,怎么能要求它日行千里?鞭策不按照正确方法,喂养不足以充分发挥才能,听嘶叫不能通晓意思,拿鞭子到跟前说:"天下没有千里马!"唉!难道果真没有千里马?是真不识知千里马!

3.注释

"伯乐":春秋秦穆公时人,姓孙名阳擅相马。"辱":受屈辱,埋没才能。"奴隶人":仆役,喂马人。"骈死":并列而死。"骈"pián:两马并驾。"槽枥":喂牲口用的食器。"枥":马棚,马厩。"称":称道。"一食":吃一次食物。"或":有时。"石"dàn:十斗,一百二十斤。"安":怎么,哪里,疑问代词。"策":鞭策。"执策":拿马鞭。"策":马鞭。

4.趣谈

韩愈《马说》，写于贞元十一年至十六年（795—800）。韩愈初登仕途，屡不得志。《马说》是韩愈《杂说》的第四篇，说马谈马的论说文。用马喻人才，通过比喻，形象描述，借物寓意，说明事理，表达对埋没人才的愤慨。"杂说"是古籍分类子部的下属子目，是杂文的早期形态。《四库全书总目·杂家类一》定义说："议论而兼叙述者谓之杂说。"

四、失势一落千丈强

1.《听颖师弹琴》

昵昵儿女语，恩怨相尔汝。划然变轩昂，勇士赴敌场。浮云柳絮无根蒂，天地阔远随飞扬。喧啾百鸟群，忽见孤凤凰。跻攀分寸不可上，失势一落千丈强。嗟余有两耳，未省听丝篁。自闻颖师弹，起坐在一旁。推手遽止之，湿衣泪滂滂。颖乎尔诚能，无异冰炭置我肠！

2.释文

亲昵儿女语，你我叙衷肠。忽然变昂扬，勇士上战场。浮云柳絮随风舞，天高地远任飞扬。争鸣百鸟群，忽现一凤凰。翩然高举心向上，一落千丈重心降。空有耳一双，弹琴费欣赏。自听颖师弹，激动在一旁。伸手把琴挡，热泪湿衣裳。颖师真能耐，冰炭塞我肠！

3.注释

"颖师"：名颖，印度僧人，元和间在长安，善弹琴。"昵昵"：亲热细柔。"相尔汝"：互称你我表亲近。"划然"：突然。"轩昂"：高亢雄壮。"喧啾"jiū：喧闹嘈杂。"跻攀"：攀登。"未省"：不懂。"丝篁"huáng：弹拨乐器，琴。"推手"：伸手。"遽"：急忙。"无异"：就好像。"冰炭"：指被琴声左右，一会愉悦，一会沮丧，犹如水火不相容。

4. 趣谈

韩愈《听颖师弹琴》，作于元和十一年（816）。成语"一落千丈"，原指凤飞一落千丈，比喻琴声陡然降落。印度和尚颖师，演奏古琴出名。弹琴技艺精湛，演奏远近闻名。病人卧床听琴声，不再服药精神爽。韩愈慕名来欣赏，感动写成好文章。

五、愿借辩口如悬河

1.《石鼓歌》

张生手持石鼓文，劝我试作石鼓歌。少陵无人谪仙死，才薄将奈石鼓何。周纲凌迟四海沸，宣王愤起挥天戈。大开明堂受朝贺，诸侯剑佩鸣相磨。蒐于岐阳骋雄俊，万里禽兽皆遮罗。镌功勒成告万世，凿石作鼓隳嵯峨。从臣才艺咸第一，拣选撰刻留山阿。雨淋日炙野火燎，鬼物守护烦㧑呵。公从何处得纸本，毫发尽备无差讹。辞严义密读难晓，字体不类隶与蝌。年深岂免有缺画，快剑斫断生蛟鼍。鸾翔凤翥众仙下，珊瑚碧树交枝柯。金绳铁索锁钮壮，古鼎跃水龙腾梭。陋儒编诗不收入，二雅褊迫无委蛇。孔子西行不到秦，掎摭星宿遗羲娥。

嗟余好古生苦晚，对此涕泪双滂沱。忆昔初蒙博士征，其年始改称元和。故人从军在右辅，为我度量掘臼科。濯冠沐浴告祭酒，如此至宝存岂多。毡包席裹可立致，十鼓只载数骆驼。荐诸太庙比郜鼎，光价岂止百倍过。圣恩若许留太学，诸生讲解得切磋。观经鸿都尚填咽，坐见举国来奔波。剜苔剔藓露节角，安置妥帖平不颇。大厦深檐与盖覆，经历久远期无佗。

中朝大官老于事，讵肯感激徒婀娜。牧童敲火牛砺角，谁复着手为摩挲。日销月铄就埋没，六年西顾空吟哦。羲之俗书趁姿媚，数纸尚可博白鹅。继周八代争战罢，无人收拾理则那。方今太平日无事，柄任儒术崇丘轲。安能以此尚论列，愿借辩口如悬河。石鼓之歌止于此，呜呼吾意其蹉跎。

2. 释文

张生手拿石鼓文，劝我写首石鼓歌。杜甫李白诗仙死，薄才难作石鼓歌。周朝衰败国不安，宣王发愤动干戈。明堂大开受朝贺，诸侯佩剑叮当磨。宣王田猎逞英俊，四方禽兽尽网罗。镌刻功名告万世，凿石为鼓毁山坡。随臣才艺世第一，选优刻石放山坡。雨打日晒野火烧，鬼神守护永不没。

你从哪里得纸本，丝毫完备无差错。辞严义密难通晓，字体不凡成一格。年深日久有缺画，快剑斩断生蛟鼍。鸾凤翔飞众仙下，珊瑚碧树枝交错。金绳铁索穿锁钮，九鼎落水龙腾跃。浅儒编诗不收入，大雅小雅不壮阔。孔子周游不到秦，捡拾星星丢日月。

叹我好古生得晚，面对石鼓泪滂沱。回想蒙召博士职，正改纪元称元和。朋友任职在凤翔，为我设计挖石鼓。刷帽沐浴告祭酒，至宝文物存几多。包毡裹席能运到，十鼓只需几骆驼。进献太庙比郜鼎，身价百倍不为过。皇恩若准留太学，学生讲解能切磋。鸿都观经塞路途，全国上下来奔波。剜剔苔藓露棱角，安放平稳不偏颇。大厦深檐覆盖好，经历久远无伤挫。

朝中大官老世故，游移不决无事做。牧童打火牛磨角，谁能用手细抚摸？日月销铄渐埋没，六年西望空思索。羲之书法显秀媚，书写数张换群鹅。周后八代争战休，无人收拾无奈何。当今太平无事日，重用儒士崇丘轲。怎能向上提建议，愿借利口如悬河。石鼓之歌暂收尾，哎呀我意算白说！

3.注释

"张生"：张籍（766—830），唐诗人，世称张水部、张司业，韩门大弟子。"少陵"：杜甫。"谪仙"：李白。"才薄"：自谦才力薄弱，不像杜甫、李白的诗笔。"周纲"：周朝纲纪法度，政治秩序。"凌迟"：衰落破败。"四海沸"：天下动荡。"宣王"：周宣王，姓姬名靖，周厉王子，周朝中兴主。"挥天戈"：周宣王对淮夷、西戎、狁等用兵事。"明堂"：天子颁政教，朝诸侯，行祭祀地。

"剑佩鸣相磨"：天子明堂来朝诸侯多，佩剑相磨发声。"蒐"sōu：春天打猎。"岐阳"：岐山南。"蒐于岐阳"：周宣王在春天于歧山南打猎。"遮罗"：拦捕。"镌功"：功业刻于石鼓。"勒"：刻。"成"：成就。"告万世"：告知万世后人。"隳"huī：毁坏。"嵯峨"cuóé：山势高峻。"从臣"：随从周宣王的臣。"咸第一"：都是第一等。"撰刻"：撰文刻于石鼓。"山阿"：山陵。"日炙"：日晒。"烦"：劳。"呵"：呵叱。

"公"：张生，张籍。"纸本"：石鼓拓印文字纸本。"讹"：错误。"辞严义密"：拓本文字庄严，义理精密。"不类"：不像。"隶"：隶书，古书写文字。"蝌"：蝌蚪文，周朝用文字，头大尾小似蝌蚪。石鼓文字是籀文（大篆）。"缺画"：石鼓文字日久，缺笔画。"蛟"：蛟龙，传说神异动物。"鼍"tuó：鼍龙，猪婆龙，鳄鱼。蛟鼍即蛟龙，为押韵改龙为鼍。"翔"、"翥"zhù：飞。"珊瑚碧树"：珊瑚状像树枝。形容石鼓文体势飞动，笔锋奇丽。

"金绳铁索"：喻石鼓文笔锋奇劲，如金绳铁索。"锁纽"：喻石鼓文结构如锁纽勾连。赞美石鼓文遒劲古朴，潇洒飞动神态。字体活泼，如鸾飞凤舞。字体交相纵横。字体遒劲勾连。"古鼎跃水"：传说周显王时，九鼎沦于泗水，秦始皇派人入水求，龙齿啮断绳索不得出。见《水经注·泗水》。"龙腾梭"：传说陶侃少时，渔雷泽，网得一梭挂于壁，有顷雷雨，化龙而去（见《晋书·陶侃传》）。形容石鼓文字体变化莫测。

"陋儒"：见识短浅儒生，采风编诗者。"诗"：《诗经》。"二雅"：《大雅》、《小雅》。"褊biǎn迫"：局促。"委蛇"wēiyí：弯曲回旋，宽大从容。《大雅》、《小雅》没收石鼓文，采风编诗者见识短浅。"秦"：秦国，陕西一带，石鼓所在地，唐初在天兴（陕西宝鸡）三畤原出土。"掎摭" jǐzhí：采取。"遗"：丢。"羲"：羲和，为日驾车人，代指日。"娥"：嫦娥，指月。孔子西行没到秦，编诗未收石鼓文，如拾了星星丢日月，捡了芝麻丢西瓜。

"好古"：爱好古代文化。"生苦晚"：苦于出生晚。"此"：指石鼓文。"双滂沱"：眼泪鼻涕一起出，令人感伤泪如雨。"蒙"：蒙受。"博士"：官名。唐时有太学、国子博士，教授官。"其年"：那年，韩愈自江陵法曹参军，被召回长安任国子监博士的元和元年（806）。"故人从军在右辅"：太初元年（前104）以渭城以西属右扶风，以辅京师，右辅即右扶风，为凤翔府。韩愈老朋友为凤翔节度府从事。"度量"：计划。"掘"：挖。"臼科"：坑穴，安放石鼓地。

"濯冠"：洗帽。"沐"：洗头。"浴"：洗澡。表诚敬。"祭酒"：官名，国子监主管。"至宝"：极贵重宝物。"荐"：进献。"太庙"：皇家祠堂。"郜鼎"：郜国造鼎。《左传·桓公二年》："四月，取郜大鼎于宋，戊申纳于太庙。"郜国在山东城武县。"光价"：光荣声价。把石鼓荐之于太庙，跟郜鼎比，声价不止超百倍。"太学"：国子监。"诸生"：太学进修生。"切磋"：钻研石鼓学问。

"观经鸿都"：汉灵帝光和元年（178），置鸿门学士。鸿都门是藏书处。汉灵帝熹平四年（175），蔡邕奏请正定六经文字，刻石立于太学门外，叫熹平石经。观看摹写人多拥挤，阻塞街道。"填咽" yè：阻塞，人多拥挤。"坐"：即将。

"坐见"：即将看到。"剜"：刀挖。"剔"：剔除。"节角"：石鼓文笔画棱角。"安置妥帖"：安放妥当。"不颇"：不偏斜。"檐"：屋檐。"深檐"：大厦。"覆"：遮盖。"期无佗"tuó：希望石鼓没损坏。"无佗"同"无他"。

"中朝"：朝中，朝廷里。"老于事"：老于世故，拖沓保守。"肯"：岂肯。"感激"：感动激发。"徒"：只。"媕婀"yǎn·ē：游移不决无主见。"敲火"：牧童无知，敲击石鼓爆火星，损害石鼓。"砺"：摩擦。"着手"：用手。"摩挲"suō：抚摩文物表爱惜。"销"：熔化金属。"铄"：金属熔化。"就"：趋向，归于。"六年"：元和六年（811）。"西顾"：西望石鼓所在地岐阳。"空吟哦"：空费心思。

"羲之"：王羲之，名书法家。"俗书"：时俗之书。"趁姿媚"：追求柔媚姿态。"博白鹅"：换白鹅。《晋书·王羲之传》载，他喜鹅，用数纸写《道德经》换山阴道士鹅。"八代"：泛指秦汉后各朝。"收拾"：收集。"则那"nuò：又奈何。"柄"：权柄。"任"：用。"柄任儒术"：重用儒士。"崇丘轲"：尊崇孔丘孟轲。"论列"：议论，建议。"悬河"：喻有辩才善辞令。《晋书·郭象传》："太尉王衍每云，听象语如悬河泻水，注而不竭。""其"：将。"蹉跎"：岁月虚度，失意，白费心思，即"空吟哦"。

4. 趣谈

韩愈《石鼓歌》，作于唐宪宗元和六年（811）。表达石鼓的起源和价值，呼吁朝廷重视保护利用。石鼓来历久远，文字独特有价值。《诗经》不收，是孔子之失。积极建议保护利用方案。当局不采纳建议，叹惜文物失落。论证石鼓移太学，有利切磋学问，保护利用。表达珍惜文物的迫切心情，嘲讽朝臣陋儒的无知无奈。章法整齐，辞严义密，比喻迭出，尽情渲染，富说服力和感染力。

石鼓文是中国最早石刻，韩愈以为是周宣王时所为。内容记叙狩猎情状，文为大篆。初唐时，石鼓出土于凤翔府天兴县（陕西宝鸡）三畤原。当时在朝廷大官眼中，是长满苔藓的破烂，遭遇难跟郡国鼎彝相提并论。感慨石鼓文物废弃，力谏当局保护，愤慨不得采纳。《石鼓歌》力作问世，使石鼓价值增强提高。今距韩愈作歌过去千年，十面石鼓已无完字，仍作一级文物收藏在北京故宫博物院，归功韩愈呼号之力。

六、名言警句

韩愈原创发挥众多名言警句，意义深邃传千古。如"引物连类"。韩愈《送权秀才序》："文辞引物连类，穷情尽变。"意即：引证引喻一事，连及同类另一事。"有本有原"（有本有源）意即：有根源。韩愈《原毁》："为是者有本有原。"继承发挥墨子议论，《墨子·非命上》："有本之者，有原之者。""于何本之？上本之于古者圣王之事。于何原之？下原察百姓耳目之实。"

"远虑深谋"，意即：深谋远虑，谋虑深远，计划周密。韩愈《黄家贼事宜状》："此两人者，本无远虑深谋，意在邀功求赏。""邀功求赏"：求取功劳奖赏，贬义。"跃马弯弓"，意即：驰马盘旋，张弓要射，形容摆开架势，准备作战，比喻故作惊人姿态，实际并不立即行动。韩愈《雉带箭》："将军欲以巧伏人，盘马弯弓惜不发。"

"一掷乾坤"，意即：孤注一掷。以天下为孤注之一掷。"乾坤"：天下。韩愈《过鸿沟》："谁劝君王回马首，真成一掷赌乾坤。""洗手奉职。"比喻廉洁奉公，忠于职守。"洗手"：使手干净，比喻廉洁。"奉职"：任职。韩愈:《唐故中散大夫少府监胡良公墓神道碑》："建中四年，侍郎赵赞为度支使，荐公为监察御史，主馈给渭桥以东军，洗手奉职，不以一钱假人。"

"先睹为快"，意即：以能尽先看到为快乐，形容盼望殷切。"睹"：看见。韩愈《与少室李拾遗书》："朝廷之士，引颈东望，若景星（大星，德星，瑞星，现于有道之国。《史记·天官书》："天精而见景星。景星者，德星也，其状无常，出于有道之国。"）、凤凰之始见也，争先睹之为快。"

"显露头角"，意即：崭露头角，头角显露，比喻初显优异才能。出韩愈《柳子厚墓志铭》："虽少年，已自成人，能取进士第，崭然见头角焉。""哓哓xiāo不休"，意即：争辩没完。出韩愈《重答张籍书》："择其可语者诲之，犹时与吾悖，其声哓哓。""旋转乾坤"，意即：扭转天地，比喻从根本上改变已成局面，魄力极大。韩愈《潮州刺史谢上表》："陛下即位以来，躬亲听断，旋乾转坤。"

"轩然大波"，意即：高涌波涛，比喻纠纷乱子，不好影响。韩愈《岳阳楼别窦司直》："洞庭九州间，厥大谁与让？南汇群崖水，北注何奔放。潴为七百里，吞纳各殊状。自古澄不清，环混无归向。炎风日搜搅，幽怪多冗长。轩然大波起，宇宙隘而妨。"同义词：平地风波。反义词：风平浪静。

"秀出班行"，意即：才能优秀，超出同辈。"秀出"：高出，才能出众，优秀。"班行"：班次行列，朝官位次，同列同辈。韩愈《太原王公神道碑铭》："秀出班行，乃动帝目。"

"秀外慧中"，意即：外表秀丽，内心聪明。夸奖漂亮，识大体，有修养的女子。韩愈《送李愿归盘谷序》："才俊满前，道古今而誉盛德，入耳而不烦。曲眉丰颊，清声而便体，秀外而慧中，飘轻裾，翳长袖，粉白黛绿者，列屋而闲居，妒宠而负恃，争妍而取怜。"意即：才智杰出之士，拥满跟前，道古称今，赞扬盛大功德，听起来入耳不厌烦。眉毛弯弯，脸蛋丰满的美人。声音清脆，体态轻盈。外貌秀美，内心聪慧。轻飘衣襟，低拖长袖。扑面粉白，描眉黛绿。在列列后房，舒适闲居。失去依仗，妒忌别人受宠。斗美争妍，博取怜爱。

"休养生息"，意即：休息保养，繁殖人口。战争动荡后，减轻负担，安定生活，恢复元气。韩愈《平淮西碑》："高宗中睿，休养生息。""袖手旁观"，意即：手插袖里，一旁观看。比喻置身事外，不过问协助。出韩愈《祭柳子厚文》："不善为斫，血指汗颜，巧匠旁观，缩手袖间。"含贬义。近义词：作壁上观，冷眼旁观，坐视不救，漠不关心，缩手旁观，置身事外，见死不救，隔岸观火。反义词：义不容辞，拔刀相助，挺身而出，见义勇为。

"虚张声势"，意即：假装气势强大。假造声势吓人。韩愈《论淮西事宜状》："淄青、恒冀两道，与蔡州气类略同，今闻讨伐元济，人情必有救助之意，然皆暗弱，自保无暇，虚张声势，则必有之。"含贬义。

"朝发夕至"，意即：早上出发晚上到，交通方便路不远。韩愈《祭鳄鱼文》："以生以食，鳄鱼朝发而夕至也。""杂乱无章"，意即：乱七八糟没条理。韩愈《送孟东野序》："其为言也，杂乱而无章。"近义词：乱七八糟，凌乱不堪，杂乱无序。反义词：井井有条，有条不紊，秩序井然。"众目睽睽"，意即：许多人睁大眼看，在大众注视下。"睽睽"：张目注视。韩愈《郓州溪堂诗并序》："公私扫地赤立，新旧不相保持，众目睽睽，公于此时能安以治之。""再接再厉"：原指雄鸡相斗，每次交锋前先磨嘴。比喻继续努力加把劲，形容一次又一次加倍努力。"接"：接战迎战。"厉"通"砺"：磨快，引申奋勉努力。韩愈孟郊《斗鸡联句》："一喷一醒然；再接再厉乃。"

"坐井观天"，意即：坐在井底看天，比喻眼界狭窄学识浅。韩愈《原道》："坐井而观天，曰天小者，非天小也。""指天誓日"，意即：指着天对太阳发誓，表意志坚决忠诚。出韩愈《柳子厚墓志铭》："指天日涕泣，誓生死不相背负，真若可信。""自以为得计"，意即：自以为计谋有效得逞，含贬义。韩愈《柳子厚墓志铭》："此宜禽兽夷狄所不忍为，而其人自视以为得计，闻子厚之风，亦可以少愧矣。"

"落阱下石"（落井下石），意即：乘人危难加陷害。韩愈《柳子厚墓志铭》："一旦临小利害，仅如毛发比，反眼若不相识，落陷阱，不一引手救，反挤之，又下石焉者，皆是也。""赵趄不前"，意即：形容犹豫畏缩，不敢前进。"赵趄"zījū：迟疑不敢前进。韩愈《送李愿归盘谷序》："足将进而赵趄，口将言而嗫嚅 nièrú。"脚将要迈进，而迟疑不前。嘴想要说话，而吞吐不说。

"张大其词"，意即：说话写文章将内容夸大。"张大"：夸大，夸张。韩愈《送杨少尹序》："太史氏又能张大其事。""一举成名。"意即：一旦中举，扬名天下。韩愈《唐故国子司业窦公墓志铭》："公一举成名。"例："十年窗下无人问，一举成名天下知。""一发千钧。"比喻情况危急，像千钧（三万斤）重，吊在一根头发上。韩愈《与孟尚书书》："其危如一发引千钧。"

"俯首帖耳，摇尾乞怜"，意即：耷拉耳朵，卑屈驯服。狗摇尾巴，乞求爱怜。卑躬屈膝，献媚讨好。韩愈《应科目时与人书》："若俯首帖耳，摇尾而乞怜者，非我之志也。""一视同仁"：一样看待，同施仁爱，不分厚薄。韩愈《原人》："是故圣人一视而同仁。""语言无味"，意即：说话枯燥无味。韩愈《送穷文》："凡所以使吾面目可憎，语言无味者，皆子之志也。"

"异曲同工"：曲调不同同样美。不同时代不同人，言论文章都精彩。不同方法同结果。不同事情同效果。不同曲调都演好。说法不一用意同。做法不同都巧妙。"工"：细致，巧妙。韩愈《进学解》："子云相如，同工异曲。"西汉文学家司马相如和扬雄都以辞赋见长。司马相如是汉景帝时人，作品有《子虚赋》、《上林赋》。扬雄是汉成帝时人，作品有《甘泉赋》、《河东赋》。

"蝇营狗苟"，意即：为追逐名利，不择手段，像苍蝇乱飞，像狗不知耻。"营"：钻营。"苟"：苟且。韩愈《送穷文》："蝇营狗苟，驱去复返。""语焉不详"，意即：虽说到但不详细。韩愈《原道》："荀与扬也，择焉而不精，语焉而不详。"意即：荀卿、扬雄（前53—18）虽选取而不精，虽说到但不详细。

"小黠 xiá 大痴"，意即：小处精明大处笨。韩愈《送穷文》："驱我令去，小黠大痴。""动辄得咎"，意即：动则得罪。"辄"：即。"咎"：过失罪责。韩愈《进学解》："然而公不见信于人，私不见助于友，跋前踬后，动辄得咎。""佶屈聱牙"，意即：文字艰涩生僻，拗口难懂。"佶屈"：曲折不顺畅。"聱牙"：拗嘴不顺口。韩愈《进学解》："周《诰》殷《盘》（《书经》中商周书），佶屈聱牙。"

"不平则鸣"，意即：受到委屈压迫，就要发出不满反抗呼声。韩愈学生孟东野熟读经史，有才能，五十岁做溧阳县尉，抱怨怀才不遇，韩愈同情，在孟赴任时写《送孟东野序》说："大凡物不得其平则鸣，草木之无声，风挠之鸣；水之无声，风荡之鸣。""飞黄腾达"，意即：骏马奔腾飞驰，引申发迹，宦途得意，骤然得志，官职升得很快。多用贬义。韩愈《符读书城南》："飞黄腾踏去，不能顾蟾蜍。""飞黄"：传说神马名。"腾达"：上升。

"驾轻就熟"，意即：赶着装载很轻的车，走熟悉的路，事情熟悉又容易。韩愈《送石处士序》："若驷马驾轻车，就熟路，而王良、造父为之先后也。"王良、造父，善驾车人。"无理取闹"：原指蛙声没来由而喧闹，后指人没道理而吵闹。韩愈《答柳柳州食虾蟆》："鸣声相呼和，无理只取闹。""地大物博"，意即：疆土辽阔，资源丰富。韩愈《平淮西碑》："地大物博，蘖牙其间。"疆土辽阔，资源丰富，同时妖祸，孕育其间。

七、菁华毕出有统纪

"总集"：多人著作合集。《四库全书总目》总集类小序："文籍日兴，散无统纪，于是总集作焉，一则网罗放佚，零章残什，并有所归。一则删汰繁芜，使莠稗咸除，菁华毕出，是固文章之衡鉴，著作之渊薮矣。三百篇既列为经，王逸所裒（póu 聚集）又仅楚辞一家，故体例所成，以挚虞（250—311，西晋文学家。字仲治，长安人。皇甫谧弟子。武帝泰始中举贤良，累官至太常卿，后遇洛阳荒乱，饿死。分类编集古代文章，名《文章流别集》）《流别》为始，其书虽佚，其论尚散见《艺文类聚》中，盖分体编录者也，《文选》而下互有得失，至宋真德秀《文章正宗》，始别出谈理一派，而总集遂判两途，然文质相扶，理无偏废，各明一义，未害同归，惟末学循声，主持过当，使方言俚语，俱入辞章，丽制鸿篇，横遭嗤点，是则并真德秀本旨之失耳，今一一别裁，务归中道，至明万历以后，侩魁渔利，坊刻弥增，剽窃陈因，动成巨帙，并无门径之可言。姑存其目，为冗滥之戒而已。"

《四库全书总目》总集类收录文献数量，仅次于别集类，在集部排第二。总集发展和别集繁盛有直接联系。总集发展，表现在数量和类型增加。另外，总集类在唐宋时期，从驳杂渐趋单纯，明代总集类多元细化，《四库全书总目》总集类纠正明代总集类过于细化杂乱的弊端，推动总集类分类和内容稳定，影响后来目录著作。

《四库全书总目》卷一八九集部总集类四《唐宋八大家文钞》一六四卷（通行本），明茅坤编。韩愈和柳宗元是唐代古文运动代表，主张行古道，兴儒学，反对六朝以来浮艳文风，反对讲究排偶、辞藻、音律和典故的骈文，提倡散行单句，不拘格式的古文，以利于反映现实生活，表达思想。

唐宋八大家提倡古文运动，是对源远流长散文传统的继承创新，利用复古旗帜，从事文学革新，推动文学前进。欧阳修是宋代古文运动代表，提倡继承韩愈道统文统，影响产生了王安石、曾巩、苏洵、苏轼和苏辙等作家，他们是唐宋散文八大家中宋六家。扫清绮靡晦涩文风，使散文重新走上平易畅达，反映现实生活的道路。唐宋古文运动，是中国散文发展史上重要里程碑，对后世影响巨大。

唐宋八大家，是唐宋时期八大散文代表作家合称，即唐韩愈、柳宗元和宋欧阳修、王安石、三苏、曾巩。唐宋八大家是主持唐宋古文运动中心人物，提倡散文，反对骈文，影响深远。

韩愈是古文运动领袖，唐宋八大家之首，在中国散文发展史上地位崇高，苏东坡称赞他"文起八代之衰"。文章气势宏大，豪逸奔放，曲折多姿，新奇简劲，逻辑严整，融汇古今，议论、叙事和抒情，风格独特。作品收《昌黎先生集》。

欧阳修（1007—1072），字永叔，号醉翁、六一居士，杰出散文家，宋代散文革新运动卓越领导者，唐宋八大家之一。忧国忧民，刚正直言，宦海升沉，历尽艰辛，创作"愈穷则愈工"。取韩愈"文从字顺"精神，反对浮靡雕琢，怪僻晦涩的时文，提倡简而有法，流畅自然风格，作品内涵深广，形式多样，语言精致，富情韵美和音乐性。名篇《醉翁亭记》、《秋声赋》等，千古传扬。

苏洵，字明允，号老泉眉。苏洵和他儿子苏轼、苏辙合称三苏。散文史论政论，继承《孟子》和韩愈的议论文传统，风格雄健，语言明畅。苏轼（1037—1101），字子瞻，号东坡居士，生四川眉山。北宋文学家，世称苏东坡。苏辙（1039—1112），字子由，号栾城，晚号颖滨遗老。父兄熏陶影响，自幼博览群书，抱负宏伟。宋徽宗继位，遇赦北归，寓居颖昌，闭门谢客，潜心著述。

王安石（1021—1086），字介甫，封荆国公，世称王荆公。抚州临川（江西抚州）人。北宋政治家、思想家、文学家。唐宋八大家之一。散文峭直简洁，富于哲理，笔力豪悍，气势逼人，词锋犀利，议论风生，说理透辟，论证严谨，逻辑周密，表达清晰。曾巩（1019—1083），唐宋八大家之一。长于议论记叙。议论文立论精策，记叙文精练生动。

隋唐五代文学。隋文帝开皇九年（589）统一全国，结束二百七十余年南北分裂局面。隋朝持续不到三十年。隋炀帝大业十三年（617），关陇贵族集团代表人物李渊、李世民起兵太原。翌年五月，李渊即帝位长安，国号唐，武德七年（624）统一全国。唐是政治军事强大、文化经济繁荣的朝代。强盛繁荣的唐代，与汉并列，称汉唐盛世。

魏晋南北朝是文学自觉的时代，文学的艺术特质得到充分的发展，文学创作积累了丰富的经验，为唐代文学的繁荣提供了很好的基础。从永嘉南渡开始的漫长岁月里，文学一直在南北分裂的局面中发展，带着明显的地域色彩，有待纳入统一的进程之中。唐在魏晋南北朝文学基础上，合南北文学两长，创造了唐辉煌文学。

唐文学繁荣，与唐代社会发展有密切关系。国力强大，为文化发展创造有利环境。唐对外来文化兼容，容纳外来思想文化。《资治通鉴》贞观二十一年五月载唐太宗说："自古皆贵中华，贱夷狄，朕独爱之如一。"一视华夷，为后继者继承，到玄宗朝，李华《寿州刺史厅壁记》说："国朝一家天下，华夷如一。"从政权到生活方式，体现华夷如一思想。

唐一视华夷心态，与出身有关。李氏为鲜卑化汉人。高祖之母独孤氏，太宗之母纥陵氏，皇后长孙氏，是鲜卑族人。家族有鲜卑血统，长期居北边，受胡文化深刻影响。北朝汉胡文化融合，唐加速进程。唐从文学艺术到生活趣味，风俗习惯，广泛接受外来文化影响。大量外族移民入住，商旅往来，宗教传播，西域生活习俗文化广泛影响长安、洛阳、扬州等大都会，南北丝绸之路沿线地区，广州等海上交通城市。从饮食、衣着、乐舞到生活趣味，杂取中西。唐婚俗，受北朝鲜卑婚俗影响。中外文化交融造成开放风气，促进文学题材拓广，文学趣味风格多样化。

唐士人积极进取。接近广阔社会生活的寒门士人进入文坛，使文学走向市井关山塞漠。唐士人有更恢宏的胸怀气度抱负与进取精神。积极进取的精神反映到文学，是文学的昂扬情调。唐人恢宏的胸怀气度，对待不同文化的兼容心态，创造了有利文化繁荣的环境。

唐初设史馆，以史为鉴，修《梁书》、《陈书》、《北齐书》、《周书》、《隋书》五史。以太宗御撰名义修《晋书》，以私修官审形式修《南史》和《北史》。八史修撰，提供丰富修史经验。初唐文学潮流，向反伪饰、求真情方向发展。史学求实与文学求真，同是崇实思潮产物。史家论述文学问题，影响文学走向。

唐开拓发展，国力强盛，经济繁荣，思想兼容并包，文化中外融合，创造发展文化的有利环境。盛世造就士人进取精神，开阔胸怀，恢宏气度，丰富文学创造力，给文学带来昂扬的精神风貌，创造后代称道的盛唐气象。多样多彩的生活，为文学发展准备了丰厚土壤，为文学家提供了丰富题材，扩大了视野，给予歌吟的激情。

唐文学繁荣，作者众多，大师辈出。《全唐文》收作者三〇三五人。《全唐诗》收作者二千二百余人。韩愈、柳宗元提出文以明道，散体才取代骈体，占据文坛，是后人所称道的"古文运动"。韩愈、柳宗元在散文文体文风改革上的成功，一是文以致用，从空言明道走向参与政治和现实生活，为散文的表现领域开出一片广阔天地。虽言复古，实为创新。二是丰富散文的艺术表现技巧，把散文创作推进到全新阶段。

唐诗在唐德宗至唐穆宗四十余年渐趋兴盛，于唐宪宗元和年间达高潮。名家辈出，流派分立，诗人开辟新途径，探寻新技法，阐发新理论，创作有新韵味诗歌，展示唐诗的蓬勃景观，韩孟诗派是这种新变的第一诗人群体。

韩孟诗派的诗歌主张。不平则鸣，笔补造化，崇尚雄奇。韩孟诗派及其诗风的形成有一个过程。贞元八年（792），四十二岁的孟郊赴长安应进士举，二十四岁的韩愈作《长安交游者一首赠孟郊》及《孟生诗》相赠，二人交往，为日后诗派崛起奠定基础。

诗派有两次聚会。贞元十二年至十六年（796—800），韩愈入汴州董晋幕和徐州张建封幕，孟郊、张籍、李翱前来游从。元和元年到六年（806—811），韩愈在长安任国子博士，与孟郊、张籍等相聚。后分司东都洛阳，孟郊、卢同、李贺、马异、刘叉、贾岛陆续到来，张籍、李翱、皇甫湜时来过往，诗派全体相聚。

两次聚会，对韩孟诗派群体风格形成至关重要。第一次聚会，年长孟郊已形成独特诗风，给步入诗坛未久的韩愈影响明显。第二次聚会，韩愈诗歌风格形成，独创新体式和成就得同派公认仿效，孟郊转受韩愈影响。两次聚会，诗派成员酬唱切磋，相互奖掖，形成审美意识共同趋向和共同艺术追求。

"不平则鸣"，是诗派韩、孟等人的明确理论。韩愈《送孟东野序》说:"大凡物不得其平则鸣。……人之于言也亦然。有不得已者而后言,其歌也有思,其哭也有怀。凡出乎口而为声者,其皆有弗平者乎!""不平"指内心不平衡,强调抒发内心不平情感。揭示产生创作活动的原因,肯定特定创作心理"不平"心态。作序专为一生困厄潦倒,怀才不遇的孟郊,推许孟郊"善鸣",重视穷愁哀怨者"鸣其不幸"的倾向。

"笔补造化"是韩孟诗派的重要观点。李贺《高轩过》说:"笔补造化天无功。"创造性诗思,裁夺物象。孟郊《赠郑夫子鲂》说:"天地入胸臆,吁嗟生风雷。文章得其微,物象由我裁。宋玉逞大句,李白飞狂才。苟非圣贤心,孰与造化该?""天地入胸臆。""物象由我裁。"大气魄,发挥创造性诗思,"裁"物象,"该"造化,吁嗟生风雷("该"通"赅"。完备,包括,包容。《广韵》:"该,备也,咸也,兼也,皆也。"该兼:包容,兼容。该括:包罗,概括)。

韩愈重视心智胆力,裁夺物象。韩愈《雨中寄孟刑部几道联句》说:"研文较幽玄,呼博骋雄快。"《咏雪赠张籍》说:"雕刻文刀利,搜求智网恢。"《答孟郊》说:"规模背时利,文字觑天巧。"韩愈创作取向,研讨诗文而至于"幽玄",搜求"智网"复辅以"雕刻",造端命意,遣词造句,力避流俗,觑寻"天巧"。

韩愈《答刘正夫书》,强调写作要"能自树立,不因循",大胆创新。《送无本师归范阳》说:"勇往无不敢。"《酬司门卢四兄云夫院长望秋作》说:"若使乘酣骋雄怪,造化何以当镌劖（chán，锐利器具，凿铲）！"是在向造化宣战。司空图《题柳柳州集后序》评："韩吏部歌诗累百首，其驱驾气势，若掀雷抉电，奔腾于天地之间，物状奇变，不得不鼓舞而徇（疾速）其呼吸也。"韩诗风格，特富创新意识的诗歌理论。

韩孟诗派崇尚雄奇。韩愈《调张籍》说："李杜文章在，光焰万丈长。……想当施手时，巨刃磨天扬。……我愿生两翅，捕逐出八荒。精神忽交通，百怪入我肠。刺手拔鲸牙，举瓢酌天浆。"同样高度赞誉李杜诗，赞誉李杜诗"巨刃磨天扬"的奇特语言，雄阔气势，艺术手法的创新。"拔鲸牙"，"酌天浆"，胆大力猛，思怪境奇，挥洒极致，一派天马行空，超越世俗气象。

韩愈说贾岛诗："狂词肆滂葩，低昂见舒惨。奸穷怪变得，往往造平淡。"《病中赠张十八》说张籍诗："文章自娱戏，金石日击撞。龙文百斛鼎，笔力可独扛。"《醉赠张秘书》说自己与孟郊、张籍等人诗："险语破鬼胆，高词媲皇坟。"力量雄大，词语险怪，造境奇特。突现韩愈美学思想，重心在雄奇险怪。

从"不平则鸣"，到裁物象，觑天巧，补造化，到提出雄奇怪异的审美理想，韩孟诗派形成系统诗歌创作理论，突破重视人伦道德和温柔敦厚的传统诗教，由重诗的社会功能，转向重诗的抒情特质，转向重创作主体内心的展露，艺术创造力的发挥，在诗歌理论史上值得重视。

韩愈多长篇古诗，多揭露现实矛盾，表现个人失意佳作，如《归彭城》、《龊龊》、《县斋有怀》等，平实顺畅。清新富神韵诗，如《晚雨》、《盆池五首》。《早春呈水部张十八员外二首》其一："天街小雨润如酥，草色遥看近却无。最是一年春好处，绝胜烟柳满皇都。"

韩愈具独创性的作品，气势雄大，意象怪奇。《县斋有怀》："少小尚奇伟。"《答张彻》："搜奇日有富。"气质雄强豪放，追求新鲜奇异、雄奇壮美，有敢作敢为，睥睨万物的气概，发而为诗，气豪势猛，声宏调激，如江河破堤，一泻千里。

《卢郎中云夫寄示送盘谷子诗两章歌以和之》："昔寻李愿向盘谷，正见高崖巨壁争开张。是时新晴天井溢，谁把长剑倚太行！冲风吹破落天外，飞雨白日洒洛阳。"格局阔大。"长剑倚太行"，比喻从天井关飞流而下的瀑布，飞瀑被狂风吹拂，直洒洛阳，其势其景，迅捷壮观，遣词造句，远超凡俗，用诗中的话来说，是"字向纸上皆轩昂"。

改革散文文体文风，明道载道，引向政教应用，形式由骈体而散体的散文发展要求，是有目的、有理论主张、有广泛参与者、有深远影响的文学革新，惯称"古文运动"。韩愈、柳宗元将复兴儒学思潮推向高峰。韩愈的突出主张，是重建儒家道统，越过西汉后的经学，复归孔孟。《与孟尚书书》以孔孟之道继承者捍卫者自居："使其道由愈而粗传，虽灭死而万万无恨。"韩愈《进士策问》其二说，弘扬儒家道统，"适于时，救其弊"，解救现实危难。

韩愈认为当时最大的现实危难，是藩镇割据，佛老蕃滋，导致中央皇权削弱，儒家思想对立面，以紫乱朱，使人心不古，寺庙广占良田，僧徒不纳赋税，影响财政收入，都在扫荡之列。韩愈写政治论文《原道》，明君臣义，严华夷防，抨击藩镇佛老。中兴愿望促成儒学复兴，政治改革，文体文风改革。经世致用需要，促成文体文风改革高潮。

韩愈主张"文以明道"。韩愈《争臣论》说："修其辞以明其道。"《题欧阳生哀辞后》："愈之为古文，岂独取其句读不类于今者邪？思古人而不得见，学古道则欲兼通其辞。通其辞者，本志乎古道者也。"《答李秀才书》："然愈之所志于古者，不惟其辞之好，好其道焉耳。"建立儒家道统，用"道"充实文，使文成为参与现实政治的强力舆论工具。出于政治目的，主张以文明道，反对不切实际的文体文风。将文体文风的改革，作为其政治实践的组成部分，赋予文以强烈政治色彩，鲜明现实品格，去其浮靡空洞，返归质实真切，创作大量饱含政治激情，具有强烈针对性和感召力的杰作。

韩愈力倡古文，有胆力气魄，宁为流俗所非，绝不改弦易辙。韩愈以文坛盟主地位，扶持称赞从事古文写作的人，聚集一批古文作者，声势强盛。由儒学复兴，政治改革触发，文体文风改革高潮到来。文体改革为朝野普遍接受。

韩愈提出明确具有现实针对性的古文理论："文以明道"，意识"文"的作用，博采前人遗产。韩愈《答陈生书》："愈之志在古道，又甚好其言辞。"《上兵部李侍郎书》："沉潜乎训义，反复乎句读，砻磨（lóngmó，砥砺）乎事业，而奋发乎文章。"《答侯继书》："百氏之书，未有闻而不求，得而不观者。"为文宜"自树立，不因循"，贵在创新。

韩愈《答刘正夫书》认为，学习古文辞，应"师其意不师其辞"。"若皆与世浮沉，不自树立，虽不为当时所怪，亦必无后世之传也。"文章体式主张写"古文"，具体写法反对模仿因袭。《南阳樊绍述墓志铭》："惟古于词必己出，降而不能乃剽贼。"倡导复古，能变古，反对因袭，志在创新，韩愈古文理论超越前人。

韩愈散文艺术成就：建立新的散文美学规范，重视辞采、语言和技巧，突破文体界限，陈规旧制，把应用文写成艺术性强的文学散文。清刘开《与阮芸台宫保论文书》："夫退之起八代之衰，非尽扫八代而去之也，但取其精而汰其粗，化其腐而出其奇。其实八代之美，退之未尝不备有也。"韩愈散文，语言准确生动，凝练精警，别具一格，新词迭出，是前人所无的创造性成果。

韩愈散文，将浓郁情感注入散文，加强作品抒情特征和艺术魅力，把古文提高到真正的文学境地。阅读韩愈散文，令人感到迎面扑来的情感浪潮，令人心悸魄动的鲜活灵魂和生命力，如长江大河，澎湃流转，横绝奔放，滔滔雄辩。

韩愈在应用文中，感怀言志，以感激怨怼奇怪之辞，发其穷苦愁思不平之声，使"文"具备源于现实的情感力度。韩愈论说文宣扬道统和儒家思想，存在明道倾向，重在反映现实，揭露矛盾，不平之鸣，有反流俗反传统力量，行文夹杂强烈感情倾向。

韩愈善辩,善辩来源于胆壮气盛,二者结合,使议论文字惊世骇俗震慑人。《原毁》、《讳辩》、《争臣论》、《论佛骨表》,反映时代精神,抒发愤慨不平,深刻批判社会现实,大气磅礴,笔力雄健,排宕顿挫,感情激烈。

《讳辩》为李贺鸣不平。当时社会舆论认为,李贺必须避父名之讳,不得参加进士考试,韩愈尖锐指出:"父名晋肃,子不得举进士。若父名仁,子不得为人乎?"凌厉斩截,笔无藏锋,在勃然喷发的情感浪潮推动下,援引古事,证以今典,追源溯流,横出锐入,步步紧逼,抨击嘲笑"避讳"不合情理,主张"避讳"者的可笑可怜可恶。

《讳辩》重在讥俗,《论佛骨表》重在刺上,充溢强烈情感力量,后者有被杀头的危险,蕴含常人绝难达到的勇力胆魄:"今无故取朽秽之物,亲临观之,巫祝不先,桃茢不用,群臣不言其非,御史不举其失,臣实耻之。乞以此骨付之有司,投诸水火,永绝根本。"这是就唐宪宗从凤翔法门寺迎佛骨入大内奉养一事而上的谏表,当满朝上下如醉如狂,奉佛骨如神明之际,韩愈敢直斥佛骨为"朽秽之物",对宪宗亲临观之的行为,表示"耻之",需要何等气魄胆量!

有为而发,不平则鸣,在波涛翻卷的情感激流,气势夺人的滔滔雄辩中,自然展现其自我形象,使韩愈论说文近于文学性散文。韩愈杂文,自由随便,或长或短,或庄或谐,文随事异,各当其用。如《进学解》、《送穷文》,重在发牢骚，泄怨气，前者写韩愈为人师者"恒兀兀以穷年"的勤勉困厄，后者借五个穷鬼对主人的讥笑侮弄，嘲骂社会。两篇作品采用问答对话体，将叙事、议论、抒情熔于一炉，嬉笑怒骂，给文章增添浓郁文采，新颖奇妙。

韩愈杂文中的精悍短文，嘲讽现实，议论犀利，如《杂说》、《获麟解》、《伯夷颂》，形式活泼，不拘一格，文学价值高，影响后世。为人称道《杂说四》："世有伯乐，然后有千里马。千里马常有，而伯乐不常有。……策之不以其道，食之不能尽其材，鸣之而不能通其意，执策而临之曰：'天下无马。'呜呼，其真无马邪？其真不知马也！"以马喻人，表现作者对压抑人才的悲愤，构思精巧，寄慨遥深。

韩愈序文言简意赅，形式多样，感慨社会现实。如《送李愿归盘谷序》用"足将进而趑趄（zījū，欲进又退），口将言而嗫嚅（nièrú，欲言又止）"，形容奴颜婢膝，畏缩不前，描摹奔走权门者的复杂心态。

艺术特点，表现手法，正话反说，反话正说。语言锤炼，力求创新。用排偶句，两两相对，整齐和谐。创造概括性、形象性强的词语。如："爬罗剔抉，刮垢磨光，贪多务得，必钩其玄，细大不捐，补苴罅漏，障百川而东之，回狂澜而既倒，沉浸醲郁，含英咀华，同工异曲，佶屈聱牙，动辄得咎，头童齿豁，优入圣域，投闲置散"。

第二节　宗元尊韩为长辈

一、黔驴技穷

1.《黔之驴》

　　黔无驴，有好事者船载以入。至则无可用，放之山下。虎见之，庞然大物也，以为神，蔽林间窥之。稍出近之，慭慭然，莫相知。他日，驴一鸣，虎大骇，远遁。以为且噬己也，甚恐。然往来视之，觉无异能者。益习其声，又近出前后，终不敢搏。稍近，益狎，荡倚冲冒。驴不胜怒，蹄之。虎因喜，计之曰："技止此耳！"因跳踉大㘎，断其喉，尽其肉，乃去。噫！形之庞也类有德，声之宏也类有能。向不出其技，虎虽猛，疑畏，卒不敢取。今若是焉，悲夫！

2. 释文

黔地本无驴，有个喜欢多事的人，用船运来一头驴。运到后，却没有什么用处，就把它放置在山脚下。老虎看到它是个庞然大物，把它作为神来对待，躲藏在树林里偷看。老虎渐渐小心出来接近它，不知道它是何物。有一天，驴叫一声，老虎十分害怕，远远逃走，认为驴要咬自己。老虎来回观察，觉得它并无特殊本领。渐渐熟悉驴叫声，前后靠近，始终不搏斗。老虎靠近驴，态度亲切不庄重，碰倚靠撞图冒犯。驴一生气踢老虎。老虎高兴盘算："驴的技艺，仅仅只是这样！"跳起大吼，咬断驴喉咙，肉吃光，才离开。外形庞大像有德，声音洪亮像有能。老虎当初如果看不出驴笨拙，即使凶猛，多疑畏惧，还是不敢猎取驴。如今驴是如此下场，实在可悲耐回想！

3. 注释

"黔"：唐黔中道。指湖南沅水澧水、湖北清江、重庆黔江等流域，贵州东北。"憖憖" yìn：小心谨慎。"狎" xiá：态度亲近不庄重。"荡倚冲冒"：轻侮戏弄。"荡"：碰撞。"倚"：倚靠。"冲"：冲撞。"冒"：冒犯。"跳踉"：跳跃。"大㘎" hǎn：吼叫。

4. 趣谈

柳宗元寓言《黔之驴》，讽刺无能而又肆意逞能。联系作者政治遭遇，可知本文讽刺当时统治集团中官高位显，仗势欺人，无才无德，外强中干的上层人物，指出他们必然覆灭的下场。貌似强大不可怕，敢于斗争善斗争，战而胜之一定能。这是柳宗元在"永贞革新"失败后，因参加进步改革而被贬作永州司马时所写《三戒》的一篇。"三戒"是应引起警戒的三件事。《黔之驴》警戒"不知推己之本"，无自知之明，必将自招祸患的人。《黔之驴》用动物拟人化艺术形象，寄寓哲理，形象生动，表现高度幽默讽刺艺术。

二、千山鸟飞绝

1.《江雪》

千山鸟飞绝，万径人踪灭。孤舟蓑笠翁，独钓寒江雪。

2. 释义

所有山上鸟飞绝,所有路上人影灭。孤舟渔翁披蓑笠,独自垂钓寒江雪。

3. 注释

"踪":脚印。"蓑":棕雨衣。"笠":竹帽。

4. 趣谈

唐顺宗永贞元年(805),柳宗元参加王叔文为首的政治革新。保守势力和宦官联合反攻,革新失败。柳宗元被贬官"南荒"永州(湖南南部)。在任所名司马,实是无实权、受监视的罪犯。官署没住处,在和尚庙龙兴寺西厢安身。柳宗元被贬,精神受刺激压抑,借描写山水景物,歌咏隐居渔翁,寄托清高孤傲情感,抒发政治失意的郁闷苦恼,怀幽愤心情,写这首千古传颂名诗《江雪》。

柳氏山水诗,境界幽僻,诗人心情寂寞,孤独冷清。《江雪》用二十字,描绘幽静寒冷画面。大雪江面,独自垂钓寒江心,一叶小舟一渔翁。天地纯洁尘不染,万籁寂静悄无声。柳氏创造幻境,虚无缥缈,远离尘世。描写背景,寥廓广大,浩瀚无边。山鸟飞绝,路人踪灭。摆脱世俗,超然物外。幻化美化的渔翁形象,是柳氏思想感情的写照。诗韵刚劲有力,历代交口称绝。

三、官为民役

1.《送薛存义序》

河东薛存义将行,柳子载肉于俎,崇酒于觞,追而送之江浒，饮食之，且告曰：

"凡吏于土者，若知其职乎？盖民之役，非以役民而已也。凡民之食于土者，出其什一佣乎吏，使司平于我也。今我受其直，怠其事者，天下皆然。岂惟怠之，又从而盗之。向使佣一夫于家，受若值，怠若事，又盗若货器，则必甚怒而黜罚之矣。以今天下多类此，而民莫敢肆其怒与黜罚者，何哉？势不同也。势不同而理同，如吾民何？有达于理者，得不恐而畏乎！"

存义假令零陵二年矣。早作而夜思，勤力而劳心。讼者平，赋者均，老弱无怀诈暴憎，其为不虚取直也的矣！其知恐而畏也审矣！吾贱且辱，不得与考绩幽明之说；于其往也，故赏以酒肉，而重之以辞。

2. 释文

山西永济人薛存义，将离开零陵。柳宗元盘盛肉，酒杯斟满，在江边设宴送行说："凡在地方做官的人，你知道他们的职责吗？全都是老百姓的仆役，并不是奴役百姓。凡是在这块地方生活劳作的人，拿出他们收入的十分之一，雇佣官吏，让官吏为百姓公道办事。如今官吏拿俸禄，不认真办事，到处都这样。不仅办事怠慢不认真，还敲诈勒索，巧取豪夺百姓钱财。假如雇佣官吏为你办事，接受你的俸禄，不认真为你做事，偷窃你的钱财器物，你一定十分愤怒，要罢黜处罚。如今天下太多这类人，百姓都不敢表示自己的愤怒，罢黜惩罚，为什么？形势与以往不同。百姓的权势地位与主人的权势地位虽不同，怒恨贪官的道理相同，百姓驱逐处罚官吏，官吏能对百姓怎样？懂得这一道理的地方官，能不感到恐惧害怕吗？"

存义代理零陵县令已两年，起早贪黑为百姓工作，深夜还不停思考，勤勤恳恳，费尽心机。让告状的得到公平处理，使百姓合理纳税，百姓无论老少，没人心怀狡诈，表现憎恨。他的作为，的确不是白拿俸禄，确实知道被罢黜可怕，严格要求自己。我地位卑贱，遭受贬谪的耻辱，不能参与考查官吏功过业绩，表明自己看法，评论他的过去，所以备酒肉，留序作临别赠言，慎重说出这些话。

3. 注释

"河东"：山西永济。"将行"：将要离开零陵。"柳子"：柳宗元自称。"载肉于俎"：肉放器物。"载"：承。"俎"：放肉器物。"崇酒於觞"shāng：酒杯倒满酒。"崇"：充实充满。"浒"hǔ：水边。"吏于土者"：在地方做官的人。"吏"：做官。

"若"：你。"民之役"：百姓的仆役。"役"：仆役。"役民"：奴役驱使人民。"食于土者"：靠土地生活的人。"出其十一佣乎吏"：拿收入十分之一雇佣官吏。"使司平于我"：让官吏给我们百姓办事。"司"：官吏。"平"：治理。"我"：指代"民"：百姓。

"我受其直"：我（官吏）接受他们（百姓）报酬。"我"：指代"吏"。直：同"值"：报酬。官吏所得俸禄。"怠其事者"：不认真替他们办事。"怠"：懈怠轻忽。"其"：指代人民。"岂惟怠之"：还不仅仅是玩忽职守。"岂"：难道。"惟"：

只。"之"：指代"其事"，"民之事"。

"盗之"：窃取百姓钱财。"盗"：贪污敲诈勒索。"之"：指代人民。"向使佣一夫于家"：假若你家里雇佣一个仆人。"向使"：假若。"黜 chù 罚"：责罚驱逐。"黜"：降职罢免驱逐。"肆"：爆发，表示。"势不同"：官民关系，情势不同于主仆关系，意即人民无法黜罚官吏。"达于理者"：通达事理的人。

4. 趣谈

柳宗元《送薛存义序》，是赠序体政论文，针对贪官污吏遍布天下，社会矛盾加剧的现状，提出"官为民役"的进步观点，认为人民与官吏，应当是雇与被雇的主奴关系。官吏须"早作而夜思，勤力而劳心"，做到"讼者平，赋者均"。官吏消极怠惰，贪污受贿，徇私舞弊，人民有权像对待不称职的奴仆那样，惩罚罢免。这种政治理想，反映人民愿望，是政治思想史上的珍贵资料。文章借送别，论吏治，首尾呼应，紧扣主题。"官为民役"的政治观点和理想，合情合理，有超时代的现实意义。

柳宗元（773—819），字子厚，祖籍河东（山西运城永济），世称柳河东、河东先生，生于长安，官终柳州刺史，称柳柳州。跟韩愈并称"韩柳"。[①] 唐思想家，文学家。唐古文运动倡导者，唐宋八大家之一，反对六朝以来笼罩文坛

---

① 韩愈（768—824）年长柳宗元（773—819）五岁，韩愈兄长韩会跟柳宗元父亲柳镇有交往，是好朋友。柳宗元给韩愈写信，谦称韩愈为"丈"（前辈，长辈）。

的绮靡浮艳文风，提倡质朴流畅散文。散文论说性强，笔锋犀利，论证精确，讽刺辛辣。《天说》是哲学论文。《封建论》、《断刑论》是政论。有重"势"的进步社会历史观，民本思想。

792年，柳宗元被选为乡贡，得参加进士科考试。793年二十一岁进士及第，名声大振。796年被安排到秘书省任校书郎。798年二十六岁参加博学宏词科考试中榜，授集贤殿书院正字（官阶从九品上）。801年被任命为蓝田尉（正六品）。803年十月三十一岁回长安，任监察御史里行。

贞元二十一年（805）一月二十六日，唐德宗驾崩，皇太子李诵继位，改元永贞，即顺宗。顺宗即位，重用王伾、王叔文等人。柳宗元由于与王叔文等政见相同，被提拔为礼部员外郎，掌管礼仪、享祭和贡举。王叔文等掌管朝政，推行革新，采取改革措施，史称永贞革新。如罢市，免进奉，用忠良，贬赃官等，做有利于人民的大事。

永贞元年（805）四月，宦官俱文珍、刘光琦、薛盈珍等立广陵郡王李淳为太子，改名李纯。五月王叔文被削翰林学士职。七月宦官、大臣请太子监国。同月王叔文母丧守丧。八月五日顺宗被迫禅让帝位给太子李纯，史称"永贞内禅"。

李纯即位，即宪宗。宪宗即位，打击以王叔文和王伾为首的政治集团。八月六日贬王叔文为渝州司户，王伾为开州司马，王伾到任不久病死，王叔文被赐死。永贞革新失败，前后一百八十多天。九月柳宗元被贬为邵州刺史，十一月在赴任途中，柳宗元被加贬为永州司马。

柳宗元在永州钻研哲学、政治、历史、文学，游历山水，结交士子闲人。《柳河东全集》五百四十多篇诗文，有三百一十七篇作于永州。元和十年（815）一月，柳宗元接诏书回京。二月回到长安，未受重用。三月十四日柳宗元被改贬为柳州刺史。三月底柳宗元从长安赴柳州，六月二十七日抵达，十一月初八柳宗元四十七岁，在柳州去世。奇伟之人出逆境，柳宗元便是一例。

第四章　诗文评：采撷菁英发新意

第一节　高屋建瓴

1.《文心雕龙·序志》

　　夫文心者，言为文之用心也。昔涓子琴心，王孙巧心，心哉美矣，故用之焉。古来文章，以雕缛成体，岂取驺奭之群言雕龙也？夫宇宙绵邈，黎献纷杂，拔萃出类，智术而已。岁月飘忽，性灵不居，腾声飞实，制作而已。夫人肖貌天地，禀性五才，拟耳目于日月，方声气乎风雷，其超出万物，亦已灵矣。形同草木之脆，名逾金石之坚，是以君子处世，树德建言，岂好辩哉？不得已也！

　　予生七龄，乃梦彩云若锦，则攀而采之。齿在逾立，则尝夜梦执丹漆之礼器，随仲尼而南行。旦而寤，乃怡然而喜，大哉圣人之难见哉，乃小子之垂梦欤！自生人以来，未有如夫子者也。敷赞圣旨，莫若注经，而马郑诸儒，弘之已精，就有深解，未足立家。唯文章之用，实经典枝条，五礼资之以成，六典因之致用，君臣所以炳焕，军国所以昭明，详其本源，莫非经典。而去圣久远，文体解散，辞人爱奇，言贵浮诡，饰羽尚画，文绣鞶帨，离本弥甚，将遂讹滥。盖周书论辞，贵乎体要；尼父陈训，恶乎异端；辞训之异，宜体于要。于是搦笔和墨，乃始论文。

详观近代之论文者多矣：至于魏文述典，陈思序书，应玚文论，陆机文赋，仲洽流别，弘范翰林，各照隅隙，鲜观衢路；或臧否当时之才，或铨品前修之文，或泛举雅俗之旨，或撮题篇章之意。魏典密而不周，陈书辩而无当，应论华而疏略，陆赋巧而碎乱，流别精而少功，翰林浅而寡要。又君山公幹之徒，吉甫士龙之辈，泛议文意，往往间出，并未能振叶以寻根，观澜而索源。不述先哲之诰，无益后生之虑。

盖文心之作也，本乎道，师乎圣，体乎经，酌乎纬，变乎骚，文之枢纽，亦云极矣。若乃论文叙笔，则囿别区分，原始以表末，释名以章义，选文以定篇，敷理以举统，上篇以上，纲领明矣。至于剖情析采，笼圈条贯，摛神性，图风势，包会通，阅声字，崇替于时序，褒贬于才略，怊怅于知音，耿介于程器，长怀序志，以驭群篇，下篇以下，毛目显矣。位理定名，彰乎大易之数，其为文用，四十九篇而已。

夫铨序一文为易，弥纶群言为难，虽复轻采毛发，深极骨髓，或有曲意密源，似近而远；辞所不载，亦不胜数矣。及其品列成文，有同乎旧谈者，非雷同也，势自不可异也；有异乎前论者，非苟异也，理自不可同也。同之与异，不屑古今，擘肌分理，唯务折衷。按辔文雅之场，环络藻绘之府，亦几乎备矣。但言不尽意，圣人所难；识在瓶管，何能矩蠖。茫茫往代，既沉予闻，眇眇来世，倘尘彼观也。

赞曰：生也有涯，无涯惟智。逐物实难，凭性良易。傲岸泉石，咀嚼文义。文果载心，余心有寄。

2. 释文

"文心"谈写文章用心。往昔涓子写《琴心》，王孙子写《巧心》，心灵美巧，书名常用。古来文章，靠雕琢修饰成功，不仅是效仿修饰语言如雕刻龙纹一样的驺奭。宇宙无穷，常人贤才混杂，出类拔萃靠机智心术。

岁月如梭，灵性无常，飞腾名声功业，全靠创作。人体容貌像天地，先天秉性仁义礼智信，耳目像日月，声音似风雷，超出万物，可说很灵智。形体如同草木脆弱，名声胜过金石的坚固，所以君子在世，立德建言，难道是喜欢辩论吗？是不得已啊！

我七岁时，梦见彩云像锦绣，就攀登采摘。过三十岁，曾夜梦手拿红漆礼器，随孔子向南方走。天亮醒来，高兴地想：伟大圣人多么难见啊！可是他竟降梦给我！自从有人类以来，没有像孔夫子这么伟大的人。

阐明圣人意旨，最好注释经典，而马融、郑玄等大儒，弘扬已精，就算有深解，也够不上家。只有文章的作用，确实是经典的旁枝。五种礼制靠文章形成,六种法典靠文章致用,君臣政绩靠文章焕发光彩,军国大事靠文章彰明。详究本源,皆由经典而来。

然而离开圣人久远,文章体制破坏,作家爱好新奇,言论看重浮靡奇诡,像在漂亮羽毛上涂彩色,在不用刺绣的束带佩巾上绣花纹,离开本源太远,将造成讹诡浮滥。《周书》讲文辞,重在体现要义。孔子陈述教训,憎恶异端。《周书》论辞和孔子教训的特异,在于作文应体察要义。于是拿笔调墨,开始论述文章创作。

细看近代评论文章者很多。如魏文帝曹丕《典论·论文》,陈思王曹植《与杨德祖书》,应玚《文质论》,陆机《文赋》,挚虞(字仲洽)《文章流别论》,李充《翰林论》,各明一隅孔隙,少见通衢大路,或褒贬当时人才,或品评前贤文章,或泛论雅俗旨趣,或概述篇章大意。

曹丕《典论·论文》严密而不周详,曹植《与杨德祖书》善辩而不当,应玚《文质论》华美而疏略,陆机《文赋》巧妙而碎乱,挚虞《文章流别论》精要而不实,李充《翰林论》浅显而不得要领。而桓谭、刘桢(字公幹)之流,应贞(字吉甫)、陆云(字士龙,东吴丞相陆逊之孙,其兄陆机)之辈,泛论文章意旨,屡见不鲜,不能从枝叶追寻根本,观波澜而寻源头。不追述先哲教训,无益后辈思考。

《文心雕龙》写作,依据大道,师法往圣,体制宗法经书,斟酌汲取纬书,变化参考《离骚》,文创关键,探索极致。探索文创理论,叙述创作方法,分门别类,叙述流变,解释名称，阐明意义，选择范文，确定篇章，展示条理，列举纲要，上篇以上，纲领明确。

至于解剖文章情理，分析文章文采，概括写作条理，论述《神思》和《体性》，考虑《风骨》和《定势》，包括《附会》和《通变》，观察《声律》、《练字》和《章句》，《时序》叙述文学随时兴衰，《才略》褒贬历代作家，《知音》叙述怊恨惆怅感情，《程器》表现愤懑不平感慨，长抒情怀写《序志》，统驭全书篇章，下篇以下，细目明显。理论系统，各自就位。篇名厘定，自有理据。明合五十《周易》"大衍"之数，说明文创功用，四十九篇足够。

评论一篇文章容易，总论历代文章困难。分析文章注意毛发细微，深入探索骨髓。有文章含意隐曲，来源隐秘，看似浅近，意义深远。本书论述不及，数不胜数。具体品评文章，有同于前人，不是故意雷同，人云亦云，实在是不能不同。有异于前人，不是故意标新立异，按理不能不异。相同相异，不介意古今人意见，只为分析文章结构，务求折中允当。漫步文学园地，环游藻采场所，几近完备。

"言不尽意"，把话说完讲尽，圣人也难。知识有限，何能说出完美标准。遥远古代，囿于见闻。渺渺未来，怎能尘封后人双眼。

结论：生命有限，学问无边。探索事物真相，确实困难。依凭自然天性，庶几较为容易。效法无拘无束隐者，仔细咀嚼文章意义。《文心雕龙》果能表达心意，正是我心预期。

3. 注释

"王孙"：王孙子，儒家，著《巧心》。"黎献"：众人中的贤人。"黎"：黎民，百姓。"献"：贤人。"夫人肖貌天地"：《汉书·刑法志》："夫人肖天地之貌，怀五常之性。""肖"：像，相似，象征。"五才"：即"五常"：仁、义、礼、智、信。"礼器"：祭祀用笾豆。"笾"：竹制圆器。"豆"：木制，像高脚盘。"仲尼"：孔子的字。"南行"：捧祭器随孔子向南走，表示成孔子学生，协助老师完成典礼。

"小子"：刘勰谦称。"弘"：大，发扬光大。"文体解散"：文章体制破坏。"鞶"pán：皮带，束衣用。"帨"shuì：佩巾。"陈思"：陈思王曹植。"书"：曹植《与杨德祖书》，评论作家，表达对文章修改的重视。"杨德祖"：名修，作家，曹植好友。"隅隙"：角落缝隙，指不全面，次要地方。

"密而不周"：《典论·论文》讲才气比较严密，讲文体比较简单，讲才气只强调先天禀赋。"周"：全。"功"：功效，功用。"精而少功"：指《文章流别志论》分类讲文章源流有见地，没讲各种文章的写作要点，不切实用。

"体乎经"：文学创作以经书为宗，即"宗经"，指《宗经》。"上篇"：《文心雕龙》全书分上、下篇。上篇二十五篇，前五篇是总论，后二十篇是文体论。下篇二十五篇，包括创作论、文史论、批评论二十四篇和总序一篇。"包"：包括。"会"：指《附会》。"通"：指《通变》。"崇替"：兴盛衰废。

"骨髓"：创作核心本质问题。"苟"：随便。"环络"：

与上面"按辔",都指文坛活动。"环":绕。"络":马笼头。"藻绘之府":与上句"文雅之场"同义,都指文坛。"傲岸":不随时俗,性格高傲。"泉石":隐居的山林。

4. 趣谈

"序志"是《文心雕龙》的序言。讲写作本书的宗旨方法,说明指导思想和组织结构,对理解本书和作者思想有重要意义。《序志》的"序"是叙述,"志"是心志思想。全篇主旨:说明《文心雕龙》书名含义和写作原因,讲写作的目的意义,纠正文坛追逐浮华新奇的不良风气;评论魏晋以来作家文论;说明《文心雕龙》的体例;表明评论作家作品和阐述文学理论的态度,是唯物折中的辩证方法论。

第二节 文创宗经

1.《宗经》

> 三极彝训,其书言经。经也者,恒久之至道,不刊之鸿教也。故象天地,效鬼神,参物序,制人纪,洞性灵之奥区,极文章之骨髓者也。皇世《三坟》,帝代《五典》,重以《八索》,申以《九丘》,岁历绵暖,条流纷糅。自夫子删述,而大宝咸耀。于是《易》张《十翼》,《书》标七观,《诗》列四始,《礼》正五经,《春秋》五例,义既埏乎性情,辞亦匠于文理,故能开学养正,昭明有融。然而道心惟微,圣谟卓绝,墙宇重峻,而吐纳自深。譬万钧之洪钟,无铮铮之细响矣。

夫《易》惟谈天，入神致用。故《系》称旨远辞文，言中事隐；韦编三绝，固哲人之骊渊也。《书》实记言，而训诂茫昧，通乎尔雅，则文意晓然。故子夏叹《书》，"昭昭若日月之明，离离如星辰之行"，言照灼也。《诗》主言志，诂训同《书》，摛风裁兴，藻辞谲喻，温柔在诵，故最附深衷矣。《礼》以立体，据事制范，章条纤曲，执而后显，采摭片言，莫非宝也。《春秋》辨理，一字见义，五石六鹢，以详备成文；雉门两观，以先后显旨；其婉章志晦，谅以邃矣。《尚书》则览文如诡，而寻理即畅；《春秋》则观辞立晓，而访义方隐。此圣文之殊致，表里之异体者也。至根柢盘深，枝叶峻茂，辞约而旨丰，事近而喻远；是以往者虽旧，余味日新，后进追取而非晚，前修运用而未先，可谓泰山遍雨，河润千里者也。

故论说辞序，则《易》统其首；诏策章奏，则《书》发其源；赋颂歌赞，则《诗》立其本；铭诔箴祝，则《礼》总其端；纪传铭檄，则《春秋》为根：并穷高以树表，极远以启疆，所以百家腾跃，终入环内者也。若禀经以制式，酌雅以富言，是即山而铸铜，煮海而为盐也。故文能宗经，体有六义：一则情深而不诡，二则风清而不杂，三则事信而不诞，四则义直而不回，五则体约而不芜，六则文丽而不淫。扬子比雕玉以作器，谓五经之含文也。夫文以行立，行以文传，四教所先，符采相济。励德树声，莫不师圣，而建言修辞，鲜克宗经。是以楚艳汉侈,流弊不还,正末归本,不其懿欤!

赞曰:三极彝训,训深稽古。致化归一,分教斯五。性灵熔匠,文章奥府。渊哉烁乎,群言之祖。

2.释文

说明天地人三才恒常道理的书叫"经"。"经":永恒绝对的道理,不可改易的伟大教导。经典取法天地,效法鬼神,探究事物秩序,制定人伦纲纪,洞察灵性奥秘,深入文章骨髓。三皇《三坟》,五帝《五典》,重申于《八索》、《九丘》,时延久远,条流纷乱,经孔子删削传承,经典大放光芒。

于是《周易》由《十翼》彰显意义,《尚书》标立"七观",《诗经》列出"四始",《礼记》确定五种礼仪,《春秋》提出五项条例,内容陶冶性情,用词善于表达文理。所以能启发学习,培养正道,作用永远分明。自然之道精神十分微妙,圣人见解十分高深,道德学问高超,著作体现自然之道,好比万钧大钟,不发细微声响。

《周易》专谈自然变化道理,十分精微实用。《系辞》说旨意远深,辞有文采,语言中肯,事理隐微。孔子读《易》,皮条三断,《易》是哲人的宝库。《尚书》记先王谈话,训诂迷茫,借助《尔雅》,文意明白。子夏赞叹《尚书》,昭昭像日月明亮,清晰像星辰运行,说《尚书》清楚明白。《诗经》抒发思想感情,训诂同于《尚书》,诗篇《风》、《雅》不同类,写作采用赋比兴不同方法,文辞华美,比喻委婉,诵读感温柔,最适合表达内心深处的思想感情。

《礼经》立体定制度，根据事实定规范，条款详细行有效，任取词句都是宝。《春秋》善于辨事理，任取一字有意义。"五石六鸟"有记载，详略适当成文辞。"雉门两观"有记载，先后秩序显旨意。委婉曲折意隐晦，含义深刻文实美。《尚书》文辞似诡异，探寻道理却易懂。《春秋》文辞似明白，探访意义却深隐。圣人文章风不同，表里异体显多样。

经书和树一样，盘根错节，枝繁叶茂，言辞简约意义丰，取事平凡喻理远，所以往时经书虽然旧，余味无穷意日新，后学追寻不显晚，前贤用久不嫌早，好比泰山云雨润天下，黄河之水灌千里。

论说辞序从《易》始，诏策章奏源于《书》。赋颂歌赞本于《诗》，铭诔箴祝统于《礼》。纪传盟檄根于《春秋》。攀缘登高树标杆，穷尽远方开疆土，百家驰骋齐踊跃，终超不出经藩篱。

根据经书制体式，参酌雅正以丰言，像靠近矿山铸铜铁，就近熬海制为盐。文创而能据经书，文体就有六原理：情义深远不诡谲，文风纯正不杂乱，叙事可信不怪诞，义理纯正不盘旋，文体简约不繁杂，文辞华美不过分。

扬雄用玉石雕琢才成器做比喻，说明《五经》含文采。文章以德行而成立，德行通过文而流传。孔子"四教"（文行忠信）文为首。玉石横纹喻文辞，玉石质地喻德行，相济相成玉器。勉行道德树名声，大家都知学圣人，建言修辞写文章，很少有人学经书。楚辞艳丽汉赋侈，弊病流传不知归，正误归本正当时。

结论：经书阐述天地人三才常道，理据深刻传千古。教化归一分五经。灵性熔铸真巨匠，文创宝库至丰富。多么精深多灿烂，文创宗祖是经书。

3. 注释

"三极"：三才天地人。"彝"：常。"训"：道理。"刊"：消除。"不刊"，不可消除，不可磨灭。"象"：效法。"物序"：事物秩序规律道理。"奥区"：秘密渊深的地区。"皇"：三皇伏羲、神农、黄帝。《三坟》：记三皇时代的书。"坟"：大道。"帝"：五帝，指少旲 mín、颛顼 zhuānxū、高辛、尧、舜。《五典》：五帝的书。"典"：常道。"《八索》"：讲八卦书。"丘"：聚。"《九丘》"：讲九州地理书。"绵"：远。"暧"：昏暗不明。"大宝"：最有价值。

"《易》张《十翼》"：《易》指《易经》。"张"：张开展开，阐述发挥。《十翼》：《易传》，解释《周易》著作，《彖》上下、《象》上下、《文言》、《系辞》上下、《说卦》、《序卦》、《杂卦》共十篇。"标"：标立标示。"七观"：《尚书》七方面内容，即义、仁、诚、度（法度）、事（事物）、治（政治）、美。"列"：陈列分出。"四始"：《诗经·国风》、《小雅》、《大雅》和《颂》四部分。"《礼》正五经"：《礼》指《礼记》。"正"：明确确定。郑玄注："礼有五经，谓吉礼、凶礼、宾礼、军礼、嘉礼也。"

"五例"：杜预《春秋左氏传序》说《春秋》写作五条凡例：一、微而显；二、志而晦；三、婉而成章；四、尽而不污yū（纡曲）；五、惩恶而劝善。"埏"shān：和泥做瓦，比喻文章教育作用。"匠"：匠心，经营，善于表达文理。"开"：启发。"有"：又。"融"：长。"谟"：谋议。"墙宇"：《论语·子张》记孔子弟子子贡说："夫子之墙数仞"，八尺为一仞。形容墙高，比喻孔子道德学问高深。"吐纳"：吐语，言论著作。"钧"：三十斤为一钧。"铮铮"：金属声。

"天"：天道，自然道理。"神"：神妙，精妙。"中"：中肯。"韦编"：《史记·孔子世家》载，孔子晚年爱好《周易》，读《周易》弄断编串竹简的牛皮条三次。"韦"：牛皮条。"骊渊"：《庄子·列御寇》："夫千金之珠，必在九重之渊，而骊龙颔下。""骊"：黑。"颔"hàn：下巴。"训"：解释词义。"诂"：解释古文。"《尔雅》"：最早解释词义工具书，汉代编辑。"子夏"：孔子弟子。

"昭昭"：明亮。"离离"：光明。"灼"：明亮。"摛"chī：写作。"风"：风雅颂各体诗歌。"裁"：取。"兴"：赋比兴写作艺术手法。"谲jué喻"：婉曲比喻。"附"：接近。"掇"：拾取。"五石六鹢"：《春秋·僖公十六年》："陨石于宋五。""六鹢退飞宋都。""陨"：落。"鹢"：鸟名。《公羊传》："曷为先言陨，而后言石？陨石记闻，闻其磌然，视之则石，察之则五。……曷谓先言六，而后言鹢？六鹢退飞，记见也。视之则六，察之则鹢，徐而察之则退飞。"

"雉门两观"：《春秋·定公二年》："雉门及两观灾。"雉门，鲁宫南门。两观，宫门外左右楼。灾，火灾。受火灾是两观，两观是雉门附属建筑物，先说雉门，后说两观，表示主从。"婉章志晦":"婉而成章"、"志而晦",是《春秋》写作五项条例中的两条。"谅":确实。"邃":深远。"诡":怪异。"隐":隐晦。"圣文":儒家经典。"柢":树根。"盘":回绕。"峻":长。"后进":后来学者。"前修":前贤。"泰山遍雨":《公羊传·僖公三十一年》:"不崇朝而遍雨乎天下者,唯泰山尔。"

"论说辞序":文体名称。《文心雕龙·论说篇》专论"论说",该篇"序者次事"说序。"《易》统其首":"统":总。《周易》有彖辞、象辞、系辞、说卦、序卦、文言等,特点都是说理论断,刘勰探源文体,认为"《易》统其首"。"诏策章奏":文体名称。《文心雕龙·诏策》、《章表》、《奏启》专论。"《书》发其源":《尚书》诰、誓等关系上述文体。

"赋颂歌赞":文体名称。《文心雕龙·乐府》、《诠赋》、《颂赞》专论。这些文体渊源于《诗经》。"铭诔lěi箴祝":文体名称。《文心雕龙·铭箴》、《诔碑》、《祝盟》论述。这些文体渊源于《礼记》。"纪传铭檄":文体名称。《文心雕龙·史传》、《祝盟》、《檄移》论述。这些文体渊源于史书《春秋》。

"表":标。"启疆":开拓疆域,扩大领域。"环内":圈内,范围。"禀":持,根据。"酌":取。"即":靠近。"诡":诡诈,虚假。"诞":虚妄荒诞。"直":正。"回":邪。"体":风格。"约":简练。"芜":繁杂。"淫":过分。"扬子":扬雄。《法言·寡见篇》:"玉不琢,玙璠不作器;言不文,典谟不作经。"即玉石不经雕琢,美玉不能作器;言辞没有文采，法典议谋不能成为经书。

"四教"：《论语·述而》："子以四教：文、行、忠、信。""符采相济"："符采"：玉石横纹。"济"：帮助。玉石横纹比喻文辞，玉石质地比喻德行、忠诚、信义，两面相济相成。"楚"：楚辞。"汉"：汉赋。"懿"：美好。"稽"：考究。"斯"：则。"五"：《五经》。"烁"：光亮。

4.趣谈

《宗经》认为圣人借经书表达思想，学圣人必读经书；向圣人学文创，必以经书为宗。"宗"：宗旨，崇尚，推崇，效法，取法。本篇概括经书的性质和作用，写作特点和成就，说明宗经缘由。认为文创起源经书，偏离宗经正道，将导致舍本逐末，弃质求文，忽视内容和追求形式的弊端。本篇论说内容，有时代性；其行事原则，经改造创新，可为今人服务。

第三节　史家文学

1.《史传》

开辟草昧，岁纪绵邈，居今识古，其载籍乎？轩辕之世，史有仓颉，主文之职，其来久矣。曲礼曰："史载笔。"史者，使也；执笔左右，使之记也。古者，左史记事者，右史记言者。言经则尚书，事经则春秋也。唐虞流于典谟，商夏被于诰誓。洎周命维新，姬公定法，紬三正以班历，贯四时以联事。诸侯建邦，各有国史，彰善瘅恶，树之风声。

自平王微弱，政不及雅，宪章散紊，彝伦攸斁。昔者夫子闵王道之缺，伤斯文之坠，静居以叹凤，临衢而泣麟；于是就太师以正雅颂，因鲁史以修春秋，举得失以表黜陟，征存亡以标劝戒；褒见一字，贵逾轩冕；贬在片言，诛深斧钺。然睿旨存亡幽隐，经文婉约；丘明同时，实得微言，乃原始要终，创为传体。传者，转也；转受经旨，以授于后，实圣文之羽翮，记籍之冠冕也。

及至纵横之世，史职犹存。秦并七王，而战国有策，盖录而弗叙，故即简而为名也。汉灭嬴项，武功积年。陆贾稽古，作楚汉春秋。爰及太史谈，世惟执简；子长继志，甄序帝绩。比尧称典，则位杂中贤；法孔题经，则文非元圣；故取式吕览，通号曰纪，纪纲之号，亦宏称也。故本纪以述皇王，列传以总侯伯，八书以铺政体，十表以谱年爵，虽殊古式，而得事序焉。尔其实录无隐之旨，博雅弘辩之才，爱奇反经之尤，条例踳落之失，叔皮论之详矣。

及班固述汉，因循前业，观司马迁之辞，思实过半。其十志该富，赞序弘丽，儒雅彬彬，信有遗味。至于宗经矩圣之典，端绪丰赡之功，遗亲攘美之罪，征贿鬻笔之愆，公理辨之究矣。观乎左氏缀事，附经间出，于文为约，而氏族难明。及史迁各传，人始区，详而易览，述者宗焉。及孝惠委机，吕后摄政，班史立纪，违经失实。何则？庖牺以来，未闻女帝者也。汉运所值，难为后法。牝鸡无晨,武王首誓;妇无与国,齐桓著盟;宣后乱秦,吕氏危汉;岂唯政事难假,亦名号宜慎矣。张衡司史,而惑同迁固,元帝王后,欲为立纪,谬亦甚矣。寻子弘虽伪,要当孝惠之嗣;孺子诚微,实继平帝之体,二子可纪,何有于二后哉?

至于后汉纪传,发源东观。袁张所制,偏驳不伦;薛谢之作,疏谬少信;若司马彪之详实,华峤之准当,则其冠也。及魏代三雄,记传互出。阳秋魏略之属,江表吴录之类,或激抗难征,或疏阔寡要;唯陈寿三志,文质辨洽,荀张比之于迁固,非妄誉也。

至于晋代之书,繁乎著作。陆机肇始而未备,王韶续末而不终;干宝述纪,以审正得序,孙盛阳秋,以约举为能。按春秋经传,举例发凡;自史汉以下,莫有准的。至邓粲《晋纪》,始立条例。又摆落汉魏,宪章殷周,虽湘州曲学,亦有心典谟。及安国立例,乃邓氏之规焉。

原夫载籍之作也,必贯乎百氏,被之千载,表征盛衰,殷鉴兴废,使一代之制,共日月而长存,王霸之迹,并天地而久大。是以在汉之初,史职为盛。郡国文计,先集太史之府,欲其详悉于体国也。必阅石室,启金匮,抽裂帛,检残竹,欲其博练于稽古也。是立义选言,宜依经以树则;劝戒与夺,必附圣以居宗;然后诠评昭整,苛滥不作矣。然纪传为式,编年缀事,文非泛论,按实而书,岁远则同异难密,事积则起讫易疏,斯固总会之为难也。或有同归一事，而数人分功，两记则失于复重，偏举则病于不周，此又诠配之未易也。故张衡摘史班之舛滥，傅玄讥后汉之尤烦，皆此类也。

若夫追述远代，代远多伪。公羊高云："传闻异辞。"荀况称："略远详近。"盖文疑则阙，贵信史也。然俗皆爱奇，莫顾实理。传闻而欲伟其事，录远而欲详其迹，于是弃同即异，穿凿傍说，旧史所无，我书则传，此讹滥之本源，而述远之巨蠹也。至于记编同时，时同多诡，虽定哀微辞，而世情利害。勋荣之家，虽庸夫而尽饰；迍败之士，虽令德而常嗤，吹霜煦露，寒暑笔端，此又同时之枉，可为叹息者也。故述远则诬矫如彼，记近则回邪如此，析理居正，唯素心乎！

若乃尊贤隐讳，固尼父之圣旨，盖纤瑕不能玷瑾瑜也；奸慝惩戒，实良史之直笔，农夫见莠，其必锄也：若斯之科，亦万代一准焉。至于寻繁领杂之术，务信弃奇之要，明白头讫之序，品酌事例之条，晓其大纲，则众理可贯。然史之为任，乃弥纶一代，负海内之责，而赢是非之尤，秉笔荷担，莫此之劳。迁、固通矣，而历诋后世。若任情失正，文其殆哉！

赞曰：史肇轩黄，体备周孔。世历斯编，善恶偕总。腾褒裁贬，万古魂动。辞宗丘明，直归南董。

2. 释文

开天辟地脱蒙昧，岁月绵延已渺茫，站在今天知古代，就靠史籍来记载！史官仓颉轩辕时，职责使命记历史，史籍记载来源久。《礼记·曲礼》说："史官带笔来记事。""史"的意思就是"使"，左右拿笔作记录。左面史官记言论，右面史官记事实。记言经典是《尚书》，记事经典是《春秋》。

尧舜历史，记在《尚书·尧典·皋陶谟》。夏商历史，载于《尚书·甘誓》、《尚书·汤诰》。到周文王、武王受天命政务革新，周公姬旦制定法典，推算夏商周历法排序，按春夏秋冬四时记事。诸侯建国备国史，扬善惩恶树正风。

自从周平王衰弱，政风不正，法制散乱，伦理败坏。从前孔子忧虑王道衰微，伤感周代文明败坏，平日感叹凤凰不来，遇见麒麟悲泣不已。于是请教乐官订正《雅》、《颂》音乐，借用鲁国历史撰修《春秋》，举出事实得失以表批评表扬，引证国家存亡以标谏劝惩戒。

《春秋》一字褒扬，比坐官车戴官帽还贵重。片言只语的贬抑，比刀斧诛戮还耻辱。《春秋》旨意精深，经文委婉简练，左丘明与孔子同时，确实领会孔子微言大义。于是全面探讨事件始末，创作史传文体。传的意思是转：转述《春秋》旨趣用意，传授后代，实是《春秋》羽翼辅助，历史记事文章的佼佼者。

到战国纵横时代，史官职务仍然存在。秦始皇兼并六国，历史保存在各国简册。简册记载策士言行，没有按年叙述，就简策称《战国策》。刘邦灭秦皇、项羽，武功积累有多年。陆贾取法古史传，作《楚汉春秋》。到了汉朝司马谈，世代手执简册史。史迁继承父遗志，甄别叙述帝王功。想比

《尧典》称为"典",其中所写又不全是圣主贤君。想学孔子题名"经",文笔不能和《春秋》笔法相比,因此采取《吕氏春秋》方式,叫"纪"。从"纪纲"意义命名,是宏大称谓。用"本纪"叙述帝王,用"世家"记述诸侯,用"列传"记叙要人,用"八书"陈述政治体制,用"十表"记录大事年月和爵位。这些方式虽然和古史不同,却把众多事件条分理析。《史记》按实记录无隐讳的优点,博雅雄辩的才能,爱好奇特而违背经典的错误,体例安排的不当,班彪作过详细评论。

班固编写《汉书》,继承前代史家事业,观看司马迁《史记》的辞句,可以明白《汉书》一半多。《汉书》"十志"完备丰富,赞辞序言宏伟富丽,文质彬彬,意味深厚。尊崇经典,效法圣人的典则,条理清楚,内容丰富的功绩,抛开班彪之名,抢夺班彪之美的罪过,求取贿赂,出卖文笔的过错,仲长统已辨别清楚。

《左传》记事,依附《春秋》,偶记史实,文字简约,氏族来历不明。《史记》人物各立传,区别详细易观览,史家传承有所宗。西汉惠帝叫刘盈,委弃机要与大政,吕后摄政作代理,《史记》、《汉书》立本纪,违背经典与实际。若问原因在何处,伏羲以来无先例(女人为帝)。汉代国运所遭遇,难为后代做法纪。"母鸡不能晨打鸣":周代武王先立誓。"不许妇女参国事":齐国桓公曾盟辞。

宣太后扰乱秦国,吕后使汉朝危殆,不只国政难假代,名称呼号当谨慎。张衡负责写历史,糊涂同于司马迁和班固，荒谬主张为汉元帝皇后写本纪。惠帝儿子刘弘帝号虽为吕后立，总是汉惠帝的后嗣。孺子刘婴虽年幼，正是平帝继位者。刘弘、刘婴可立本纪，哪有吕后、元帝后立本纪之理？

东汉史书，发源《东观汉纪》。袁山松《后汉书》、张莹《后汉南纪》，偏颇杂乱背伦常。薛莹《后汉纪》、谢承《后汉书》，粗疏错谬不可信。司马彪《续汉书》详细真实，华峤《后汉书》准确恰当，东汉史中佼佼者。到了三国魏蜀吴，史传记载接踵出。孙盛《魏氏春秋》，鱼豢《魏略》一类，虞傅《江表传》，张勃《吴录》一类，或过于激切，与众不同，令人难信，或粗枝大叶，不着边际，不得要领。只有陈寿《三国志》，文辞内容都清晰恰切。荀勖张华认为《三国志》可跟《史记》、《汉书》相提并论，不算过誉。

到晋代，史书的编写属于著作郎。陆机的《晋纪》，写晋初的历史但不完备；王韶之《晋纪》写晋末历史没写完。干宝《晋纪》推究得当有序，孙盛《晋阳秋》，以简明扼要为特长。依据《春秋》经传，发凡举例定条例。

从《史记》、《汉书》以下，没有编写规范。到邓粲《晋纪》，开始订立条例。又抛却汉魏史书，取法殷周，即使僻居湘江的边鄙学人，也注意学习古代典谟体例。到孙盛编史立条例，就是取法邓粲立规矩。

编写史书的根本原则，必须总贯诸子百家，传之千秋万世，表明历代盛衰，借鉴历代兴替，使一代典章制度，如日月而长存，王霸之业史迹，随天地长久光大。所以在汉朝初年，史官职务隆盛，州郡侯国文件统计，先集太史府，让史官详知全国大事。阅读国家珍藏史料，搜检残旧简帛之书，让史官广泛精确考察古代事迹。

所以确立意义，选用言辞，应依据经典原则。劝戒取舍，追随圣人，坚守原则。然后诠释评价，明白严整，烦苛散乱不生。本纪列传书写格式，按年代顺序叙述事件，文不空泛议论，按照实际叙述。年代遥远，则同异区分不具体，史料丰富，则始末易忽，这是综合记叙的困难。

有时同属一事，而数人相关，如果分别都记录，则失于重复。如果只记一人，则失于不周，这又是诠释匹配的困难。所以张衡指出《史记》、《汉书》的矛盾错乱，傅玄批评《东观汉记》的过失烦琐，都是由于这类困难导致。

追述前代史，年代越远越不可靠。公羊高说："传闻往往各异辞。"荀况说："远的从略近从详。"凡有疑暂缺不写，以真实可信为贵。流行风俗都好奇，不顾求实求合理。听到传闻就大写，谈论远事求详细，抛开一致求奇异，牵强附会钻牛角，旧史未记我书传，讹错泛滥的根源，追述远史的大害。

至于编写当代史，正因同时而多假，孔子《春秋》对同时的鲁定公、哀公不当处，有委婉讽刺，一般世态人情，难脱当时利害。对功勋荣显的贵族，平庸无能也粉饰。对遭受困顿不幸者，虽有美好品德，也常嗤笑。任意褒贬形笔端，歪曲史实令人叹。述远则虚假，记近则歪曲，辨析事理得中正，只有公正而无私。

对尊长圣贤隐讳，固然是孔子圣意，盖微瑕不掩大德，惩戒坏人坏事，正是优秀史家的直笔，正如农夫见野草，必然挥锄要锄掉，这是万代必遵的准则。提纲挈领是方法，务求可信，排除怪奇是要领，开头结尾明顺序，贯穿事例有条理，通晓大纲贯众理。史家的责任和使命，是综合一代，负全国重任，受各种各样指责。拿笔就像担在肩，没有比这更劳顿。司马迁、班固虽已精通史学，尚且屡遭人诋毁。任情使性失正道，历史文创必危殆。

结论：历史肇始黄帝起，体例完备在周孔。世代经历编成史，好人坏人都归总。挥动褒贬如椽笔，万古使人魂魄惊。文辞宗主左丘明，记事像南史氏和董狐正直秉公。

3. 注释

"轩辕"：黄帝号。"曲礼"：《礼记》篇名。"春秋"：儒经，记春秋时鲁国史。"被于"：及于。"诰誓"：《尚书·甘誓》、《尚书·汤诰》等。"洎"jì：及，到。"命"：天命。"维"：乃。"彰善瘅恶"：表扬好的，憎恨坏的。"彰"：表明，显扬。"瘅"dàn：憎恨。"彝伦"：永久不变的伦理。"攸"：所。"斁"dù：败坏。"斯文"：这文化，西周盛时文化。"斯"：此，这。"太师"：乐官。"正雅颂"：订正《雅》、《颂》乐曲。"黜"chù：降职，罢免。"陟"：升。"轩冕"：高官。"轩"：大夫的车子官服。"冕"：冠。"丘明"：左丘明，与孔子同时鲁国人，《左传》作者。"羽翮"hé：翅膀。"翮"：羽毛茎。"叙"：编次。

"执简"：任史官。"甄"：审查。"绩"：功业。"元圣"：上圣，指孔子。"纪纲"：记事纲领。"十志"：《汉书·律历志》、《礼乐志》、《刑法志》、《食货志》、《郊祀志》、《天文志》、《五行志》、《地理志》、《沟洫志》、《艺文志》十志。"该"：完备。"彬彬"：有文有质。"征贿鬻笔之愆"：班固受贿事。"征"：求。"鬻"：卖，收钱为人说好话。"愆"：过失。"左氏"：《左传》。"缀"：联结。

"孝惠委机"：西汉惠帝刘盈，委弃机要大政。"牝鸡无晨，武王首誓"：《尚书·牧誓》载周武王引古话："牝（雌）鸡无晨，牝鸡之晨，惟家之索（尽）。""妇无与国，齐桓著盟"：《谷梁传·僖公九年》：齐桓公和诸侯在蔡丘盟会，盟辞："毋（不要）使妇人与国事。""与"：参与。

"宣后乱秦"：《史记·匈奴列传》：秦昭王时，匈奴义渠戎王与昭王母亲宣太后私通，勾结作乱。昭王父亲秦武王死后，昭王年幼，宣太后执政，发展秦国。"吕氏危汉"：汉高祖刘邦死后，吕后依靠吕氏家族执政，刘氏政权几被夺。

"元帝王后"：汉元帝皇后王政君。"寻"：探寻，考察。"子弘"：刘弘，汉惠帝儿子。惠帝死，吕后立刘弘为帝。吕后死，汉大臣和吕氏争权，吕氏失败被杀。汉大臣怕刘弘成人后对己不利，借口说他不是惠帝儿子，废刘弘，另立刘恒，为汉文帝。见《汉书·高后记》、《周勃传》。"孺子"：刘婴。《汉书·王莽传》：王莽毒死汉平帝，立汉宣帝两岁玄孙刘婴为皇太子，号"孺子"。"二后"：指汉高祖吕后和汉元帝王后。

"司马彪"：西晋史学家，著《续汉书》已佚。"三雄"：魏蜀吴三国。"江表"：《江表传》，西晋虞溥著。"吴录"：西晋张勃著。"疏阔"：粗略粗疏。"荀张"：荀勖、张华，西晋作家。"王韶"：王韶之，南朝宋文人，著《晋纪》已佚。"邓綮":长沙人,称湘州。东晋文人,著《晋纪》。"曲":乡曲。"曲学":乡曲之学。"安国":孙盛的字。

"制":典章制度。"郡国":汉朝地方区域最大为州,州下是郡,指全国各地。"文计":文书计簿,郡国都要把文书计簿送朝廷。"金匮":金属制文件柜,汉朝保存重要图书文物处。"残竹":残缺简书。"诠评":论赞。"诠配":评量调配。"略远详近":《荀子·非相》:"传者久则论略,近则论详。""穿凿":牵强附会。"蠹":蛀虫。"煦":温暖。"回邪":不正。"回":邪。"素心":清白之心,公心。"慝":邪恶。"弥纶":包举。"偕":共。

"南董":南史氏、董狐。南史氏是春秋时齐国史官。春秋齐国崔杼杀齐庄公,太史记:"崔杼弑其君。"(臣杀君叫弑)崔杼把他杀了,太史两弟先后接写,被杀。南史氏听说,坚持直写其事。董狐,春秋时晋国史官。晋灵公十四年,晋卿赵盾因避灵公杀害逃走,未出国境。他的同族赵穿杀死灵公。此事和赵盾没直接关系,太史董狐认为赵盾虽逃离国都,未出晋国,根据写史原则写:"赵盾弑其君。"孔子称赞他为良史。

4. 趣谈

刘勰认为历史包含文学,历史家是文学家,推崇《左传》、《史记》、《汉书》的高度文创价值。主张写史"务信弃奇":务求信实不求奇,如不可信宁不写,不能穿凿求奇异。反对不顾事实,粉饰权贵,贬抑才士。总结史传写作原则,对文学创作批评,有积极指导意义,

第四节　送怀千载

1.《诸子》

诸子者，入道见志之书。太上立德，其次立言。百姓之群居，苦纷杂而莫显；君子之处世，疾名德之不章。唯英才特达，则炳曜垂文，腾其姓氏，悬诸日月焉。昔风后力牧伊尹，咸其流也。篇述者，盖上古遗语，而战代所记者也。至鬻熊知道，而文王咨询，余文遗事，录为鬻子。子目肇始，莫先于兹。及伯阳识礼，而仲尼访问，爰序道德，以冠百氏。然则鬻惟文友，李实孔师，圣贤并世，而经子异流矣。

逮及七国力政，俊义蜂起。孟轲膺儒以磬折，庄周述道以翱翔；墨翟执俭确之教，尹文课名实之符；野老治国于地利，驺子养政于天文；申商刀锯以制理，鬼谷唇吻以策勋；尸佼兼总于杂术，青史曲缀以街谈。承流而枝附者，不可胜算，并飞辩以驰术，餍禄而余荣矣。暨于暴秦烈火，势炎昆冈，而烟燎之毒，不及诸子。逮汉成留思，子政雠校，于是七略芬菲，九流鳞萃，杀青所编，百有八十余家矣。迨至魏晋，作者间出，谰言兼存，琐语必录，类聚而求，亦充箱照轸矣。

然繁辞虽积，而本体易总，述道言治，枝条五经。其纯粹者入矩，踳驳者出规。礼记月令，取乎吕氏之纪；三年问丧，写乎荀子之书：此纯粹之类也。若乃汤之问棘，云蚊睫有雷霆之声；惠施对梁王，云蜗角有伏尸之战；列子有移山跨海之谈，淮南有倾天折地之说：此踳驳之类也。是以世疾诸子，混洞虚诞。按《归藏》之经，大明迂怪，乃称羿毙十日，嫦娥奔月。殷易如兹，况诸子乎？至如商韩，六虱五蠹，弃孝废仁，辕药之祸，非虚至也。公孙之白马孤犊，辞巧理拙，魏牟比之鸮鸟，非妄贬也。昔东平求诸子史记，而汉朝不与；盖以史记多兵谋，而诸子杂诡术也。然洽闻之士，宜撮纲要，览华而食实，弃邪而采正，极睇参差，亦学家之壮观也。

研夫孟、荀所述，理懿而辞雅；管、晏属篇，事核而言练；列御寇之书，气伟而采奇；邹子之说，心奢而辞壮；墨翟、随巢，意显而语质；尸佼、尉缭，术通而文钝。鹖冠绵绵，亟发深言；鬼谷眇眇，每环奥义；情辨以泽，文子擅其能；辞约而精，尹文得其要；慎到析密理之巧，韩非著博喻之富；吕氏鉴远而体周，淮南子泛采而文丽：斯则得百氏之华采，而辞气之大略也。

若夫陆贾新语，贾谊新书，扬雄法言，刘向说苑，王符潜夫，崔寔政论，仲长昌言，杜夷幽求，或叙经典，或明政术，虽标论名，归乎诸子。何者？博明万事为子，适辨一理为论，彼皆蔓延杂说，故入诸子之流。夫自六国以前，去圣未远，故能越世高谈，自开户牖。两汉以后，体势浸弱，虽明乎坦途，而类多依采：此远近之渐变也。嗟夫！身与时舛，志共道申，标心于万古之上，而送怀于千载之下，金石靡矣，声其销乎！

赞曰：丈夫处世，怀宝挺秀。辨雕万物，智周宇宙。立德何隐，含道必授。条流殊术，若有区囿。

2. 释文

诸子，是深入讲道理，表达思想意志的书。人生做事，要想出人头地，永垂不朽，第一等是树立品德，其次是著书立说。百姓群居终日，苦于诸事烦冗，埋没不显。君子立身处世，疾恨声名德行不能彰显，流传广远。只有英俊高才，特能显达，则文采辉耀，姓名飞扬，犹如日月高悬，人所共见。

从前风后、力牧和伊尹等人书，属这一类。作品是上古传说，战国记录。楚国鬻熊通晓哲理，周文王向他咨询，余文遗事，编为《鬻子》。子书著作由此肇始，没有比这更早的。到老子知礼，而孔子访学，于是写成《道德经》，位于诸子百家前列。鬻熊是文王朋友，老子是孔子老师，圣贤同时，经子分流。

战国七雄，武力征伐，俊才蜂起。孟轲服膺儒家学说，弯腰谦恭，周旋王侯。庄周阐述道家理论，驰骋翱翔。墨翟执教勤俭节约。尹文主张名实相合。野老农家从地利角度治国。邹衍以天文养政。申不害和商鞅用刑罚治理。鬼谷靠口才立功。尸佼兼综杂术。青史详记街谈巷议。继承流波，如枝之附干者，不可胜数。

都能飞扬雄辩，以传布学术，饱享厚禄，而荣华富贵。到残暴秦始皇，烈火焚书，火势凶猛，玉石俱焚，而烈火之毒，未及诸子。汉成帝关心古书，令刘向整理校勘，于是《七略》写成，著作留香，九流荟萃，抄录汇编，共有一百八十多家。魏晋以后，作者时出，精粗并存，琐言毕录，依类收集，满箱盈车。

各种著作虽然堆积众多，其主体本体易把握。说道理，谈治理，都是五经的枝条发挥。其中内容纯正者，入规入矩，错杂者，出规出矩。《礼记·月令》，采用《吕氏春秋·十二纪》，《礼记·三年问》内容，写进《荀子·礼论》，这是内容纯正者一类。

商汤问夏革，夏革说黄帝能听到蚊子眼毛上有小虫发出打雷样声音，惠施推荐戴晋人对梁惠王说，在蜗牛角上发生一场战死数万的大仗，《列子·汤问》有愚公移山和龙伯国巨人跨海的奇谈，《淮南子·天文训》有共工碰得天倾地斜怪说，这是内容错杂者一类。

世人疾恨诸子，啰唆荒唐。商代《归藏》经，大谈奇闻怪事，如说后羿射日、嫦娥奔月之类。商代书如此，何况诸子百家。《商君书》说有六种害国的虱，《韩非子》说有五种害国的蛀虫，抛却孝道，废弃仁义，商鞅被车裂，韩非被毒死，不是没有原因。

公孙龙说"白马不是马，孤犊无母"，辞句巧妙，道理笨拙，魏公子牟把公孙龙比作猫头鹰瞎叫，不是随便指责。从前东平王刘宇，向汉成帝要求《诸子》和《史记》，成帝不给，因为《史记》多军事谋略，诸子杂有诡辩术。博学多闻的人，应该把握纲要，汲取精华，咀嚼果实，抛弃斜谬，采纳正理，仔细分析不同观点，确是学界的大观。

研究孟轲、荀况论述，理论完美，辞句雅正。管仲、晏婴著作，事实可信，语言简练。列御寇的书，文气宏伟，辞采奇丽。邹衍议论，构思夸张，辞句雄壮。墨翟和随巢著作，意义明显，语言质朴。尸佼和尉缭书，学说通达，文辞钝涩。《鹖冠子》议论深长，常发深刻言论。《鬼谷子》说理玄远，常阐述奥妙意见。感情细腻润泽，《文子》逞其能。辞句简练而精当，《尹文子》得其要。《慎子》巧于分析精密道理。《韩非子》譬喻广博而丰富。《吕氏春秋》见识远大，体例周全。《淮南子》博采，而文辞华丽。如此则把握诸子百家的精华和修辞风格的主要特点。

陆贾《新语》、贾谊《新书》、扬雄《法言》、刘向《说苑》、王符《潜夫论》、崔寔《政论》、仲长统《昌言》、杜夷《幽求子》等，或阐述经典，或说明政治方略，书名虽然标"论"，实属诸子。为什么？广明各种事物叫"子"，只辨一种道理叫"论"，既然都铺展杂说，所以应属诸子范围。

战国以前，上距古圣不远，因而能超越一代，高谈阔论，自成一家。到两汉以后，文风散漫衰落，虽然明确大道，而常依傍前人，采用旧说，这是古今的渐变。哎呀！诸子百家常跟时代龃龉，志趣靠理论而得申，心高于万古之上，胸怀于千载之下，金石靡灭，声名消融啊！

结论：丈夫处世，才德超人，挺然秀出。辨析万物，智通宇宙。立德不必隐，体道一定传授。诸子百家，分流异辞，各有范畴。

3. 注释

"立德"，"立言"：《左传·襄公二十四年》："太上有立德，其次有立功，其次有立言。""太上"：最上等。"君子"：有道德智慧者。"特"：不寻常。"达"：显名。"炳曜"：辉耀，昭彰，显赫。"垂文"：文采流传。"风后力牧"：黄帝臣子。"伊尹"：商朝开国功臣。"咸"：都、皆。"鬻熊"：周文王时人，楚国祖先。"伯阳"：老子姓李，名耳，字伯阳。"道德"：《道德经》。"百氏"：诸子百家。

"俊乂"yì：俊杰，贤才。"庄周"：庄子，战国道家代表。"尹文"：尹文子，战国名家代表。"课"：核对。"名实"：名称和实际。"驺子"：驺衍，阴阳家，战国时齐人。"养"：治，教。"申"：申不害，战国韩昭侯的相，法家。"商"：商鞅，战国秦孝公的相，法家。"刀锯"：刑具。"鬼谷"：鬼谷子，纵横家，苏秦、张仪的老师。

"唇吻"：嘴唇，口才。"青史"：春秋时晋国史官董狐后代，小说家。"曲缀"：详记。"胜"：尽。"餍"：满足。"势炎昆冈"：玉石俱焚。"炎"：焚烧。"昆"：昆仑山，盛产玉。"冈"：山脊。"汉成"：西汉成帝，派陈农到各地搜求书籍。"留思"：关心。"七略"：刘向父子编图书分类著作，有《辑略》、《六艺略》、《诸子略》、《诗赋略》、《术数略》、《兵书略》、《方技略》。"芬菲"：花草茂盛，好作品。"九流"：九家：儒、道、阴阳、法、名、墨、纵横、杂、农。"萃"：聚集。"谰言"：虚妄言论。

"踳驳"：杂乱，错乱。"踳"：错。"驳"：驳杂。"混"：

杂。"洞"：空。"虚"：不实。"诞"：怪诞。"《归藏》"：殷商时《易经》。"羿"：神射手。"商韩"：《商君书》和《韩非子》。法家。"轘"huàn：用车分裂人体的酷刑。"公孙"：公孙龙，战国时赵国诡辩家。有诡辩命题"白马非马"。"东平"：东平王刘宇，汉宣帝第四子，向汉成帝求书，成帝问王凤，王凤说不给。"睇"：注视。

"懿"：美。"心"：内心思考情志，内容。"尉缭"：战国时尉氏人。"鹖冠"：周代楚人。"亟"：屡次。"崔寔"：东汉末学者。"杜夷"：东晋初学者。"适"：主。"浸"：渐渐。

"舛"：违反，不合。"靡"：消灭。"术"：道路。"区囿"：区分。"囿"：园林。

4.趣谈

本篇叙述诸子百家典籍的起源、性质和特点，指出其文学意义和认识价值，是一篇诸子文创概论，言简意赅，精论迭出，值得咀嚼品味，斟酌汲取。

第五节 论如析薪

1.《论说》

圣哲彝训曰经，述经叙理曰论。论者，伦也；伦理无爽，则圣意不坠。昔仲尼微言，门人追记，故抑其经目，称为论语。盖群论立名，始于兹矣。自论语已前，经无论字；六韬二论，后人追题乎？详观论体，条流多品：陈政则与议说合契，释经则与传注参体，辨史则与赞评齐行，铨文则与叙引共纪。故议者宜言，说者悦语，传者转师，注者主解，赞者明意，评者平理，序者次事，引者胤辞：八名区分，一揆宗论。

论也者，弥纶群言，而研精一理者也。是以庄周齐物，以论为名；不韦春秋，六论昭列；至石渠论艺，白虎通讲，述圣通经，论家之正体也。及班彪王命，严尤三将，敷述昭情，善入史体。魏之初霸，术兼名法，傅嘏、王粲，校练名理。迄至正始，务欲守文，何晏之徒，始盛玄论；于是聃周当路，与尼父争涂矣。详观兰石之才性，仲宣之去伐，叔夜之辨声，太初之本无，辅嗣之两例，平叔之二论，并师心独见，锋颖精密，盖论之英也。至如李康运命，同论衡而过之；陆机辨亡，效过秦而不及，然亦其美矣。

次及宋岱、郭象，锐思于几神之区；夷甫裴𬱟，交辨于有无之域：并独步当时，流声后代。然滞有者全系于形用，贵无者专守于寂寥，徒锐偏解，莫诣正理；动极神源，其般若之绝境乎？逮江左群谈，惟玄是务；虽有日新，而多抽前绪矣。至如张衡讥世，颇似俳说；孔融孝廉，但谈嘲戏；曹植辨道，体同书抄；言不持正，论如其已。

原夫论之为体，所以辨正然否，穷于有数，究于无形，钻坚求通，钩深取极；乃百虑之筌蹄，万事之权衡也。故其义贵圆通，辞忌枝碎，必使心与理合，弥缝莫见其隙，辞共心密，敌人不知所乘，斯其要也。是以论如析薪，贵能破理。斤利者越理而横断；辞辨者反义而取通：览文虽巧，而检迹知妄。唯君子能通天下之志，安可以曲论哉？若夫注释为词，解散论体，杂文虽异，总会是同。若秦延君之注尧典，十余万字，朱普之解尚书，三十万言：所以通人恶烦，羞学章句。若毛公之训诗，安国之传书，郑君之释礼，王弼之解易，要约明畅，可为式矣。

说者，悦也；兑为口舌，故言资悦怿；过悦必伪，故舜惊谗说。说之善者：伊尹以论味隆殷，太公以辨钓兴周；及烛武行而纾郑，端木出而存鲁，亦其美也。暨战国争雄，辨士云涌，从横参谋，长短角势，《转丸》骋其巧辞，《飞钳》伏其精术；一人之辨，重于九鼎之宝，三寸之舌，强于百万之师，六印磊落以佩，五都隐赈而封。

至汉定秦楚，辨士弭节，郦君既毙于齐镬，蒯子几入乎汉鼎；虽复陆贾籍甚，张释傅会，杜钦文辨，楼护唇舌，颉颃万乘之阶，抵峨公卿之席，并顺风以托势，莫能逆波而溯洄矣。夫说贵抚会，弛张相随，不专缓颊，亦在刀笔。范雎之言事，李斯之止逐客，并顺情入机，动言中务，虽批逆鳞，而功成计合，此上书之善说也。至于邹阳之说吴梁，喻巧而理至，故虽危而无咎矣；敬通之说鲍邓，事缓而文繁，所以历骋而罕遇也。

凡说之枢要，必使时利而义贞，进有契于成务，退无阻于荣身。自非谲敌，则唯忠与信。披肝胆以献主，飞文敏以济辞,此说之本也。而陆氏直称"说炜晔以谲诳",何哉?

赞曰:理形于言,叙理成论。词深人天,致远方寸。阴阳莫忒,鬼神靡遁。说尔飞钳,呼吸沮劝。

2. 释文

圣贤阐发永恒道理著作叫"经"。解释经典,说明道理著作叫"论"。"论"就是"伦":伦理,条理。伦理不失,圣人意思不崩坠。从前孔子所讲精微话语,弟子追记,故意自谦不称"经"类,而叫《论语》。各种以"论"为名的著作,从此开始。在《论语》前的经书,没有以"论"为名。《六韬·霸典文论》、《文师武论》,后人追题。

仔细考察"论"这种文体,分流多种:陈述政事,跟议论文、说理文相合。解释经典,就跟传文、注释相近。辨析历史,就跟赞辞、评语一致。评论作品,就跟序文、引言同类。所谓"议",就是"宜"言:适宜的言论。"说",就是"悦"语:令人喜悦,动听服人的话。"传",就是"转":转相师传,转述老师的话。"注",就是注解,解释。"赞",就是说明意义。"评",就是公平说理。"序",就是排列事物次第。"引",就是引辞,引申延续,补充说明。八种名目类型分,各不相同,概括说来都是论:论述道理。

所谓"论",就是"弥纶群言":概括各种说法;而"研精一理":精研一种道理。所以庄周《齐物论》,用"论"作篇名。吕不韦《吕氏春秋》,明列《开春论》、《慎行论》等六论。汉宣帝在石渠阁讨论艺文，汉章帝在白虎观聚众讲学，讨论五经异同，叙述圣人意旨，贯通经书道理，构成论文作家的正当文体。

班彪《王命论》、严尤《三将军论》，铺展论述，昭明情理，善用史论文体。曹魏掌权初期，兼用名家法家学术。傅嘏和王粲论文，精练考核名实，推论道理。正始初期，致力继承前代论文。何晏等人，论述老庄玄学风气开始盛行。于是老庄思想阻挡学术道路，跟儒学争夺阵地。细读傅嘏《才性论》、王粲《去伐论》、嵇康《声无哀乐论》、夏侯玄《本无论》、王弼《易略例》、何晏《道德论》等，独出心裁，词锋锐利精密，是论文的精英。李康《运命论》，论述跟王充《论衡》相同，而有过之。陆机《辨亡论》，模仿贾谊《过秦论》，而略逊一筹，不过也算好作品。

宋岱、郭象等人论文，敏锐思考精微奥妙的深处。王衍、裴頠等人的论文，争辩"有无"范畴，独步当世，扬名后代。坚持"有"的范畴，完全拘泥形体功用。注重"无"的范畴，死守玄虚，钻牛角尖，固执偏解，不通正理。洞察神秘奥源，陷入般若佛教思想的绝境。

东晋时期各家谈论，只有老庄玄学。这时虽也谈到新东西，大多数是前代话题的继续。张衡《讥世论》，颇似嬉笑嘲谑的言辞。孔融《孝廉论》，只是嘲戏。曹植《辨道论》，形同抄书。言论不保持正道，论著不如不写。

考察"论"的文体，目的是明辨是非，透彻研讨确定问题，深究无形抽象道理，攻坚破难，务求贯通，深刻钩考，探取终极，是各种思维的工具，量度万事的权衡。义理表达贵圆通，文辞推敲忌破碎，必须做到思想和道理相合，构造严密没漏洞，文辞思想密相合，使论敌无懈可击，这是写作论文的要点。

论文写作如劈柴，贵在正好劈开木纹理。斧子锐利，会超越纹理横着砍断。巧辞而辩者，违反义理，而勉强求通。看文虽巧，检查实际情形，就会知道虚妄。只有正人君子，能通天下之人的心意，怎可以讲歪理？

注释经典的文字，是把论文体分散，注释杂文不同于论文，综合起来就同于论文。秦延君注《尚书·尧典》的"尧典"二字，就用了十多万字。朱普注解《尚书》，三十万言，通达学者所厌烦，耻于烦琐的章句学。毛亨《毛诗诂训传》、孔安国《尚书传》、郑玄《三礼注》、王弼《周易注》，简要明畅，可算典范。

"说"就是"悦"：喜悦。"说"字从"兑"，象征口舌，所以说话应令人喜悦。过分追求讨人喜悦，必然虚假，所以，虞舜惊震谗言。善说者：伊尹用烹调方法，说明如何把殷商治理强大，吕望用钓鱼道理，说明怎样使周代兴盛，郑国烛之武说服秦国退后，解救郑国危亡，鲁国端木赐说服齐国转攻吴国，保存鲁国，是说辞美好的案例。

战国群起争雄，辩士风起云涌。合纵连横，参与谋划。计策争权，圆转如丸，驰骋巧辩。飞扬声誉，钳伏精术。毛遂一人辩词，重于九鼎国宝。三寸舌头，胜过百万雄师。苏秦一人磊落，竟佩六国相印。张仪殷实，被封五座富城。

汉代平定秦楚，辩士停止活动。汉代说客郦食其，被齐王田广烹杀，蒯通几被刘邦烹煮。即使有陆贾负盛誉，张释之附会时事，杜钦文辞辨析，楼护唇舌锋利，游说于帝王阶前，戏谈于王公座席，不过看风使舵，迎合时势，没人能逆流而上，扭转大局。

"说"贵在合时，弛张缓急，灵活运用，不专婉言陈说，也要书写成文。范雎《献书昭王》，要求进言献策；李斯上秦始皇《谏逐客书》，谏阻驱逐客卿，依循情理，深入机要，言辞动听，切中要务，虽触碰帝王险要，而能功业告成，计谋符合，这就是向帝王上书，善于陈说。邹阳上书吴王梁王，比喻巧妙，道理恰当，所以虽有危险，却无罪过。冯衍进说鲍永和邓禹，所讲之事不紧迫，而文辞繁多，所以虽多次陈政言事，而很少有人重用。

说理文的关键，必须有利于时政，意义正当，有助于政务完成，又不妨害自身荣显。如果不是骗敌，就该忠诚可信。真心诚意献主上，敏锐文思成说辞，这是"说"的基本特点。陆机《文赋》说："说炜晔以谲诳"。"说"表达显明以欺骗，这算什么话？

结论：理论用语言表达，讲道理而成论文。论说深究天地人，思维探远而究近。阴阳变化无差错，鬼神之道不隐遁。飞钳方术说对方，阻止劝进呼吸间。

3. 注释

"伦"：伦理，条理，秩序。"爽"：失，差错。"抑"：表谦虚。"契"：契合，一致。"传"：解释经典的文字。"叙"：一种文体，序言，绪论。"引"：引申，引言，前言，一种文体，比"叙"简。"转师"：转相为师。"胤"：继承延续，补充说明。"揆"：道。"一揆"：一律。

"庄周"：庄子。"齐物"：《庄子》篇名。"六论"：《吕氏春秋·开春论》、《慎行论》、《贵直论》、《不苟论》、《似顺论》、《士容论》。"白虎"：白虎观，东汉讲经地。"严尤"：西汉末王莽将领，本姓庄，避汉明帝刘庄讳改严。

"三将"：《三将军论》，用历史事实讽谏王莽四方用兵。"史体"：用历史事件人物阐明道理的文体。"初霸"：初建霸业。"傅嘏 gǔ"：三国魏文学家。"王粲"：东汉末名作家。"正始"：三国魏齐王曹芳年号（240—248）。

"守文"：帝王受命执政，遵守前代成法，比喻继承传统。"玄论"：玄学，魏晋清谈道家理论。"尼父"：孔子，字仲尼。"仲宣"：王粲的字。"去伐"：王粲《去伐论》。"叔夜"：嵇康的字，正始作家。"辨声"：指《声无哀乐论》。

"辅嗣"：王弼的字，三国魏学者。"两例"：王弼《易略例》上下篇。"师心"：以心为师，有创见。"李康"：三国魏文学家，其《运命论》讲治乱、穷达、贵贱是运气、天命、时机等因素决定。"陆机"：西晋初作家，原三国吴人，其《辨亡论》论述吴亡原因。

"夷甫"：王衍的字，西晋文人，崇老庄，认为世界最初是无，后生阴阳，化生万物，天地万物以无为本。"裴頠"：西晋思想家，反对王衍观点，著《崇有论》，认为一切生于有。"寂"：无声。"寥"：无形。"神源"：神理源头，最高理论。"江左"：长江下游，指东晋。"绪"：端绪。"讥世"：张衡《讥世论》。"俳说"：嬉笑嘲谑言辞。"孔融"：东汉末作家，著《孝廉论》。"已"：停止。

"无形"：抽象。"筌"：捕鱼竹具。"蹄"：捕兔器具。"析薪"：破薪柴。"斤"：斧。"秦延君"：秦恭的字，西汉学者。"通人"：博古通今，晓通事理的人。"毛公"：指大、小毛公，西汉学者。大毛公毛亨，小毛公毛苌，《诗经》注释家。"训"：解释文字意义。"安国"：孔安国，西汉学者。"书"：《尚书》。"式"：模范，法式。

"怿"：喜悦。"伊尹"：名挚，商初政治家，厨师出身。"烛武"：烛之武，春秋时郑大夫。"纾"：解。"从"通"纵"：合纵（南北），主联合六国抗秦。"横"：连横，主六国归顺秦国。"长短"：纵横。"角"：较量，竞争。

"《转丸》"：《鬼谷子》篇名，辩说技巧圆滑，如丸之转。"《飞钳》"：《鬼谷子》篇名，陶弘景注："飞，谓作声誉以飞扬之；钳，谓牵持缄。束令不得脱也。"辩说方法技巧。"一人之辨"：《史记·平原君列传》载，平原君赵胜赞毛遂："毛先生以三寸之舌，强于百万之师。""九鼎"：传夏禹铸。"五都"：《史记·张仪列传》载，"秦惠王封仪五邑"。"隐赈"：殷实，富裕。

"弭节"：停止活动不得势。"弭"：停止。"节"：使臣所拿信物。"蒯子"：蒯通，汉初辩士，劝韩信造反，被刘邦捕获，靠辩解获救。"鼎"：三脚大锅，用作烹杀刑具。"张

"释"：张释之，西汉文帝时人。"傅会"：附会，依情势发言。"楼护"：西汉末辩士。"颉颃"：上下翻飞，往来游说。"万乘"：指天子。"抵巇"：《鬼谷子·抵巇篇》讲抵巇之道：击实罅隙，以补漏洞缝隙，比喻游说之士见微补缺、献计献策。"抵"：击实。"巇"：罅隙。

"抚会"：顺合，配合。"抚"：循、顺。"刀笔"：竹简书写，用笔用刀。"范雎"：战国辩士。秦昭王时太后的弟弟穰侯专权，昭王想收回权力，范雎给昭王写信献策。"逆鳞"：传龙喉下有逆鳞，触碰致死命，比喻触犯人主被杀。"敬通"：冯衍的字，东汉初作家。"鲍"：鲍永，东汉大将军。"邓"：邓禹，东汉将军。"贞"：正。"炜晔"：光明。"谲"：欺诈诡谲。"诳"：欺骗。"忒"：差错。"遁"：逃，隐蔽。"呼吸"：吐纳，指说辞。"沮劝"：阻止劝勉。

4.趣谈

《论说》的"论"和"说"都是文体名。"论"是论理，阐发理论，辨明是非，重在逻辑说理。"说"是使人悦服，针对紧迫现实问题，用具体利害关系，生动比喻，说服对方，重在形象说理。二者共同处是论说道理，合称"论说文"。本篇逻辑严密，形象生动，是论说文体裁的概论。

第六节　名言警句

"操千曲而后晓声，观千剑而后识器。"意即：掌握上千支曲，才能通晓音乐。观察千口宝剑，才能识别武器。语出《文心雕龙·知音》。比喻认知由个别到一般。"改章难于造篇，易字艰于代句。"意即：修改章节，比重写一篇文章更难。更换一字，比取代一句还艰苦。比喻对文章修改和炼字的极端重视。语出《文心雕龙·附会》。

"权衡损益，斟酌浓淡，芟 shān 繁剪秽，弛于负担。"意即：衡量文字增减，考虑笔墨浓淡，删去多余字句，剪除繁秽内容，避免冗长累赘，减轻文章负担。强调写文章，反复修改，去粗存精，删繁就简，使文字精练，突出重点。语出《文心雕龙·熔裁》。

"善删者字去而意留，善敷者辞殊而意显。"意即：善于删削者，去除文章累赘字，保留意思。善于铺陈者，用词不同意义显。强调熔炼剪裁，用尽可能少的字，表达尽可能多的意思。展开论述，选择最恰当文辞，最鲜明地表达意思。语出《文心雕龙·熔裁》。"句有可削，足见其疏；字不得减，乃知其密。"意即：文句有可删削，足见其有粗疏。字无一字可削减，可知道其精密无缝隙。语出《文心雕龙·熔裁》。

"篇之彪炳，章无疵也。章之明靡，句无玷也。句之清英，字不妄也。"意即：文章文采焕发，由于章节没毛病。章节明白细腻，由于句子没缺点。句子清新英挺，因为文字没虚妄。刘勰认为："人之立言，因字而生句，积句而成章，积章而成篇。"要使全篇好，必须章无瑕疵。要使章节好，必须句谨严。要使句子好，必须字精炼。写好文章，谋篇布局，炼字琢句不能忽。粗制滥造无好文。语出《文心雕龙·章句》。

"搜句忌于颠倒，裁章贵于顺序。"意即：搜句切忌颠倒，剪裁章节贵在顺序。强调文理通顺，脉络分明，层次清晰。集句成章，积章成篇，不能颠三倒四，语无伦次，无逻辑性，使读者不知所云。语出《文心雕龙·章句》。

"启行之辞，逆萌中篇之意。绝笔之言，追媵前句之旨。"意即：文章开头，预先稍露文章中心部分意思。文章结尾，承接照应前面中心部分主旨。"启行"：起程，出发，文章开头。"逆萌"：预先发端。"绝笔之言"：文章结尾。"追媵"yīng：追继，承接。强调文气贯通，意脉不断，前后呼应，首尾照应，一气呵成。语出《文心雕龙·章句》。

"登山则情满于山，观海则意溢于海。"意即：想到登山，作家感情就倾注高山。想到观海，作家情意就洋溢大海。强调想象在文创中的重要性，形容文思敏捷，灵感丰富，才情横溢。语出《文心雕龙·神思》。

第七节　文体源流评工拙

"勰究文体之源流，而评其工拙"，语出《四库全书》诗文评类序。上下文语境："文章莫盛于两汉，浑浑灏灏（雄浑浩大），文成法立，无格律之可拘。建安黄初，体裁渐备，故论文之说出焉，《典论》其首也。其勒为一书，传于今者，则断自刘勰、钟嵘。勰究文体之源流，而评其工拙；嵘第作者之甲乙，而溯师承，为例各殊。至皎然《诗式》，备陈法律；孟棨《本事诗》，旁采故实；刘颁《中山诗话》、欧阳修《六一诗话》又体兼说部。后所论著，不出此五例中矣。宋明两代，均好为议论，所撰尤繁。虽宋人务求深解，多穿凿之词，明人喜作高谈，多虚矫（虚伪做作）之论。然汰除糟粕，采撷菁英，每足以考证旧闻，触发新意。《隋志》附总集之内，《唐书》以下则并于集部之末，别立此门。岂非以讨论瑕瑜，别裁真伪，博参广考，亦有裨于文章欤？"

诗文评类，收录文学理论和文艺批评的书。诗文评类，出现在目录分类时间晚。开始附载于总集类。后设立文史类，收录诗文评类作品。《四库全书总目》在集部设立诗文评类，类目和著录内容定型。

《文心雕龙》是一部空前的文艺理论巨著，全面总结阐释文学原理文体，创作批评，体大虑周，论述精辟，是中国文艺批评最权威的典范论著。南朝中兴元年（501）一天，梁武帝开国元勋、文坛领袖沈约，坐车从大街经过。一身背包袱、货郎打扮的中年人冲开护卫，挡住车驾献书稿。沈约带回阅读，赞不绝口，"常陈诸几案"。沈约推荐，很快流传，就是中国文学批评史上空前的文学原理经典巨著《文心雕龙》。拦车人是作者文艺理论大师刘勰。

刘勰（466—520），字彦和，南朝人，祖籍山东莒县（山东日照）。官县令、步兵校尉、宫中通事舍人。晚年在山东莒县浮来山创办定林寺。不以官显以文彰。著名文学理论家。30多岁写《文心雕龙》50篇。成书于南朝齐和帝中兴元、二年（501—502），是第一部有严密体系的文学理论专著，奠定在中国文学史、文艺批评史上的重要地位。《序志》叙述作者写作动机、态度和原则。《宗经》要求本于道，稽诸圣，宗于经。《史传》、《诸子》、《论说》篇意义重大。

刘勰是汉高祖刘邦儿子齐王刘肥后裔。父亲刘尚做过南齐越骑校尉。刘尚早逝,家道中落。刘勰二十岁,相依为命母亲去世,境遇艰难。笃志好学,遍览群书。《文心雕龙·程器》理想:"君子藏器,待时而动。""摛文必在纬军国,负重必在任栋梁,穷则独善以垂文,达则奉时以骋绩。"意即:君子身藏利器,等待时机施展。写文章经纬军国大事,担负重任成国家栋梁。穷困就独身自善,著书立说,垂流后世;显达就遵奉时代使命,驰骋天下建功绩。

刘勰受儒家用世思想影响,立志修身治国平天下。母亲死,刘勰守孝三年离家,去都城建业谋出路。贫寒无名,没人举荐而返。师从僧佑,到浮莱山定林寺协助僧佑整理佛教藏经。僧佑是南朝有名的博学高僧,编撰《弘明集》。刘勰受僧佑影响,终生未娶。

刘勰在定林寺十几年,阅读大量作品,为著《文心雕龙》奠定雄厚学识基础。刘勰著《文心雕龙》有特定时代背景:社会思想开放,文学创作繁荣。东汉后,中国进入历史空前大分裂、大动乱、大融合时期。社会矛盾尖锐,冲击两汉"独尊儒术"思想。佛教盛行。道家思想以蓬勃之势复苏,向大自然寻求生命真谛的思想,成为席卷全国的社会思潮。哲学逻辑思想大解放,对文学产生巨大推动作用。

文人大胆抒写情性,反映现实,歌咏自然。百余名作家积极写作,开创"彬彬之盛,大备于时"的建安文学。南北朝诗文创作长盛不衰。朝廷承认文学独立地位,封建帝王和大批士族官僚加入创作行列。

魏文帝曹丕是文学家，创作大量诗文，写中国文学批评史上第一部文学理论著作《典论·论文》。宋文帝设置专门文学机构"文学馆"，与原有儒、道、史三馆并列。宋明帝设总明观，分为儒、道、文、史、阴阳五部。

几代帝王爱好提倡，南朝连初识字的儿童，都拼命作诗。士族文人出现"家家有制，人人有集"的盛况。文学创作繁荣，大量作品产生。良莠不齐，需要文学批评鉴赏甄别，指导创作，引导阅读。知识分子品评诗文，大量文艺批评论著应运而生。为澄清当时文学批评中的混乱局面，使文学批评起到指导创作，引导阅读的作用，社会迫切需要"批评的批评"，科学权威的文艺理论体系产生。

刘勰萌发写《文心雕龙》的宏愿。从三十岁左右开始，发愤著述，经过五六年努力，文艺批评扛鼎作诞生。刘勰随伟大著作传播，名扬四海。梁天监元年（502），刘勰被朝廷启用，授奉朝请等职，在昭明太子萧统的东宫担任东宫通事舍人，与昭明太子结为忘年交，参与《昭明文选》编选。大通三年（531）四月，昭明太子死，刘勰奉敕与沙门慧震上定林寺撰经，经成，弃官为僧，法名慧地，一年去世。

《文心雕龙》是第一部系统文艺原理性理论专著，是中国文学批评史上的不朽丰碑。《文心雕龙》书名含义："文心"指写文章的用心，"雕龙"指把文章写得如雕绘龙纹一样精美。全书三万七千多字，分四部分。

第一部分《原道》、《征圣》、《宗经》、《正纬》、《辩骚》五篇，是作者自称"文之枢纽"，是本书总论，阐明文学批评体系根本原则。《原道》提出写作要表现"自然之道",文学创作必须由事物的本质意义出发,不能以文害志,以文害物。刘勰强调"道",是为反对六朝文学创作中过分雕琢、违反自然美的不良倾向。《征圣》和《宗经》,以儒家经典为基础,概括写文章要"衔华佩实"的基本原则。

第二部分是文体论。包括《明诗》、《乐府》、《诠赋》、《颂赞》、《祝盟》、《铭箴》、《诔碑》、《哀吊》、《杂文》、《谐隐》、《史传》、《诸子》、《论说》、《招策》、《檄移》、《封弹》、《章表》、《奏启》、《议对》、《书记》二十篇。这部分从"原始本末"、"释名章义"、"选文定篇"和"敷理举统"四方面,论述三十五种文体的源流特征,将文章分为"文"和"笔"两大类,解释其文体名称和意义,列举以往作家的创作,评论作品,概括每一种文体的特征和写作要领,为阐述理论打基础。

第三部分是创作论。包括《神思》、《体性》、《风骨》、《通变》、《定势》、《情采》、《镕裁》、《声律》、《章句》、《丽辞》、《比兴》、《夸饰》、《炼字》、《隐秀》、《指瑕》、《养气》、《附会》、《总述》、《事类》十九篇。后《时序》和《物色》包含文艺批评,也论述创作。这二十一篇是作者所称"割情辞采"的内容,是对总论中提出的"衔华佩实"的文学总体要求的具体论述。作者分别从不同角度,专题论述文学构思、艺术风格、内容与形式的关系、文学创作与现实生活的关系、文学的继承与革新、文学创作具体艺术技巧(如声律、比兴、夸张等艺术手法的应用)。这一部分是《文心雕龙》

对文学创作指导意义最大的一部分。

第四部分是文艺批评论。包括《才略》、《知音》、《程器》三篇，《知音》专门论述文艺批评方法论，指出批评方法，是要通过作品的文辞，考查其表达的思想感情，以探求文章所用的体裁、文辞、结构等是否能与所要表达的思想感情一致。《才略》和《程器》，论述作家的文才和品德，讨论创作主体与其所创作的文学作品间的关系，即主体批评。最后一篇《序志》，交代写作动机目的。概括全书内容和写作的基本原则和方法，类似"跋"。

创作论：文学和现实。创作源于客观事物感发观照。《文心雕龙·物色》说："岁有其物，物有其容。情以物迁，辞以情发。"四季有不同景物，表现不同形貌。感情随景物变化，文章便是感情抒发。读情感苍白的文章，感到干瘪无趣，味同嚼蜡。读情感不真挚的文章，觉得无病呻吟，矫揉造作。

时代变化决定文学发展。"文变染采世情，兴废系于时序。"结合先秦到魏晋南北朝政治、文化、风尚发展过程，系统分析文学盛衰原因，总结三百多年创作实际，近两百位作家创作经验，阐明历代文风继承和变革。强调作家创作，不能忽视对自然的感悟和体验，离开生活实际，闭门造车。不能抛开历史背景，片面分析艺术特色建立这种文学史观，是《文心雕龙》对中国文学发展的贡献。

作品内容和形式的关系。《情采》提倡"为情造文"，反对"为文造情"，强调文学创作以"述志为本"，创作目的是表达思想感情。作品内容第一位。"繁采寡情，味之必厌。"根据"自然之道"原则，要"言必有采"。思想意义必须通过形、声、情三者作中介，才能酣畅充分表现。"情（思想意义）者文之经，辞（文采技巧）者理之纬。经正而后纬成，理定而后辞畅。此文之本源也。"形象阐明形式是由内容转化而来，将内容包含在密不可分的有机整体。

作品风格论：《体性》、《风骨》论述文学风格。《体性》指明文学作品风格的形式跟作家气质有密切关系。"各师本心，其异如面。"篇名中"体"指作品风格，"性"是作家气质。作家气质决定艺术创作的个性，形成作品的风格。论述作家艺术个性的形成，由"才气学习"四种因素起作用。由于每个作家"才有庸俊，气有刚柔，学有深浅，习有雅郑"，因而作品风格各异。"才气"两者是作者的先天禀赋，"学习"两者是后天修养。指明作家要创作有风格特色的佳作，必须加强修养，不能刻意求异，生硬求巧。

艺术构思论：构思是文学创作的重要环节。把艺术构思分为形象映照和想象虚构两个阶段。《神思》形象描绘艺术构思，从观察到艺术创作心物交融的全过程。"物以貌求，心以理应。"事物以其形貌影响作者，作者心理感悟，便"神与物游"。心物结合，不只局限于直观、现实、被动的反映，经过提炼加工，得到理性内涵。作家要联想，"思接千载"，"视通万里"，把眼前事物，悟出理性，与联想到的事物融合，再"规矩虚位，刻镂无形"，把抽象思想意义，融入现实和联想融合而成的物象中，完成艺术创作。

中华民族创造数千年灿烂文明，其重要组成部分是丰富多彩的审美文化，包括诗文。中华诗文产生之日起，就有对诗文思考评说，绵延数千年，成为辉耀中华民族审美心理结构的光芒，形成独立学科，即萌芽于先秦，成立于魏晋，命名于明清的"诗文评"古典形态，发展到现代形态的文艺学（文学理论、文学批评和文学史），"文学艺术"。中国现代文艺学术史，是由古典文论传统"诗文评"学术范型，向现代文艺学术范型转换的历史。现代文艺学术范型由"诗文评"范型脱胎。

　　"文学批评"名称，是由西方引进。中国古代诗学文论叫"诗文评"，表现中华民族学术文化本身的固有品格和优秀传统。"诗文评"称谓，是中国古代诗学文论关键性概念。"诗文评"（中国古代诗学文论）从萌芽到成熟，经历三千年的历史发展过程。

　　萌芽在先秦，孕育在两汉。距今三千至两千年的历史阶段，中华民族先民们的审美活动处在尚未完全独立，而走向独立的过程中，如《诗经》、楚辞、《左传》、《国语》、《尚书》、诸子散文等，是中华民族先民审美活动走向独立过程中的代表性作品，不能说完全独立，人们看中诗的政教、外交和实用功能。

　　孔子说诗可以兴、观、群、怨，"迩之事父，远之事君"（《论语·阳货》），"诵诗三百，授之以政，不达；使于四方，不能专对；虽多，亦奚以为"（《论语·子路》）。以"用"为目的。走到极端，即否定文艺。

墨子从有用无用、有益无益角度看待诗乐舞，得出与先秦儒家相反的结论："仁之事者，必务求兴天下之利，除天下之害，将以为法乎天下。利人乎，即为；不利人乎，即止。且夫仁者之为天下度也，非为其目之所美，耳之所乐，口之所甘，身体之所安，以此亏夺民衣食之财，仁者弗为也。"（《非乐》）墨子认为"乐"有百害，无一利，坚决主张"非乐"。

法家韩非《五蠹》从"利"与"用"出发反对文艺，认为"儒以文乱法"，"文学者非所用，用之则乱法"。老庄从道法自然、清静无为哲学态度出发，贬斥"诗"。儒墨法家，从有用无用、有益无益角度，而不是从审美角度看待诗乐舞。

在走向独立的审美实践中，中华民族独具特色的审美心理结构逐渐萌芽。先秦诗文逐渐形成重抒情的审美习惯，简约质朴的审美风格，温柔中和的审美心态，结合政教作用，注重修身养性，培育德行，美善合一的审美趋向，"赋比兴"的审美旨趣，相互融汇，构成雏形状态的中华民族审美心理结构。在审美心理结构的形成过程中，开始思索各种审美实践活动和诗文作品，表达感悟，加以评说。

《论语》、《尚书》、《左传》、《老子》、《庄子》、《孟子》、《荀子》等著作有谈论诗文和审美现象的文字，是中国古代诗学文论的萌芽。汉代蕴含后来"诗文评"（中国古代诗学文论）作为一门学问，一个独立学科的要素和初级形态。魏晋南北朝诞生作为一个学科的"诗文评"。

《四库全书总目提要》诗文评类序，是对中国古代诗学文论作为一门学问学科诞生正式成立的判定。其标志是：专门的文论家和独立的文论著作成堆出现。这些论著有自己特定的对象。这门学问或学科的特定术语（概念、范畴）形成广泛影响。审美自觉和"文的自觉"（鲁迅语）达到空前高度。魏晋南北朝时期达到中国古代文论的第一个繁荣期。在审美实践和文学艺术创作方面，对社会美和人物的品鉴，对自然美的鉴赏和山水诗的出现，是审美自觉和"文的自觉"的显著标志。唐宋金元繁荣。明清"诗文评"从"集大成"到"终结"。

"诗文评"到明清"集大成"，是繁荣期。明代是中国古代诗学文论家和各种诗学文论思想空前活跃的时期，各种诗学文论著作层出不穷。明代诗学文论学界热闹非凡。清代是中国古代诗学文论集大成时代。诗话、词话、曲话、小说和戏曲评点及其他艺术论说著作大量出现，是以前各代同类著作的总和，出现新的素质和品性。清后期学者吸收外来学术思想，文论思想发生新变。王国维吸收康德、叔本华思想评论《红楼梦》。梁启超等吸收西方观点，阐述"小说界革命"、"诗界革命"和"文界革命"，成为现代文论胚胎萌芽。"诗文评"到清代集大成。

中国古代社会到清代，数千年帝王家天下专制制度，包括周代王国封建制，秦代帝国郡县制，无可挽回到末日。1840年鸦片战争震惊国人，1894—1895年甲午海战中国惨败，屈辱强大深刻刺激。国人惊醒。国人求变。"公车上书"。"戊戌变法"。孙中山倡导革命。火山喷发，推翻大清。帝国大厦倾倒。上层建筑，意识形态，必然终结。诗学文论不例外。时代社会大变革。诗学文论大变革。中华民族不得不变的政治、经济、思想、文化氛围，积蓄从"诗文评"向"文艺学"转化的巨大势能，随之有诗学文论"革命"，有新美学、新文论萌生。

"诗文评"学科的诞生。《四库全书总目提要》"诗文评"类序所谓"论文之说出焉"，是《四库全书总目提要》断定在这一时期（"建安黄初"）这门学问或学科正式诞生。这篇小序，描述评文说诗标志性论著和这门学问或学科（"论文之说"）的内容和诞生、成长、繁荣的过程。言简意赅，语不虚发，脉络分明，是这门学问或学科最早的简史，表现作者的学识目光。

断定评论诗文的学问或学科在魏晋南北朝时诞生，即《四库全书总目提要》所谓"论文之说出焉"，有坚实历史根据和逻辑根据。出现评文说诗专门著作如刘勰《文心雕龙》等，可作为"论文之说"特殊学问和学科成立的史实基础。成为独立学科的标志，各种著作论说诗文的根源、体裁、风格、创作、鉴赏等，详细深入，说明这门学问（或学科）有明确论述对象，有特定论述内容，已发展到相当高度，取得重要成就。各种著作有一整套把握对象的特定术语（范畴、概念）和相对固定的话语系统。

唐朝五代后，评论诗文著作，在目录学和分类学地位发生重要变化，作为独立类别得到认可。宋《崇文总目》列"文史"类。《通志·艺文略》列"文史"和"诗评"两小类，"别立此门"。"目录学"和"分类学"变化，反映"学科"意识和认识变化。所谓"别立此门",从学科意义上看,作为评论诗文的一种特殊学问和专门学科得到学界确认,承认独立地位。一门学问或学科的独立性和合法性被确认,意味着它在社会上被重视,被提倡,获得进一步发展的环境条件。古代文论在宋代有重大发展,两宋是古代文论空前繁荣时期,是魏晋后又一高峰。

明焦竑《国史经籍志》,在目录学和分类学上给"诗文评"的类别称呼。从学科发展史意义上说,意味着获得名副其实的学科名称,得到进一步发展的内在动力。从历史事实上看,明代"诗文评"在各方面都获得巨大发展,有新创造突破。乾隆年间修《四库全书》,"诗文评"在目录学和分类学上正式成为独立类别。从学科和学术发展史角度说,表明它作为一门特殊学问和独立学科的名称得到文化学术界和全社会普遍认可。"诗文评"特殊学问和独立学科,名至实归,名正言顺。

"诗文评"简史。"诗文评"重在"品评"、"品说"、"鉴赏"、"趣谈"、"玩味"、"玩索","感性"特色浓厚。"文学批评"重在"评论"、"评价"、"评说"、"评析"、"裁判","理性"特色更浓。

"诗文评"命名起明代,萌芽先秦,诞生魏晋,第一辉煌期,第一高峰,标志性著作是刘勰《文心雕龙》。经隋唐准备酝酿,积蓄力量,宋进入"诗文评"第二辉煌期,第二高峰,大量"诗话"、"词话"、"文话"如雨后春笋,各种评诗论文思想成熟。清"诗文评"进入集大成时代。十九世纪末，二十世纪初，蜕变为现代化形态文艺学。

先秦两汉萌芽发展初期。今文《尚书·尧典》（古文《尚书·舜典》）中"诗言志"。《左传·襄公二十九年》记吴公子季札在鲁观乐时发表感慨议论。《论语》谈诗"兴观群怨"、"思无邪"。《孟子》"知人论世"、"以意逆志"。《礼记·乐记》和《诗大序》谈诗乐言论。淮南王刘安《淮南子》，司马迁《史记·屈原贾生列传》，扬雄《法言》，王充《论衡》，王逸《楚辞章句序》等议论诗文和作者，评论审美文化现象，可视为"诗文评"名称出现前古代"论文之说"萌芽、雏形和早期发展。

魏晋南北朝：第一高潮。魏晋南北朝，中国古代"论文之说"（"诗文评"）作为独立学科诞生，迅速发展，出现第一高潮。出现大家，影响深远的文论作品，最著名的是刘勰《文心雕龙》等。

中国古代文论高峰之所以在魏晋南北朝时期出现，有大一统秦汉帝国（特别是汉代）审美文化（史传文学，汉代辞赋）的发展繁荣作为其审美实践基础，还有特殊历史因素。大汉帝国罢黜百家，独尊儒术，数百年思想禁锢，帝国衰亡，堤岸崩溃，思维空间拓宽，造成精神文化发展繁荣的良好机会。

魏晋南北朝时期社会动荡，多种政权共时性并存争斗，历时性频繁更迭，形成统治势力顾不到的空隙，有利多种思想文化自由表达，新思想新观念滋生蔓延。魏晋南北朝时期历史局面，"五胡乱华"，是中华大地多种民族争斗中交流融合时期，有利思想文化在互动互补互渗中发展。

魏晋南北朝时期玄学盛行，形成对汉代长期以来大一统儒学的反叛，是哲学伦理思想的反叛，是政治文化的反叛，给文人提供张扬个性，发挥精神创造性的良好环境。东汉到魏晋南北朝时期传入中国的佛教佛学思想，冲击中国传统文化体系，带来新因素，在美学上形成系统意境理论。

魏晋南北朝时期文学艺术大发展，促成审美文化大发展，促成文论和美学大发展。鲁迅称魏晋南北朝是文学自觉时代，对文学艺术创作的自觉追求，对文学艺术审美的理性思考，就是"诗文评"，文艺美学。

两宋：第二高潮。古代"诗文评"第二大发展大繁荣时期是宋代。魏晋南北朝之后，经过隋唐两代的充实提高，古代审美文化积蓄巨大能量。唐帝国是中国历史上政治、经济、文化大发展繁荣的时代，堪称世界之冠，是当时全世界硬实力和软实力最雄厚、影响力最大的国家。它不但被当时周围的中华文化圈里的其他地区、民族和国家作为楷模供奉，而且与西域各个民族密切交流，与北非和欧洲许多国家有来往。大唐帝国的国都长安是当时全世界规模最大、人口最多、最繁荣的大城市，是各国各民族注目的中心。以审美文化言，从历时性、共时性角度，唐代都超越以往任何时代，耸起一座"珠穆朗玛峰"。

理论思考滞后。宋代出现中国古代文论（"诗文评"）和文艺美学的第二高潮。古代史发展到宋代，郡县制，皇帝有至高无上权力的帝国体制成熟完备，哲学、伦理、政治、审美文化高度发展。市民社会开始成形,国都开封繁荣,给历史增添新元素新活力,从根源上为人的精神创造注入新动力。宋开国皇帝宋太祖赵匡胤立国初定重文轻武国策。

陈钟凡《中国文学批评史》第十章谈两宋批评史说:"文体至两宋而日繁,评文之风,亦至宋世而丕著。"两宋批评有新特点:"文章体制,既日益增多,批评之风,遂分途并进,不复如前世徒为概括、抽象之辞矣。"

宋代批评特点精细具体。宋代起,诗话、词话、文话、古文批评、戏剧批评,画论乐论,分门别类,都有多种著作。宋代文论和美学成就,比唐代理论思维系统富哲理性,深刻触及文学艺术的审美精髓,量质达到新高度。突出表现在"诗文评"和文艺美学代表性著作《沧浪诗话》中。严沧浪吸收魏晋以来佛学思想营养,深刻总结汉魏特别是唐代诗歌的审美经验,提出"别才"、"别趣"、"妙悟",深刻揭示诗歌的审美特性,为中国古代诗学开辟新天地,至今有重要学术价值。

明清:第三高潮。明清"诗文评"学问名正式提出,广泛应用确认,走向成熟。明清是古代诗文评和文艺美学发展集大成时代,是第三高潮。诗话、词话、曲话、戏曲和小说评点、画论、乐论,走向新的繁荣辉煌。诗话词话著作之多,超过以往任何时代。论述精密细致深入,出现新思想新观点。曲话和评点(包括小说、戏曲、古文、诗词评点),取得巨大成就。

中国真正意义上的戏曲,宋正式形成,元代杂剧盖世,高度繁荣，蔚为大观。明清传奇有重要成就。元曲大繁荣后的明清，戏曲理论大发展。中国古典戏曲美学体系在明清两代戏曲理论家手中建立，逐渐完善。明清评点充分发展，在世界美学史上独树一帜。清后期：衰落转型。清代是古代文论和文艺美学集大成的时代，是走向衰落的时代。清后期，从古代形态的"诗文评"向现代形态的文艺学转化。

第五章　词曲：宋元韵律称余绪

第一节　无可奈何花落去

一、《浣溪沙·一曲新词酒一杯》

一曲新词酒一杯，去年天气旧亭台，夕阳西下几时回。无可奈何花落去，似曾相识燕归来。小园香径独徘徊。

二、释文

听支新曲酒一杯，去年天气原亭台，西落夕阳何时归。花落人儿无奈何，好似相识燕飞回，花香小径自徘徊。

三、注释

"浣溪沙"：唐玄宗时教坊曲名，用为词调。"一曲新词酒一杯"：白居易《长安道》："艳歌一曲酒一杯。""一曲"：一首。词配合音乐歌唱。"新词"：刚填好的词，新歌。"酒一杯"：一杯酒。"去年天气旧亭台"：天气亭台跟去年一样。五代郑谷《和知己秋日伤怀》："去年天气旧池台。""亭台"一本作"池台"。"去年天气"：跟去年这天相同的天气。"旧亭台"：到过熟悉的亭台。"旧"：旧时。

"夕阳"：落日。"西下"：向西方地平线落下。"几时回"：何时归。"无可奈何"：不得已，没办法。"似曾相识"：像曾认识。见过的事物再现。用作成语。"燕归来"：燕子从南方飞回。春日常景。"小园香径"：花香小径。落花散香小径。花落满径香四溢。带幽香园中小径。"独"：独自。"徘徊"：来回走。

四、趣谈

晏殊（991—1055）《浣溪沙》"无可奈何花落去，似曾相识燕归来"两句写春。花儿凋落春消逝，时光流逝不可违。美好事物必消逝，消逝还会有新美。脍炙人口广传诵，生活哲理耐寻味。此首《浣溪沙》，暗含宇宙人生理，通俗晓畅语流利。

《四库全书》集部词曲类收晏殊《珠玉词》一百三十多首，纪昀"提要"说："殊赋性刚峻，而词语特婉丽。""殊幼子（第七子）几道尝称，殊词不作妇人语。今观其集，绮艳之词不少。盖几道欲重其父名，乃故作是言，非确论也。""绮艳"：华美艳丽。

晏殊十四岁以神童入试，官至宰相。卒谥元献，世称晏元献。晏殊以词著名文坛，风格含蓄婉丽。与其子晏几道，被称为"大晏"和"小晏"，与欧阳修并称"晏欧"。晏殊从小聪明好学。晏殊十四岁，与来自各地的数千名考生，同时入殿参加考试，神色不胆怯，很快完成答卷，受真宗嘉赏，赐同进士出身，授其秘书省正事，留秘阁读书深造。学习勤奋，得直使馆陈彭年器重。三年召试中书，任太常寺奉礼郎。

晏殊身居要位，平易近人。刚毅直率，待人以诚。虽处富贵，生活简朴。奖掖人才，唯贤是举。范仲淹、王安石、欧阳修等，皆出其门，由他栽培荐引。晏殊被称"宰相词人"。语言清丽，声调和谐。写富贵不鄙俗，写景重精神，赋自然物以生命，将理性哲思，融入抒情描写。

第二节　治学三境寓新意
一、昨夜西风凋碧树：第一境
1.《蝶恋花·槛菊愁烟兰泣露》

槛菊愁烟兰泣露，罗幕轻寒，燕子双飞去。明月不谙离恨苦，斜光到晓穿朱户。昨夜西风凋碧树，独上高楼，望尽天涯路。欲寄彩笺兼尺素，山长水阔知何处。

2. 释文

清晨栏杆外菊花，笼罩愁惨烟雾，兰花沾露，如饮泣泪珠。罗幕透露缕缕轻寒，一双燕子疾飞去。明月不明离别苦，斜辉破晓穿朱户。昨夜西风惨烈，凋零绿树。我独自登上高楼，望尽消失在天涯的道路。想给心上人寄封信，无奈高山连绵，碧水无尽，不知心上人在何处。

3. 注释

"罗幕"：帷幕。"朱户"：朱门大户。"凋"：衰落。"碧"：

绿。"彩笺"：彩色信笺。"尺素"：书信。

4. 趣谈

晏殊《蝶恋花》是宋词名篇，晏殊代表作。词写深秋怀人，苑中景物，移情于景，注入感情，点出离恨。高楼独望，望眼欲穿，蕴含愁苦。情致深婉，寥廓高远，表达离愁与别恨。习近平2014年10月15日在文艺工作座谈会上的讲话说："大凡伟大的作家艺术家，都有一个渐进、渐悟、渐成的过程。文艺工作者要志存高远，就要有'望尽天涯路'的追求，耐得住'昨夜西风凋碧树'的清冷和'独上高楼'的寂寞，即便是'衣带渐宽'也'终不悔'，即便是'人憔悴'也心甘情愿，最后达到'众里寻他千百度'，'蓦然回首，那人却在，灯火阑珊处'的领悟。"

王国维《人间词话》说："古今之成大事业、大学问者，必经过三种之境界：'昨夜西风凋碧树。独上高楼，望尽天涯路'，此第一境也。'衣带渐宽终不悔，为伊消得人憔悴'，此第二境也。'众里寻他千百度，蓦然回首，那人却在，灯火阑珊处'，此第三境也。"所谓治学第一境界"昨夜西风凋碧树。独上高楼，望尽天涯路"，语出晏殊《蝶恋花》。

二、衣带渐宽终不悔：第二境

1.《蝶恋花·伫倚危楼风细细》

伫倚危楼风细细，望极春愁，黯黯生天际。草色烟光残照里，无言谁会凭阑意。拟把疏狂图一醉，对酒当歌，强乐还无味。衣带渐宽终不悔，为伊消得人憔悴。

2. 释文

伫立高楼，倚着栏杆，和风细细。极目远望，春愁无际，内心惆怅。夕阳斜照，青草映着烟霞彩。谁能懂得依靠栏杆的思绪。想纵情狂饮，一醉方休，频举酒杯，强颜欢笑，了无趣味。衣带渐宽，终生不悔，为她相思，值得憔悴。

3. 注释

"伫倚危楼"：久立高楼长倚栏。"望极"：极目远望。"春愁，黯黯生天际"：心情沮丧，忧愁从遥远无边天际起。"草色烟光"：飘忽缭绕云霭雾气。"会"：理解。"拟把疏狂"：打算狂放不羁。"强乐"：勉强欢笑。"消"：值。

4. 趣谈

北宋柳永（984—1053）《蝶恋花》最后两句"衣带渐宽终不悔，为伊消得人憔悴"，沉溺热恋，执着无悔。学者追求知识，须认定目标，呕心沥血，孜孜以求，不惜一切，追求目标。把"伊"字理解为追求理想，毕生事业，比喻成大事业，大学问者，必须坚定不移，辛勤劳动，废寝忘食，孜孜以求，人瘦带宽不后悔。王国维所谓治学第二境界"衣带渐宽终不悔，为伊消得人憔悴"，语出柳永《蝶恋花》。

三、众里寻他千百度：第三境

1.《青玉案·东风夜放花千树》

东风夜放花千树。更吹落，星如雨。宝马雕车香满路。凤箫声动，玉壶光转，一夜鱼龙舞。蛾儿雪柳黄金缕，笑语盈盈暗香去。众里寻她千百度，蓦然回首，那人却在，灯火阑珊处。

2. 释文

像东风吹散千树花，吹得烟火纷纷落如雨。豪华马车满路香。悠扬凤箫声回荡，玉壶明月渐西斜，一夜鱼龙灯飞舞。美人头戴亮丽饰物，笑盈盈随人群走过，身上香气一路洒。我在人群里寻她千百次，猛回头，发现她在灯火零落处。

3. 注释

"青玉案"：词牌名。"东风夜放花千树"：元宵夜花灯多，如千树开花。"更吹落，星如雨"：满天烟花落如雨。"宝马雕车"：豪华马车。"凤箫"：笙箫演奏。"玉壶"：华灯。"鱼龙舞"：舞动鱼龙彩灯，如鱼龙闹海。"蛾儿雪柳黄金缕"：盛装妇女戴装饰。"盈盈"：声音轻盈悦耳，仪态娇美。"蓦"：突猛。"阑珊"：零落稀疏。

4. 趣谈

辛弃疾《青玉案》，极力渲染元宵节绚丽多彩的热闹场面，反衬孤高淡泊，超群拔俗，不同于金翠脂粉的女性形象，寄托作者政治失意，不愿与世俗同流合污的孤高品格。采用对比手法，极写花灯耀眼，乐声盈耳元夕盛况，着意描写主人公在好女如云中，寻觅立于灯火零落处孤高女，构思精妙，语言精致，含蓄婉转，余味无穷。

词作于南宋淳熙元年至二年（1174—1175）。当时强敌压境国势衰，南宋统治者偏安江左，沉湎歌舞享乐，粉饰太平。辛弃疾洞察形势，欲补天穹，无路请缨，满腹哀伤怨恨，交织成这幅元夕求索图。

王国维所谓治学第三境界"众里寻他千百度，蓦然回首，那人却在，灯火阑珊处"，语出辛弃疾《青玉案》。寓意：没有千百度上下求索，不会有瞬间顿悟理解。做学问者，学习钻研，才能够功到自然成，一朝顿悟，发前人所未发之秘，辟前人所未辟之境，获得创新硕果。

辛弃疾（1140—1207），南宋词人，字幼安，号稼轩，历城（山东济南）人，南宋豪放派词人，称词中之龙，与苏轼合称"苏辛"，与李清照并称"济南二安"。二十一岁参加抗金义军，任耿京军的掌书记，不久归南宋。历任江阴签判，建康通判，江西提点刑狱，湖南、湖北转运使，湖南、江西安抚使。

四十二岁遭谗落职，退居江西信州二十年，一度起为福建提点刑狱、福建安抚使。六十四岁再起为浙东安抚使、镇江知府，不久罢归。力主抗金北伐，显示卓越军事才能，爱国热忱。提出抗金建议，未被采纳遭打击。长期闲居江西上饶、铅山。存词六百多首，有《稼轩长短句》、《辛稼轩诗文抄存》。艺术风格多样，以豪放为主。吟咏祖国河山，题材广阔，善化用前人典故，风格沉雄豪迈。抒写力图恢复国家统一的爱国热情，倾诉壮志难酬的悲愤，谴责执政者屈辱求和。

第三节　奔放豪迈新风格

一、大江东去

1.《念奴娇·赤壁怀古》

大江东去，浪淘尽，千古风流人物。故垒西边，人道是、三国周郎赤壁。乱石穿空，惊涛拍岸，卷起千堆雪。江山如画，一时多少豪杰。

遥想公瑾当年，小乔初嫁了，雄姿英发。羽扇纶巾，谈笑间、樯橹灰飞烟灭。故国神游，多情应笑我，早生华发。人生如梦，一樽还酹江月。

2. 释文

江水东流，淘尽千古风流人物。远古战场西边，说是三国周瑜破曹军赤壁。石乱山高岸悬崖，惊涛骇浪拍对岸，卷起浪花，仿佛千堆雪。江山美丽如图画，一时涌出多少豪杰。

遥想当年周瑜，小乔嫁他为妻，英姿雄健，风度翩翩，神采照人。手执羽扇，头戴丝巾，说笑间，曹操大军灰飞烟灭。身临古战场神游往昔，可笑我如此多怀古柔情，未老先衰鬓发白。人生如梦，举杯奠祭万古明月。

3. 注释

"周郎"：周瑜。"千堆雪"：浪花。"公瑾"：周瑜。"雄姿英发"：周瑜体貌不凡，言谈卓绝，见识卓越。"羽扇纶巾"：儒将便装，青丝头巾。"樯橹"：挂帆桅杆，船桨，曹操战船。"一樽还酹江月"：洒酒酬月。

4.趣谈

这首《念奴娇·赤壁怀古》写于宋神宗元丰五年（1082）苏轼（1037—1101）谪居黄州时，是苏轼开创豪放词派的代表作。描写赤壁战场的雄奇景色，周瑜、诸葛亮等英雄人物的光辉形象，场面宏伟壮丽，表现热爱生活的乐观精神，要求为国建功立业的豪迈心情。词选入学校课本，为千百万人诵读，鼓舞人积极向上。

苏轼与辛弃疾并称"苏辛"，代表作品有《念奴娇·赤壁怀古》、《水调歌头·明月几时有》、《江城子·密州出猎》、《定风波·莫听穿林打叶声》、《饮湖上初晴后雨二首》等。登临古迹慨叹："大江东去，浪淘尽、千古风流人物。"（《念奴娇·赤壁怀古》）望月思念胞弟苏辙，悟出人生哲理："人有悲欢离合，月有阴晴圆缺，此事古难全。"（《水调歌头·明月几时有》）苏轼外出打猎，豪情满怀说："会挽雕弓如满月，西北望，射天狼。"（《江城子·密州出猎》）

二、明月几时有

1.《水调歌头·明月几时有》

明月几时有，把酒问青天。不知天上宫阙，今夕是何年。我欲乘风归去，又恐琼楼玉宇，高处不胜寒。起舞弄清影，何似在人间。

转朱阁，低绮户，照无眠。不应有恨，何事长向别时圆？人有悲欢离合，月有阴晴圆缺，此事古难全。但愿人长久，千里共婵娟。

2. 释文

明月何时现？端酒问苍天。不知天上宫殿，今晚是哪年。我想乘风回天，又怕玉砌楼宇，不胜高处寒。起舞玩月影，归意在人间。

转过朱红楼阁，低挂雕花窗上，照我无意睡眠。明月不该对人恨，为何偏在别时圆？人有离合悲欢，月有晴阴缺圆，这事古来难周全。只望人平安，千里共享月儿圆。

3. 注释

苏轼《水调歌头·明月几时有》序："丙辰中秋，欢饮达旦，大醉，作此篇，兼怀子由。"意即：宋神宗熙宁九年（1076）中秋节，高兴喝酒到次日晨，甚醉，写这首词，同时思念弟苏辙。当时苏轼在密州（山东诸城）任太守。"达旦"：到天亮。"子由"：苏轼弟苏辙的字，跟其父苏洵、其兄苏轼并称"三苏"。

"把酒"：端酒杯。"把"：拿，执，持。"天上宫阙"：月中宫殿。"阙"：古城墙后石台。"归去"：回去，到月宫。"琼楼玉宇"：美玉砌楼宇，想象仙宫。"不胜"：经不住，受不了。"胜"：承担，承受。"弄清影"：月光下身影跟着做出各种舞姿。"弄"：玩弄，欣赏。"何似"：何如，哪里比得上。

"转朱阁，低绮户，照无眠"：月移动，转过朱红色楼阁，低低挂在雕花窗上，照着没睡意的人（诗人自己）。"朱阁"：

朱红华丽楼阁。"绮户"：雕饰华丽门窗。"不应有恨，何事长向别时圆"：月不该对人怨恨，为何偏在人分离时圆？"何事"：为什么。"此事"：人欢合，月晴圆。"但"：只。"千里共婵娟"：只希望年年平安，相隔千里，也能一起欣赏美好月光。"共"：一起欣赏。"婵娟"：月亮。

4. 趣谈

苏轼《水调歌头·明月几时有》，驰骋想象力，幻想："我欲乘风归去，又恐琼楼玉宇，高处不胜寒。"于是转向现实，对人间生活表现热爱。词以月起兴。与弟苏辙七年未见，围绕中秋明月，想象思考，把人间悲欢离合，纳入对宇宙人生的哲理追寻，反映复杂矛盾的思想感情，表现热爱生活，积极向上的乐观精神。执着人生，善处人生，落笔潇洒，舒卷自如，情与景融，境与思偕，思想深刻，境界高逸，充满哲理，自然社会契合，是词作典范。

苏轼与当权变法者王安石等政见不同，求外放，辗转各地为官。曾要求调任到离苏辙较近的地方为官，求兄弟多聚会。宋神宗熙宁七年（1074）差知密州，愿望无法实现。熙宁九年（1076）中秋，皓月当空，银辉遍地，词人面对明月，心潮起伏，乘酒兴酣，挥笔写这首名篇。

苏轼一生，以崇儒学、讲究实务为主。但也好道，中年后，曾表示归依佛僧，常处在儒释道矛盾纠葛中。挫折失意之际，老庄思想上升，以释穷通进退的困惑。苏轼调知密州，虽出自愿，实处外放冷遇境地。旷达中难掩内心郁愤。这首词是宦途险恶体验的艺术升华总结。月亮意象集中人类美好憧憬理想。性格豪放，气质浪漫的文学家，抬头遥望中秋明月，思想情感如长翅膀，天上人间任翱翔，形成豪放洒脱风格。

苏轼更热爱人间生活。与其飞往高寒月宫，不如留在人间趁月起舞。从幻想上天写起，又回到热爱人间情感。从幻觉回现实，在出世入世矛盾纠葛中，入世思想最终占上风。"何似在人间"是意涵肯定，雄健笔力显示情感强烈。对人事达观，寄托对未来希望。月有圆人有聚，很有哲理意味。显示词人精神境界的丰富博大，表现旷达态度，乐观精神，是对人类普遍的祝愿。

构思奇拔，独辟蹊径，极富浪漫色彩，是中秋词中的绝唱。立意高远，构思新颖，意境清新如画，以旷达情怀收束。情韵兼胜，境界壮美，有高度审美价值。全篇皆佳句，体现苏词清雄旷达风格。吟咏秋天的寥落情怀，读来却有触处生春，引人向上的韵致。词有理趣兼情趣，传诵不衰千百年。意境豪放阔大，情怀乐观旷达，浪漫色彩，潇洒风格，流利语言，给人以健康美的享受。

三、老夫聊发少年狂

1.《江城子·密州出猎》

老夫聊发少年狂，左牵黄，右擎苍，锦帽貂裘，千骑卷平冈。为报倾城随太守，亲射虎，看孙郎。

酒酣胸胆尚开张，鬓微霜，又何妨？持节云中，何日遣冯唐？会挽雕弓如满月，西北望，射天狼。

2.释文

姑且抒发少年狂,左手牵黄狗,右臂托苍鹰。头戴华美艳丽帽,身穿貂皮做衣裳,千军万马卷平冈。为报全城追随我,亲自射虎学孙郎。

喝酒喝到正酣畅,胸怀开阔胆气扬,头发微白又何妨?朝廷赦免我的罪,拉弓西北射天狼。

3.注释

"密州":山东诸城。"老夫":作者自称,时年四十。"聊":姑且,暂且。"狂":狂妄。"左牵黄,右擎苍":左手牵黄狗,右臂托苍鹰,围猎追捕猎物架势。"锦帽貂裘":头戴华美鲜艳帽,身穿貂鼠皮衣,汉羽林军服。"千骑卷平冈":马多尘飞扬,像卷席掠过山冈。"千骑":从骑多。"平冈":山脊平坦处。"为报":为报答。"太守":古州府行政长官。

"孙郎":三国东吴孙权,作者自喻。《三国志·吴志·孙权传》:"二十三年十月,权将如吴,亲乘马射虎于凌亭,马为虎伤。权投以双戟,虎却废。常从张世,击以戈,获之。""酒酣胸胆尚开张":尽情畅饮,胸怀开阔,胆气豪壮。"尚":更。"鬓":额角头发。"霜":白。

"持节云中,何日遣冯唐":朝廷何日派遣冯唐,去云中郡赦免魏尚的罪?典出《史记·冯唐列传》。汉文帝时,魏尚为云中(汉时郡名,内蒙古托克托,包括山西西北部)太守。爱惜士卒,优待军吏,匈奴远避。匈奴来犯,魏尚亲率车骑出击,杀甚众。因报功文书载杀敌数与实际不合(虚报六个),削职。

冯唐代为辩白，认为判重，文帝派冯唐带传达圣旨的符节，赦免魏尚罪，让魏尚仍任云中郡太守。苏轼处境不好，调密州太守，以魏尚自许，望朝廷信任。"节"：兵符，传达命令的符节。"持节"：奉朝廷使命。"会"：应当。"挽"：拉。"雕弓"：背有雕花的弓。"满月"：圆月。"天狼"：星名，犬星，喻侵犯北宋边境的辽国和西夏。

4. 趣谈

苏轼《江城子·密州出猎》，写在涉猎中激发的为国杀敌立功的壮志豪情。"太守亲射虎"，"挽雕弓"，"射天狼"，塑造壮士形象，充满进取精神，胸怀远大理想，富有激情生命力。题材意境有开创，叙事抒情气酣畅。别具一格成一体，志在千里豪气扬。激愤慷慨露狂态，气象恢宏显阳刚。

四、旷达豪放见精神

1.《定风波·莫听穿林打叶声》

莫听穿林打叶声，何妨吟啸且徐行。竹杖芒鞋轻胜马，谁怕，一蓑烟雨任平生。料峭春风吹酒醒，微冷，山头斜照却相迎。回首向来萧瑟处，归去，也无风雨也无晴。

2. 释文

不怕树林风雨声，何妨吟唱从容行。拄杖草鞋轻胜马，小事一桩不怕风，披蓑湖海度平生。微寒春风吹酒醒，身上略微感觉冷，山头斜阳露笑容。回头方才风雨声，小事过往好心情,不惧风雨不盼晴。

3. 注释

原词序:"三月七日,沙湖道中遇雨。雨具先去,同行皆狼狈,余独不觉。已而遂晴,故作此词。"意即:三月七日,沙湖道上赶上雨,拿雨具人先离开,同行人都觉狼狈,只有我泰然不觉。过一会天晴,做这首词。这首记事抒怀词,作于宋神宗元丰五年(1082)春,苏轼被贬黄州(湖北黄冈)团练副使第三春。跟朋友春日出游,风雨忽至,朋友感狼狈,词人泰然处之,吟咏自若。

"沙湖":湖北黄冈东南三十里,又名螺丝店。"狼狈":进退皆难,困顿窘迫。"已而":过一会。"穿林打叶声":大雨点透过树林,打树叶的声音。"吟啸":放声吟咏。"芒鞋":草鞋。"一蓑烟雨任平生":披蓑风雨一生处之泰然。"蓑":蓑衣,棕雨披。"料峭":微寒。"斜照":偏西阳光。"向来":方才。"萧瑟":风雨吹打树叶声。"也无风雨也无晴":不怕雨,不喜晴。

4. 趣谈

苏轼《定风波·莫听穿林打叶声》,通过描写道中遇雨小事,表现逆境中坦然坚定的心情,旷达超脱的胸襟,寄寓超凡脱俗的理想,体现坎坷人生的求解之道。篇幅虽短意境深,豪放旷达见精神。简朴见深意,寻常生奇景。醉归遇雨抒怀,借雨中潇洒徐行,表现处逆境、屡遭挫折,也不畏惧、不颓丧,顽强乐观的精神。即景生情,语言诙谐,充满豪气,寄寓人生感悟,使人耳目一新,心胸开阔。

五、淡妆浓抹总相宜

1.《饮湖上初晴后雨二首·其二》

水光潋滟晴方好,山色空蒙雨亦奇。欲把西湖比西子,淡妆浓抹总相宜。

2. 释文

晴天西湖水荡漾,彩色光照令人迷。远山笼罩烟雨中,朦胧景色更神奇。想把西湖比西施,化妆浓淡都相宜。

3. 注释

"饮湖上":西湖船上饮酒。"潋滟":水波荡漾波光闪。"方好":正显得美。"空蒙":细雨迷蒙。"亦":也。"奇":奇妙。"欲":可,如。"西子":西施,春秋越国美女。"总相宜":总合适自然。

4. 趣谈

苏轼《饮湖上初晴后雨二首·其二》,写于宋神宗熙宁四年至七年(1071—1074)任杭州通判时。全面描写、概括品评西湖美景,广为流传。写西湖水光山色,晴姿雨态。西湖晴天水光,灿烂阳光照耀,水波荡漾波光闪。雨天山色,雨幕笼罩,周围群山,迷迷茫茫,若有若无,非常奇妙。

诗人陪客,游宴终日。阳光明艳,入暮下雨。水山晴雨都美好。晴好雨奇湖山景,即景挥毫开胸怀。本体西湖,喻体西子,其美在神,晴雨都好,淡浓皆宜,无改其美,只添其美。下笔设喻:"欲把西湖比西子,淡妆浓抹总相宜。"陈衍《宋诗精华录》说是"西湖定评"。王文诰《苏文忠公诗编注集成》(苏轼谥号"文忠")称《饮湖上初晴后雨》是"前无古人,后无来者"的"名篇"。

六、用舍由时,行藏在我

1.《沁园春·赴密州早行马上寄子由》

孤馆灯青,野店鸡号,旅枕梦残。渐月华收练,晨霜耿耿。云山摛锦,朝露漙漙。世路无穷,劳生有限,似此区区长鲜欢。微吟罢,凭征鞍无语,往事千端。

当时共客长安,似二陆初来俱少年。有笔头千字,胸中万卷,致君尧舜,此事何难。用舍由时,行藏在我,袖手何妨闲处看。身长健,但优游卒岁,且斗樽前。

2. 释文

收拾起昨夜残梦,吹灭那孤馆青灯。趁着野店鸡报晓,又一次踏上征程。拂晓月亮渐收辉,云山铺锦景色浓,晨霜朝露伴行程。区区欢乐鲜有时,人生有限路无穷。低声微吟轻叹罢,依凭征鞍人无声,往事千端思潮涌。

当年一同来长安,恰似二陆(陆机陆云)才气横。笔头吟咏诗千字,胸中韬略万卷生,致君尧舜计在胸。用舍概由时势定,行藏应由我自定,何妨袖手闲处等。身体长健优卒岁,且乐生前酒一盅。

3. 注释

"子由":作者弟苏辙的字,时任齐州(山东济南)掌书记。"练"：洁白丝绸，形容月光。 拂晓月亮渐收光辉。"摛"chī：铺开锦绣，景色美丽。"劳生"：劳累人生。《庄子·大宗师》："夫大块（大地）载我以形，劳我以生。"

"区区"：谦词。"鲜"：少。"长安"：西安，汉唐建都，指北宋首都汴京（河南开封）。 宋仁宗嘉祐元年（1056）苏轼二十一岁、苏辙十八岁，到汴京举进士，声名大振。"二陆"：西晋陆机、陆云，太康末年，兄弟到晋都洛阳，才气横溢，深受张华推重（见《晋书》）。

"有笔"四句，化用杜甫《奉赠韦左丞丈二十二韵》中"读书破万卷，下笔如有神"、"致君尧舜上，再使风俗淳"。苏轼兄弟在汴京写大量策论奏议，提出政治社会改革建议，因反对王安石新法，出任外地官。"致君尧舜"：使君主成为如尧舜一样的圣人。"优游卒岁"：怡然自得度岁月。《左传·襄公二十一年》："优哉游哉，聊以卒岁。"

4. 趣谈

《沁园春·赴密州早行马上寄子由》，是苏轼于熙宁七年（1074）七月在由杭州移守密州的早行途中，寄给弟苏辙的作品。 词中由景入情，由今入昔，直抒胸臆，表达作者人生遭遇的不幸和壮志难酬的苦闷。 绘声绘色画出一幅旅途早行图。早行中，眼前月光、山色、晨霜、朝露，别具一番景象。

为早日与弟畅叙别情，对眼前一切无心观赏。作者"凭征鞍无语"沉思，感叹"世路无穷，劳生有限"。追忆兄弟俩："当时共客长安，似二陆初来俱少年。"长安代指宋都汴京。二陆指西晋诗人陆机、陆云兄弟。吴亡，二陆入洛阳，以文章为当时推重，时年二十余岁，用来比自己与弟弟苏辙。当年兄弟俩俱有远大抱负，决心像伊尹，"使是君为尧舜之君"（《孟子》）。像杜甫，"致君尧舜上，再使风俗淳"，实现"结人心、厚风俗、存纪纲"（《上神宗皇帝书》）的政治理想。

兄弟俩"笔头千字，胸中万卷"，对"致君尧舜"伟业，充满着信心希望。抚今追昔，作者深感兄弟俩在现实社会碰壁。为相互宽慰，作者将《论语》"用之则行，舍之则藏"，《孔子家语》"优哉游哉，可以卒岁"，牛僧孺"休论世上升沉事，且斗樽前见在身"入词，改造发挥，以自开解。词多议论，成一篇直抒胸臆的言志抒情之作。议论抒怀，遣词命意，无拘无束，经史子集信拈来，汪洋恣肆，显示杰出才华。

词中用典："有笔头千字，胸中万卷，致君尧舜，此事何难"一句，化用杜甫《奉赠韦左丞丈二十二韵》中"读书破万卷，下笔如有神"、"致君尧舜上，再使风俗淳"诗句。"身长健，但优游卒岁，且斗樽前"、"优游卒岁"，语出《左传·襄公二十一年》中鲁国大夫叔向被囚后"优哉游哉，聊以卒岁"的话。"且斗樽前"化用杜甫《漫兴》中"莫思身外无穷事，且尽生前有限杯"。典故活用，推陈出新，生动传达志向情怀。

词脉络清晰，层次井然，回环往复，波澜起伏。早行图跟议论浑然一体，贯穿一气，构成统一和谐整体。"世路无穷，劳生有限"，由自然景色转入现实人生。由景物描写，转入追忆往事。"用舍由时，行藏在我"，由往事回到现实。

集写景、抒情、议论为一体，融诗、文、经、史于一炉，表现出苏轼的卓绝才情。

"用舍由时，行藏在我"：用不用我，由时势决定；起而行，还是归而藏，凭自己选择。《论语·述而》记孔子对颜渊说"用之则行，舍之则藏"：受重用，就起而行事，展露才华；不受重用，就藏而不露，韬光养晦。《史记·老子列传》记老子对孔子说："君子得其时则驾，不得其时则蓬累而行（像蓬草随风飘）。"《孟子·尽心上》说："穷则独善其身，达则兼善天下。"通达就兼善天下，贫穷就独善其身。苏轼继承传统文化儒道两家典型的人生态度、理想人格和政治取向。

第四节　怒发冲冠凭阑处

一、《满江红·写怀》

怒发冲冠，凭阑处，潇潇雨歇。抬望眼，仰天长啸，壮怀激烈。三十功名尘与土，八千里路云和月。莫等闲，白了少年头，空悲切！

靖康耻，犹未雪；臣子恨，何时灭？驾长车，踏破贺兰山缺！壮志饥餐胡虏肉，笑谈渴饮匈奴血。待从头，收拾旧山河，朝天阙！

二、释文

愤怒头发冲帽子，扶着栏杆的地方，纷纷大雨刚停下。抬头望，仰望天空发怒吼，雄壮报国心怀中激荡。三十年功名如尘土，八千里路经风云。不要空将青春磨，等到头发白，才知后悔。

靖康之变奇耻辱，至今没昭雪。大臣人民愤恨，何时消除！驾战车，踏破贺兰山口。壮志饿吃敌人肉，玩笑渴喝敌人血。等到像从前，收复旧日山河，穿朝服报告胜利消息。

三、注释

"潇潇"：雨势急骤。"等闲"：轻易随便。"靖康耻"：宋钦宗靖康二年（1127），金攻陷汴京，俘虏宋徽宗、宋钦宗，北宋亡。"贺兰山缺"：宁夏、内蒙古界山缺口，金人据守的山口要地。"匈奴"：入侵金人。"朝天阙"：宫前楼观，朝见皇帝。

四、趣谈

《满江红·写怀》，《四库全书》四次收录。岳飞（1103—1142）《满江红·写怀》传唱很广。名句"三十功名尘与土，八千里路云和月"，"莫等闲，白了少年头，空悲切"，气壮山河，光照日月。满江红是词牌名。格调沉郁激昂，抒发扫荡敌寇、还我河山的坚定意志，必胜信念，反映深受分裂隔绝苦南北人民共同心愿。声情激越，气势磅礴。岳飞词，激励中华民族爱国心。

1123年，二十岁岳飞投军，到1141年间，率岳家军同金军战斗数百次，所向披靡。1140年，岳飞挥师北伐，收复郑州、洛阳等地，郾城、颍昌大败金军，进军朱仙镇。宋高宗、秦桧一意求和，以十二道"金字牌"下令退兵，岳飞孤立无援，被迫班师回朝。宋金议和，岳飞遭秦桧等诬陷被捕。1142年一月岳飞因"莫须有"的"谋反"罪，与长子岳云一同被害。宋孝宗时,岳飞冤狱平反。

岳飞治军,赏罚分明,纪律严整,体恤部属,以身作则,率领"岳家军","冻死不拆屋,饿死不打掳"。岳飞反对宋廷"仅令自守以待敌,不敢远攻而求胜"的消极防御战略,主张积极进攻,夺取抗金斗争胜利,是南宋初唯一组织大规模进攻战役的统帅。岳飞不朽词作《满江红·写怀》,是千古传诵的爱国名篇,振兴中华必修之诗词文学。

第五节　宋代首创词曲类

宋代目录著作首创词曲类。《四库全书总目》词曲类列集部末,分词集、词选、词话、词谱词韵和南北曲五类。诗、词、曲的区别:诗要求节奏,讲求韵律;词比诗的要求更严格,词是配乐歌唱的诗体;曲是和乐演唱的韵文,句法比词灵活。诗最盛在唐,词最盛在宋,曲最盛在元。

《四库全书总目》词曲类序说:"词、曲二体,在文章、技艺之间。厥品颇卑,作者弗贵,特才华之士以绮语(藻饰词语,美妙词语,花言巧语)相高耳。然三百篇变而古诗,古诗变而近体,近体变而词,词变而曲,层累而降,莫知其然。究厥渊源,实亦乐府之余音,风人之末派。其于文苑,尚属附庸,亦未可全斥为俳优(滑稽杂耍,乐舞谐戏)也。今酌取往例,附之篇终。词、曲两家又略分甲乙。词为五类:曰别集、总集、词话、词谱、词韵。曲则惟录品题论断之词,及《中原音韵》,而曲文则不录焉。王圻《续文献通考》以《西厢记》、《琵琶记》俱入经籍类中,全失论撰之体裁,不可训也。"

宋词是宋代文学的最高成就,始于梁,成于唐,盛于宋。宋词与唐诗争奇,与元曲斗艳,与唐诗并称双绝,代表一代文学之盛。词是音乐文学,产生、发展、创作、流传都与音乐有关。词所配合的音乐是北周与隋以来,由西域胡乐与汉族民间里巷曲融合而成的新音乐,用于娱乐和宴会演奏,隋代流行。配合燕乐的词的起源,上溯到隋。

到晚唐五代,文人词大发展。词在诗外别树一帜,成为古代突出的文学体裁。入宋,词创作蔚为大观,产生大批成就突出的词人,名篇佳作层出不穷,出现各种风格流派。《全宋词》收录流传到今词作一千三百三十多家,近两万首,可知当时创作盛况。词起源早,发展高峰在宋,后人把词看作是宋代最有代表性的文学,与唐诗并列,称"唐诗宋词"。

隋唐之际形成的曲子词,配合燕乐歌唱。"燕"通"宴",燕乐即酒宴间流行的助兴音乐,演奏和歌唱者是文化素质不高的下层乐工歌妓。燕乐曲调来源,来自边地或外域少数民族。唐时西域音乐大量流入,称为"胡部"。其中部分乐曲后被改为汉名,用作词调,据调名可断定为外来乐。有印度、龟兹乐曲。部分来自南疆。部分曲调,直接以边地为名,表明曲调来自边地。新疆哈密,甘肃张掖、武威、临洮、陇西,山西离石,都是唐代西北边州。

燕乐构成的主体部分,是外来音乐,或来自汉族民间的土风歌谣。唐代曲子很多原来是民歌。歌词在演唱流传过程中,发挥娱乐功能,稳固这一文学创作的特征。歌词具有先天性的俚俗特征，与正统的以雅正为依归的审美传统不同。歌词作家所受传统教育，历史和社会潜移默化赋予的审美观念，在欣赏创作歌词时发挥作用。

唐诗宋词，并列对举，各尽其美，各臻其盛，中外闻名。广义"诗"（习称诗歌），包括词。词体裁后起，被看作诗的旁支别流，别号"诗余"。词是唐末宋初新兴的文学新体制。诗词是中华民族汉字文学的高级形式。唐末，诗音律美的发展达到最高点，借助音乐曲调艺术的繁荣，生发开拓，产生词这一新的诗文学体裁。词是汉语文诗文学发展的最高形式。宋以"词"为名，元以"曲"为名，本质为一。元曲趋向散文化，铺叙成分重，运用俗语俚谚，调笑谐谑。

第六节 文学园地创新曲

一、浪子宣言

1.《一枝花·不伏老·尾》

（1）原文

我是个蒸不烂、煮不熟、捶不扁、炒不爆、响当当一粒铜豌豆。恁子弟每谁教你钻入他锄不断、斫不下、解不开、顿不脱、慢腾腾千层锦套头。我玩的是梁园月，饮的是东京酒，赏的是洛阳花，攀的是章台柳。

我也会围棋、会蹴鞠、会打围、会插科、会歌舞、会吹弹、会咽作、会吟诗、会双陆。你便是落了我牙、歪了我嘴、瘸了我腿、折了我手，天赐与我这几般儿歹症候,尚兀自不肯休。则除是阎王亲自唤,神鬼自来勾,三魂归地府,七魄丧冥幽。天哪!那其间才不向烟花路儿上走。

(2)释文

我是个蒸不烂、煮不熟、捶不扁、炒不爆、响当当的一粒铜豌豆,那些风流浪子们,谁让你们钻进他那锄不断、砍不下、解不开、摆不脱、慢腾腾、好看又心狠的千层圈套中呢?我赏玩的是梁园的月亮,畅饮的是东京的美酒,观赏的是洛阳的牡丹,与我做伴的是章台的美女。

我也会围棋、会踢球、会狩猎、会插科打诨,还会唱歌跳舞、会吹拉弹奏、会唱曲、会吟诗作对、会赌博。你即便是打落了我的牙、扭歪了我的嘴、打瘸了我的腿、折断了我的手,老天赐给我的这些恶习,还是不肯悔改。除非是阎王爷亲自传唤,神和鬼自己来捕捉我,我的三魂七魄都丧入了黄泉。天啊,到那个时候,才有可能不往那妓女出没的场所去。

(3)注释

"铜豌豆":妓院对老狎客的称呼。"恁子弟每":您子弟们。"斫":刀斧砍。"锦套头":锦绳结成套头,圈套,陷阱。"梁园":梁苑。名胜游玩之所。"东京":宋以汴州(开封)为东京。句意说自己行走的都是名胜地。"洛阳花":牡丹。洛阳产牡丹花著名。"章台柳":妓女。章台:汉长安街名,娼妓居。《太平广记·柳氏传》载,唐韩翃赋诗,表思念妓女柳氏:"章台柳,章台柳,昔日青青今在否?纵使长条似旧垂，也应攀折他人手。"

"蹴鞠"cùjū：古代足球运动。外面皮革，里面实物。"打围"：打猎，围猎。"插科"：演员表演，穿插引人发笑的动作。合用"插科打诨"。"双陆"：双六，博戏。三国魏曹植创，唐演变为叶子戏（纸牌）。"歹症候"：病，脾性。"歹"：不好。"兀自"：仍旧，还是。"尚兀自"：仍然还。"则除是"：除非是。"冥幽"：阴间。"烟花"：妓院，妓女。

（4）趣谈

关汉卿（1219—1301）《不伏老》是浪子宣言。关氏自称："普天下郎君领袖，盖世界浪子班头。"《不伏老》是书会才人作家作品的突出代表。书会原为读书场所，南宋演变为下层文人和民间艺人编曲场所。书会是民间组织，任务是编曲，成员称才人，成员有下层文人，社会政治地位微贱，活动场在勾栏瓦舍，彼此可随时交流。作品有民间集体创作痕迹，世代相传烙印。创作在戏曲史上承上启下，培育大批戏曲小说家。

重彩浓墨，层层渲染，夸张塑造浪子形象。有关氏本人影子，是以关氏为代表的书会才人精神的写照。浪子形象体现对传统文人道德规范的叛逆。不屈不挠，顽强抗争。语言短促有力，节奏铿锵。精神抖擞，斩钉截铁。表现浪漫不羁的内容，风流浪子无所顾忌，任性所为的品性。认同市民意识，展现市民文化的格局。关汉卿散曲代表作，比喻生动活泼，曲词辛辣恣肆，诙谐滑稽。关汉卿坚忍顽强性格自画像："蒸不烂、煮不熟、捶不扁、炒不爆、响当当一粒铜豌豆。"

曲作于关汉卿中年后，当时元蒙贵族歧视汉族士人，战乱致使生活颠簸，科举废置，堵塞仕途，知识分子怀才不遇，沉抑沦落到"八娼九儒十丐"地位。文人群体急遽分化，关汉卿选择自身独立的生活方式。岁月沧桑的磨炼，勾栏生活的体验，使他突破求仕和归隐两种传统文人生活模式的藩篱，富有敢于与封建规范颉颃的凛然正气。"浪子风流"是关汉卿的自我评语。"浪子"放荡不羁的形象，有不甘屈辱，我行我素的意味。

关汉卿赋予"铜豌豆"坚韧不屈，与世抗争的品格，喷射出跟传统规范撞击的愤怒不满。对黑暗社会现实强烈不满，对统治者的不合作态度，关汉卿用极端语言夸示市民化书会才人的生活，充分展示其思想个性。

2.《沉醉东风·咫尺的天南地北》

（1）原文

咫尺的天南地北，霎时间月缺花飞。手执着饯行杯，眼搁着别离泪。刚道得声保重将息，痛煞煞教人舍不得。好去者，望前程万里。

（2）释文

相隔咫尺的人，天南地北远分离，转瞬间花好月圆欢聚，变成月缺花飞悲凄。手拿着饯行酒杯，眼含着惜别泪水。刚说声保重身体，悲痛极教人难割舍。好好去吧，祝你前程万里。

（3）注释

"咫尺"：距离近，情人亲近。"咫"：八寸。"月缺花飞"：离别凄苦，跟"花好月圆"相对。"搁"：含着。"将息"：养息，休息，调养。"痛煞煞"：非常悲痛。"好去者"：好好地去吧。

（4）趣谈

关汉卿《沉醉东风·咫尺的天南地北》，表现离愁和别绪，饯行话别两情依，声情并茂送别曲。写送别，语言明白如话，感情真挚动人。刻画入微，真率透彻。关曲创作，长于刻画细腻微妙心理活动。含蓄中有真率直白味，是关曲自然本色的主导风格。

3.《醉中天·咏大蝴蝶》

（1）原文

弹破庄周梦，两翅驾东风。三百座名园，一采一个空。谁道风流种？唬杀寻芳的蜜蜂。轻轻飞动，把卖花人搧过桥东。

（2）释文

挣破庄周梦境，双翅驾驭浩荡东风。三百座名园花蜜，全部都采空。谁知是天生风流种，吓跑采蜜蜂。翅膀轻搧动，把卖花人搧过桥东。

（3）注释

"风流种"：风流才子。"唬杀"：吓死。"唬"：吓唬。"杀"：表程度深。

(4)趣谈

王和卿《咏大蝴蝶》,歌咏主体是蝴蝶,擅用夸饰巧譬喻,高度夸张怪不经。怪而有趣,使人忍俊不禁,反复寻味,逼人思考。语言恣肆朴野,浅近通俗,随手之作,味如橄榄,是散曲上乘。丰富想象,新奇夸张,使人耳目一新。巧思连发,层层铺写,成元散曲咏物的崇尚手法。王和卿是书会才人作家另一代表,大名(河北)人,与关汉卿友善,为人滑稽佻达,用语夸张,构思奇特,滑稽诙谐,蝴蝶美丽行鲁野,喜剧效果油然生。

元代散曲作家两百多人。以元仁宗延祐年间(1314—1320)为界,分前后两期。前期创作中心在北方,后期南移。前期散曲作家社会身份有三类:书会才人作家;平民胥吏作家;达官显宦作家。

书会才人作家,人生道路选择,自我价值认定,道德修养,与传统文士不同。元代中止科举,断绝仕进道路,被抛入社会底层,混迹勾栏,倡优为伍,在与下层人民紧密结合中,脱胎换骨获新生,精神风貌,放诞不羁,有强烈反传统的叛逆精神,追求个性自由的意识。

二、精神遁隐

1.《沉醉东风·渔父》

(1)原文

黄芦岸白蘋渡口,绿杨堤红蓼滩头。虽无刎颈交,却有忘机友，点秋江白鹭沙鸥。傲杀人间万户侯，不识字烟波钓叟。

（2）释文

金黄芦苇铺江岸，白色浮萍飘渡口。碧绿杨柳立江堤，红艳野草染滩头。虽无生死交，却有真诚友；点缀秋江白鹭鸥。鄙视人间万户侯，不识字江上钓叟。

（3）注释

"黄芦"：与白蘋、绿柳、红蓼均为水边生植物。"白蘋"：浅水多年生植物。"红蓼"：水边生草本植物。"刎颈交"：生死朋友。为友谊刎颈不后悔。"刎"：割。"颈"：脖。"忘机友"：互不设机心，无所顾忌，毫无机巧算计之心的朋友。"机"：机巧，机心。"点"：点数。"傲杀"：鄙视。"万户侯"：有万户食邑的侯爵，高官显贵。"叟"：老头。

（4）趣谈

平民胥吏作家白朴《渔父》，描写理想的渔民形象，展现其自由自在的垂钓生活，表现作者不与达官贵人为伍，甘心淡泊宁静生活的情怀。意象艳丽，境界阔大，给人以美的享受。语言清丽，风格俊逸，表达备受压抑的知识分子追求的理想。白朴幼年经历蒙古灭金变故，家人失散，跟随他父亲的朋友元好问逃出汴京，受到元好问的教养，反感元朝统治，终生不仕。

2.《中吕·阳春曲·知几二首·其一》
（1）原文

知荣知辱牢缄口，谁是谁非暗点头。诗书丛里淹留，闲袖手，贫煞也风流。

（2）释文
明知荣辱不开口，谁人是非暗点头。诗书丛里暂停留，得过且过闲袖手，穷困至死仍风流。

（3）注释
"知几"：了解事物发生变化的关键先兆。"几"：隐微预兆。"知荣"：持盈保泰。"知辱"：知足不辱。《老子》二十八章："知其荣，守其辱，为天下谷。"明哲保身哲学。"缄口"：把嘴巴缝起来。《说苑·敬慎》："孔子之周，观于太庙，右陛之前，有金人焉，三缄其口，而铭其背曰：古之慎言人也。"表闭口不言。"淹留"：停留。"贫煞也风流"：贫穷到极点也荣幸。"风流"：荣幸，光彩。

（4）趣谈
题目"知几"，意为有先见之明，知道世事变化的隐微道理。《易·系辞下》："子曰：知其神乎？几者，动之微，吉之先见者也。"作者对世事采取袖手旁观态度，安于贫困，认为名士自风流。"知荣知辱"出于老庄思想。知道何者为荣，何者为辱，只是不愿说破。"谁是谁非暗点头"语意相同。

"诗书丛里淹留"表现白朴（1226—1306）生活的内

容。"闲袖手,贫煞也风流",表现作者安贫乐道的思想。远官场,近贫民的生活态度、处世理念,在元代知识界有代表性。白朴是元曲四大家之一,字太素,号兰谷。初名恒,字仁甫。山西河曲人,客居真定(河北正定)。父白华为金枢密院判官。白朴幼年,蒙古军攻占南京(开封),父母离散,由元好问照料。蒙古灭金,白朴终生不仕。移居金陵(江苏南京),与遗老诗酒往还。白朴是元代有成就的曲作家之一。内容多叹世咏景,曲词秀丽清新,有民歌特点。

3.《仙吕·寄生草·饮》

(1)原文

长醉后方何碍,不醒时有甚思。糟腌两个功名字,醅淹千古兴亡事,曲埋万丈虹霓志。不达时皆笑屈原非,但知音尽说陶潜是。

(2)释文

长醉以后无妨碍,不醒之时无所想。酒糟腌渍功名字,浊酒淹没千年事,酒曲掩埋凌云志。糊涂人都笑屈原非,知音者尽说陶潜是。

(3)注释

"糟腌"三句:酒把个人功名、千古兴亡、无限壮志都埋葬。"糟腌":用酒糟腌渍。"腌"有玷污意。"醅淹":浊酒淹没。"曲埋":酒曲埋掉。"曲":酒糟。"虹霓志",气贯长虹的豪情壮志。"知音":知己。陶潜(365—327):陶渊明,东晋诗人，淡泊名利，弃县令回乡隐居，与诗酒为伴。

（4）趣谈

白朴《仙吕·寄生草·饮》，劝人饮酒多醉语，醉语隐含有醒言。儒道互补两歧路，穷达出入皆随缘。写酒句句不离酒，醉翁之意不在言。借题发挥身家痛，绮丽婉约开生面。个人遭遇逢离乱，痛心疾首愤恨满。白朴劝饮为排遣，凄凉愁闷寓胸间。

4.《天净沙·秋思》

（1）原文

枯藤老树昏鸦，小桥流水人家，古道西风瘦马。夕阳西下，断肠人在天涯。

（2）释文

古藤枯树黄昏鸦，小桥溪水有人家，古道西风骑瘦马。太阳已经西落下，游子漂泊在天涯，不知何时能回家。

（3）注释

"枯藤"：枯萎枝蔓。"昏鸦"：黄昏乌鸦。"昏"：傍晚。"人家"：农家。温馨家庭。"古道"：古老荒凉路。"西风"：寒冷萧瑟秋风。"瘦马"：骨瘦如柴的马。"断肠人"：伤心悲痛到极点的人，漂泊天涯，极度忧伤的旅人。"天涯"：远离家乡的地方。

（4）趣谈

马致远《天净沙·秋思》，勾勒秋里夕照图。连用剪影，交相叠映，意境苍凉萧瑟，映衬羁旅天涯，茫然无依，孤独彷徨。景中含情，情自景生，情景交融，意涵隽永。周德清《中原音韵》赞为"秋思之祖"。王国维《人间词话》评："寥寥数语，深得唐人绝句妙境。"

马致远被誉为"曲状元"。与关汉卿散曲浓厚的市井情趣比，马致远散曲带更多传统文人气息。擅长把透辟哲理，深沉意境，奔放情感，旷达胸怀，熔铸一炉。语言放逸宏丽，不离本色，对仗工稳妥帖，是元散曲豪放派的代表作。俊逸疏宕，别具情致，脍炙人口，是古典诗歌的成熟作品。王国维《人间词话》评论此曲"深得唐人绝句妙境"。

5.《金字经·夜来西风里》

（1）原文

夜来西风里，九天鹏鹗飞，困煞中原一布衣。悲，故人知未知？登楼意，恨无上天梯！

（2）释文

深夜西风里，九天大鹏飞，困居中原一布衣。可怜人间悲愤事，故人可曾心明知？欲效王粲登楼意，可恨没有上天梯。

（3）注释

"九天"：极言天高远。"鹏鹗"：鹰类，自谓。"中原"：黄河中下游。"登楼意"：东汉末王粲依附荆州刺史刘表，不被重用，郁郁不乐，登湖北当阳县城楼，作《登楼赋》明志抒怀。"上天梯":为官阶梯。

（4）趣谈

马致远青年时期作《金字经》，时当蒙古统一南北之际，亲身经历动乱历史。蒙古军队灭宋，知识分子随军南下，参与戎机，有些人爬上去，更多人屈沉下僚，流寓江南。马致远是后一类。马致远前期屡遭困顿，豪气犹在，豪放中有抗争。

6.《拨不断·叹寒儒》

（1）原文

叹寒儒，谩读书，读书须索题桥柱。题柱虽乘驷马车，乘车谁买《长门赋》？且看了长安回去。

（2）释文

可叹无名贫寒儒，徒然京城来读书。读书应该学相如，豪言壮语题桥柱。题柱虽乘四马车，乘车谁买《长门赋》？暂且长安看一圈，没事只好再回府。

（3）注释

"寒儒":贫穷读书人。"谩":徒然。"须索":应该，必须。"题桥柱":西汉司马相如初赴长安，经过成都城北的升仙桥，在桥柱上题道:"不乘高车驷马，不过汝下也。""驷马车":四匹马共驾一车，贵官乘坐。"《长门赋》":汉武帝皇后陈阿娇失宠，幽居长门宫，奉黄金百斤，请司马相如为作《长门赋》，相传武帝读后感动，恢复对陈皇后宠幸。

（4）趣谈

马致远《拨不断·叹寒儒》，描写当时对读书人处境的感叹，表达对才子学者卑微地位的无奈。马致远早年热衷功名，仕途不得意，任最高官职是从五品江浙行省务官。长期沉抑下僚，饱受屈辱，清醒认识现实黑暗，心中郁结愤懑不平气，充溢散曲字里行间。抒发英雄失路的悲伤，壮志未酬的慨叹，深层意蕴，发泄传统价值在现实无法实现的悲愤。

三、精工雅丽

1.《凭阑人·寄征衣》

欲寄君衣君不还，不寄君衣君又寒。寄与不寄间，妾身千万难！

2.释文

想给夫君寄征衣，又怕夫君不回还。不给夫君寄征衣，又怕夫君身上寒。寄跟不寄两选择，让俺妾身千万难！

3.注释

"君衣"：远行在外者冬天御寒衣。"妾身"：妇女自称。

4.趣谈

姚燧《凭阑人·寄征衣》，用典型的二难推理表达式，写妻子想给服兵役丈夫寄征衣时复杂心情，是逻辑教材与教学的应用实例。寄征衣怕夫不归，不寄征衣怕夫冷，陷于两难，进退维谷。表现妇人微妙心理，渗透深挚感情。浅白口语，惟妙惟肖表达少妇思念体贴丈夫心情。文字直白，感情丰厚,平中见奇,大家手笔。姚燧(1238—1313),字端甫,号牧庵,河南洛阳人,一生仕途坦畅,官至翰林学士承旨,主撰《世祖实录》。

2.《沉醉东风·秋景》

(1)原文

挂绝壁松枯倒倚,落残霞孤鹜齐飞。四围不尽山,一望无穷水。散西风满天秋意,夜静云帆月影低,载我在潇湘画里。

(2)释文

枯松倒挂悬崖壁,晚霞孤鸭天上飞。四周青山数不尽,映照碧水望无际。西风萧萧深秋意,静夜云帆月影低。载我舟行在湘江,恍若置身画图里。

(3)注释

"绝壁":陡峭山壁。"残霞":落霞。"鹜":野鸭。"不尽":数不完。"云帆":白云似的船帆。"潇湘画里":"潇湘":湖南两水名。湘水流至零陵县和潇水合流,称潇湘。潇湘两岸风景如画。

(4)趣谈

卢挚(1242—1315)《沉醉东风·秋景》,写景咏物,有艺术鉴赏价值。以清新自然之笔,描绘一幅秋日潇湘的美丽画图,含蕴作者陶然忘机的情怀。全曲意象明朗,气韵流动,文辞俊朗清丽,接近诗词表现手法,体现清雅格调。卢挚字处道,号疏斋。祖籍河北涿郡,迁河南颖川,官至翰林承旨。出使湖南、江东。在元初有文名,跟姚燧并称。达官显宦作家,仕途通达,作品表现传统士大夫思想情趣,艺术风格,精工雅丽。这一类作家以姚燧、卢挚为代表。

四、清丽为主

1.《醉太平·叹世》

（1）原文

人皆嫌命窘,谁不见钱亲?水晶环入面糊盆,才沾粘便滚。文章糊了盛钱囤,门庭改造迷魂阵。清廉贬入睡馄饨,葫芦提倒稳。

（2）释文

人们都嫌命穷困,谁人不跟钱相亲?晶环掉进面糊盆,刚一沾粘便乱滚。文章糊就盛钱囤,门第改造迷魂阵。清廉沦为糊涂人,杯酒入肚倒安稳。

（3）注释

"命窘":命运艰难困苦。"水晶环":喻洁白聪明的人。"面糊盆":一塌糊涂,肮脏社会。"粘":污浊肮脏的社会风气。"滚":圆滑世故,同流合污。"文章"句:把知识作为赚钱手段。"文章":才能知识。"门庭"句:为了钱可以干出男盗女娼的丑事。"门庭":门第。"迷魂阵":妓院。"清廉"句:为了钱可颠倒黑白,混淆贤愚。"睡馄饨":糊涂人。"葫芦提":糊涂,指代喝酒。

（4）趣谈

张可久（1270—1350）《醉太平·叹世》，辛辣讽刺道德沦丧，贤愚颠倒的人情世态。笔锋尖利，表现入世情怀。感叹世人在钱面前暴露种种丑态。不重人情，以钱为亲，揭露黑白颠倒的世情丑态。语言诙谐，形象生动。张可久是元代著名散曲作家，浙江庆元（浙江宁波）人。一生怀才不遇，时官时隐，漫游江南名胜古迹，晚年隐居杭州，是元人专攻散曲、存作品最多者。

2.《卖花声·怀古二首·其二》

（1）原文

美人自刎乌江岸，战火曾烧赤壁山，将军空老玉门关。伤心秦汉，生民涂炭，读书人一声长叹。

（2）释文

虞姬自尽乌江岸，战火燃烧赤壁山，班超空老玉门关。伤心秦汉起烽火，千万生民皆涂炭，引来士人一声叹。

（3）注释

"美人"句：楚汉战争，汉胜楚败。项羽在垓下（安徽灵璧东南）被汉军围困。夜里，帐中悲歌痛饮，与美人虞姬诀别突围，在乌江（安徽和县）被汉军追及，自刎死。"美人自刎乌江岸"：典故活用。"战火"句：三国时赤壁之战。赤壁在湖北嘉鱼县境。208年吴蜀联军击败曹操百万军。"将军"句：东汉班超久守边，年老思归，给皇帝上奏章："臣不敢望到酒泉郡（甘肃），但愿生入玉门关"（《后汉书·班超传》）。"秦汉"：泛指朝代。"涂炭"：受灾难。"涂"：泥涂。"炭"：炭火。

（4）趣谈

张可久《怀古》，感叹"伤心秦汉，生民涂炭"，关注世代做牛马牺牲的普通百姓，内容极富人民性。概括审视历史，抨击社会现实，堪称佳作。英雄美人，轰烈哀艳见载籍。揭示严酷现实，关注民生疾苦，比歌颂穷途末路的英雄美人，更有人文价值。激发读书人一声长叹，惊心动魄。结尾意义深刻，耐人寻味。文化人感慨理解历史现实，寄寓丰富感情，加深思想深度，还历史本来面目。叹国家遭难，百姓遭殃，士人无奈。语言风格，质朴自然，通俗易懂。

3.《人月圆·春晚次韵》

（1）原文

萋萋芳草春云乱，愁在夕阳中。短亭别酒，平湖画舫，垂柳骄骢。一声啼鸟，一番夜雨，一阵东风。桃花吹尽，佳人何在，门掩残红。

（2）释文

萋萋芳草春云掩，缕缕愁情残阳中。短亭小饮饯别酒，平湖画舫荡水中，垂柳系过马缰绳。一声啼鸟一番雨，一阵东风夜朦胧。桃花如雨零落尽，如今美人在哪里？重门深掩落残红。

（3）注释

"次韵"：依原诗用韵次序。"短亭"：城外五里处设短亭，十里处设长亭，送行饯别地。

（4）趣谈

张可久《春晚次韵》，长于写景兼写情。眼前景物，典雅工丽，代表张可久清丽华美的创作风格。体现缠绵委婉的人情味，显示散曲雅化的趋势。元后期曲风转变，张可久是关键人物。

4.《满庭芳·渔父词》（节选）

（1）原文

秋江暮景，胭脂林障，翡翠山屏。几年罢却青云兴，直泛沧溟。卧御榻弯的腿痛，坐羊皮惯得身轻。风初定，丝纶慢整，牵动一潭星。

（2）释文

秋江晚景相掩映，秋林屏障枫叶红，翡翠山峦安如屏。几年失却功名兴，终泛江湖隐山中。如果睡在皇帝床，体形弯曲腿都痛，坐在羊皮身轻松。风初停，鱼线慢整，拉动一潭星。

（3）注释

"青云兴"：对平步青云的兴趣。"沧溟"：江海。"丝纶"：指垂钓的丝线。

（4）趣谈

乔吉（1280—1345）《渔父词》，写渔父垂钓生活。表示失去对仕途的兴趣，一心想泛舟江海。褒扬山野水上生活的乐趣，贬抑宫廷生活的无益。全曲酣写隐逸者乐于避世又寂寞的内心矛盾，于恬淡中透出豪俊不凡之气。典故与俗语糅合，典雅中有天籁，婉丽中有洒脱，显现雅俗兼顾的艺术特色。

元曲作家乔吉，一作乔吉甫，字梦符，号笙鹤翁，又号惺惺道人，太原人。寓居杭州。落魄江湖四十年。写《自述》说："不占龙头选，不入名贤传。时时酒圣，处处诗禅，烟霞状元，江湖醉仙。笑谈便是编修院。留连，批风抹月四十年。"

这是其人生经历和处事态度的自我写照。乔吉在元曲作家中居前列。其散曲作品，啸傲山水，风格清丽，朴质通俗，兼顾典雅。散曲风格，以清丽婉约见长，讲究形式整饬，节奏明快，勤于锻字炼句。不避俗趣，雅俗并用，别具一种雅丽蕴藉中涵天然质朴的韵味。

5.《山坡羊·潼关怀古》

（1）原文

峰峦如聚，波涛如怒，山河表里潼关路。望西都，意踟蹰。伤心秦汉经行处，宫阙万间都做了土。兴，百姓苦；亡，百姓苦。

（2）释文

四面八方峰峦聚，黄河之水波涛怒，山河内外潼关路。遥望长安心踌躇，伤心秦汉遗址处，宫阙万间化为土。朝代更替百姓苦。

（3）注释

"峰峦如聚"：群峰汇聚，层峦叠嶂。"波涛如怒"：黄河波涛汹涌澎湃。"怒"：波涛汹涌。"山河"句：外面是山，里面是河，潼关地势险要。潼关外有黄河，内有华山。"表里"：内外。"潼关"：关口，在陕西临潼，关城建在华山腰，下临黄河，扼秦晋豫三省要冲，非常险要，古代入陕门户，历代军事重地。

"西都"：长安。秦、西汉建都长安，东汉建都洛阳，称洛阳为东都，长安为西都。"踌躇"：踟蹰。犹豫徘徊，心事重重，思潮起伏，感慨万端，陷入沉思，心不平静。"伤心"二句：目睹秦汉遗迹，旧日宫殿尽成废墟，内心伤感。"秦汉经行处"：秦朝（前221—前206）都城咸阳和西汉（前208—8）都城长安，在陕西潼关西。"经行处"：经过处，秦汉故都遗址。"宫阙"：宫，宫殿。"阙"：皇宫门前面两边楼观。"兴"：政权稳固。"兴、亡"：朝代盛衰更替。

（4）趣谈

张养浩（1270—1329）《潼关怀古》，写于张养浩赈灾，应召往关中途中。洋溢沉重的历史沧桑感和时代感。写作方式，层层深入，写景怀古，引发议论。苍茫景色，深沉情感，精辟议论，完美结合，感染力强。揭示朝代盛衰更替背后历史真谛："兴，百姓苦；亡，百姓苦。"一针见血，鞭辟入里，精警异常，振聋发聩。语言精练，形象鲜明，情中有景，情景交融。全曲之眼，主题开拓深化，境界超越同题材其他作品。有人民性，深切人文关怀，心系百姓疾苦，是思想性和艺术性完美结合的名作。

张养浩是元曲后期重要作家，字希孟，号云庄，山东济南人。累官礼部尚书，以直言敢谏著称。为官清廉，爱民如子，关怀民生疾苦。天历二年（1329），关中旱灾，被任命为陕西行台中丞，以赈灾民。隐居后，决意不涉仕途，听说重召，为赈济饥民，不顾年事高，毅然应命。命驾西秦过程中，目睹人民深重灾难，感慨叹喟，愤愤不平，散尽家财，尽力救灾，操劳殉职。死后，"关中之人，哀之如先父母"（《元史·张养浩传》）。《元史·张养浩传》说："天历二年，关中大旱，饥民相食，特拜张养浩为陕西行台中丞，登车就道，遇饥者则赈之，死者则葬之。"

6.《般涉调·哨遍·高祖还乡》

（1）原文

社长排门告示，但有的差使无推故，这差使不寻俗。一壁厢纳草也根，一边又要差夫，索应付。又言是车驾，都说是銮舆，今日还乡故。王乡老执定瓦台盘，赵忙郎抱着酒胡芦。新刷来的头巾，恰糨来的绸衫，畅好是妆幺大户。

瞎王留引定火乔男女，胡踢蹬吹笛擂鼓。见一彪人马到庄门，匹头里几面旗舒。一面旗白胡阑套住个迎霜兔，一面旗红曲连打着个毕月乌。一面旗鸡学舞，一面旗狗生双翅，一面旗蛇缠葫芦。

红漆了叉，银铮了斧，甜瓜苦瓜黄金镀，明晃晃马镫枪尖上挑，白雪雪鹅毛扇上铺。这些个乔人物，拿着些不曾见的器仗，穿着些大作怪的衣服。

辕条上都是马，套顶上不见驴，黄罗伞柄天生曲，车前八个天曹判，车后若干递送夫。更几个多娇女，一般穿着，一样妆梳。

那大汉下的车，众人施礼数，那大汉觑得人如无物。众乡老展脚舒腰拜，那大汉挪身着手扶。猛可里抬头觑，觑多时认得，险气破我胸脯。

你身须姓刘，你妻须姓吕，把你两家儿根脚从头数：你本身做亭长，耽几杯酒，你丈人教村学，读几卷书。曾在俺庄东住，也曾与我喂牛切草，拽坝扶锄。

春采了桑，冬借了俺粟，零支了米麦无重数。换田契强秤了麻三秆，还酒债偷量了豆几斛，有甚糊突处。明标着册历，见放着文书。

少我的钱，差拨内旋拨还；欠我的粟，税粮中私准除。只道刘三，谁肯把你揪捽住，白甚改了姓，更了名，唤做汉高祖。

（2）释文

有个大人要还乡，社长通知挨家户："任何差使不推故。"

这些差使不寻俗。一边交草料，一边要民夫，必须执行不马虎。有说是车驾，有说是銮舆，今天还乡处。王乡老拿着陶托盘，赵忙郎抱着酒葫芦。新洗的头巾，新糨的绸衫，恰好冒充是大户。

猛然间，瞎王留叫来一伙怪男女，瞎踢蹬吹笛打鼓。一队人马到村前，劈头里几根旗树：一面旗月环画白兔，一面旗红圈中画黑乌，一面旗画着鸡学舞，一面旗画着狗长翅，一面旗画着蛇葫芦。

红漆刷过叉，白银镀过斧，甜瓜苦瓜黄金镀。明晃晃马镫枪上挑，白花花鹅毛扇上铺。这些怪人物，拿些没见过的器仗，穿着些奇怪衣服。

拉车都是马，套车不见驴，黄绸伞把弯如弧。车前八个驾前卫，车后若干侍卫夫。更有几个美娇女，一样穿着和妆梳。

那个大汉下车了，众人连忙施礼数，那大汉看人如无物。众乡老跪地连忙拜，那大汉挪身用手扶。俺猛然抬起头来看，细看多时俺认出，差点气破我胸脯。

你本来姓刘，你妻子姓吕。把你从头到脚数：你以前本是做亭长，喜欢喝酒赖几壶。你的丈人教村学，读过几本书。你曾在俺庄东头住，曾跟俺割草喂牛，拉耙扶锄。

春天你摘俺的桑，冬天你借俺的米，零借米麦没有数。换田契强称俺三十斤麻，还酒债偷量俺豆几斛。现在您别装糊涂，清清楚楚有账簿，现成放着字文书。

你欠过俺的钱，却在差拨内快拨付。你欠过俺的粟，却在税粮私准除。俺只说你刘三，谁肯把你来揪住，平白地改啥姓,换啥名,要叫汉高祖?

(3)注释

"高祖":汉高祖刘邦。"社":地方基层单位。五十家为一社。"无推故":不要借故推辞。"不寻俗":不寻常,不一般。"一壁厢":一边。"索应付":须认真对待。"索":须。"车驾"、"銮舆":帝王乘车,皇帝代称。"乡老":乡中头面人物。"忙郎":农民称谓。"糨":浆。

"畅好":正好充装有身份的阔佬。"妆么":装模作样。"瞎王留":爱出风头的青年,率领一伙装模作样的坏家伙。"瞎":坏,胡来。"王留":好出风头的农村青年。"乔男女":坏家伙,丑东西。"胡踢蹬":胡乱,胡闹。"一彪人马":一大队人马。"匹头里":劈头,打头,当头。"白胡阑":指月旗。"胡阑":环,圆圈。"迎霜兔":玉兔。一面旗画白环套只白玉兔,月旗。"红曲连":日旗。曲连,圈,红圈,日形。

"毕月乌":日中有三足乌。"鸡学舞":舞凤旗。"狗生双翅":飞虎旗。"蛇缠葫芦":蟠龙戏珠旗。"银铮":镀银,使器物表面光亮耀眼。方言。"甜瓜"句:金瓜锤,帝王仪仗。"明晃晃"句:朝天镫,帝王仪仗。"白雪雪"句:鹅朱宫扇。"乔人物":怪人物,装模作样的人。"黄罗伞"句:帝王仪仗中的曲盖,象伞,曲柄。"天曹判":天上判官,威风凛凛,表情呆板侍从。"多娇女":美丽宫娥。"挪身":挪动身躯。

"猛可里":猛然间,忽然间。"觑":偷看。上文"觑":

斜视。"你身"句：你个人本姓刘。"须"：本。"根脚"：根基，出身。"亭长"：刘邦当过泗上亭长。十里为亭，十亭为乡。"耽"：沉溺，迷恋。"拽耙扶锄"：平整土地。"麻三秆"：麻三十斤。十斤为一秆。"斛"：量器名，十斗为一斛。"有甚糊突处"：有什么糊涂地方，十分清楚。"糊突"：糊涂，含混不清。"明标着册历"：明白记在账簿。"标"：记载。"册历"：账簿。

"现放着文书"：现在还放着借据。"文书"：契约，借条。"差拨内旋拨还"：在官差内立即偿还。"差拨"：官家派差役钱粮。"旋"：立刻，马上。"私准除"：暗里扣除。"准除"：抵偿，折算。"刘三"：刘邦，排行第三。有一兄排行第二。"捽"zuó：方言，揪；抓。"白甚么"：凭什么。责问，质问。

（4）趣谈

睢景臣《高祖还乡》，以嬉笑怒骂手法，通过一个熟悉刘邦底细的乡民口吻，把刘邦"威加海内兮，归故乡"之举，写成一场滑稽可笑的闹剧。用辛辣语言，暴露刘邦微贱时丑恶行径，揭露刘邦无赖出身，剥下封建帝王神圣面具，还其欺压百姓真面目。情节鲜明，形象生动，角度独特，风格朴野，诙谐泼辣，用对比手法，揭示本质，有强烈喜剧性，讽刺性，语言生动，口语化，人物形象呼之欲出，有漫画野史风格。

睢景臣是元代有影响的散曲作家。《高祖还乡》是其代表作。此曲把显赫一时的汉高祖刘邦作为辛辣讽刺对象。汉高祖当皇帝后，威风凛凛回故乡沛县。《史记·高祖本纪》："高祖还归，过沛，留。置酒沛宫，悉召故人父老子弟纵酒，发沛中得百二十人，教之歌。酒酣，高祖击筑，自为歌诗曰：'大风起兮云飞扬，威加海内兮归故乡，安得猛士兮守四方！'沛父兄诸母故人日乐饮极欢，道旧故为笑乐。十余日，高祖欲去，沛父兄固请留高祖。高祖曰：'吾人众多，父兄不能给。'乃去。沛中空县皆之邑西献。高祖复留止，张饮三日。"可见刘邦还乡神气热闹，走时全城送行。刘邦时代距元朝遥远，元曲作家以"高祖还乡"题材作曲。

睢景臣，字景贤，扬州人。散曲代表作《高祖还乡》。选择有趣视角，一切景象，由作为观者的乡巴佬说出，以诙谐嘲谑口吻，勾画刘邦装腔作势的面目。谐趣锋利，幽默深刻。过人胆略，精巧构思，生动语言，在文学史上有很高声誉。

第七节　名言警句

关汉卿（1219—1301），《四库全书》词频二十八次。《集部·词曲类·南北曲之属·御定曲谱》卷三《锦上花》："展放愁眉，休争闲气。今日容颜，老如昨日。古往今来，恁须尽知。贤的愚的，贫的共富的，到头这一身，难逃那一日。受用了一朝，一朝是便益。百岁光阴，七十者稀。急急流年，滔滔如逝水。"

关汉卿《窦娥冤》："天地也！只合把清浊分辨，可怎生糊突了盗跖，颜渊？为善的受贫穷更命短，造恶的享富贵又寿延。天地也！做得个怕硬欺软，却原来也这般顺水推船！地也，你不分好歹何为地！天也，你错勘贤愚枉做天！哎，只落得两泪涟涟。"

《窦娥冤》，《四库全书》词频一次。元戏曲家关汉卿杂剧代表作，元杂剧悲剧典范。剧情取材东汉民间故事东海孝妇。叙述穷书生窦天章，为还高利贷，将女儿窦娥抵给蔡婆婆，做童养媳。不出两年，窦娥夫君早死。张驴儿要蔡婆婆将窦娥许配给他不成，将毒药下在汤中，要毒死蔡婆婆，结果误毒死其父。

张驴儿反而诬告窦娥毒死其父，昏官桃杌做成冤案，将窦娥处斩。窦娥临终，发誓愿："血染白绫，天降大雪，大旱三年。"窦天章科场中第，荣任高官，回到楚州，听闻此事，为窦娥平反昭雪。传统名剧《窦娥冤》是著名悲剧，有较高文化价值，广泛群众基础。有八十六个剧种改编演出。

《窦娥冤》写窦娥被无赖诬陷，被官府错判斩刑的冤屈故事。故事渊源《列女传·东海孝妇》。关汉卿紧扣当时社会现实，真实深刻反映元蒙统治下社会极端黑暗残酷混乱的悲剧时代，表现人民坚强不屈的斗争精神，争取独立生存的强烈要求，成功塑造窦娥悲剧主人公形象，使其成为元代被压迫剥削损害的妇女代表，成元代社会底层善良坚强，走向反抗的妇女典型。

《窦娥冤》四折一楔子，高中课文节选前三折，是全剧矛盾冲突高潮，写窦娥被押赴刑场杀害的悲惨情景，揭露元代吏治的腐败残酷，反映当时社会黑暗，歌颂窦娥善良心灵和反抗精神。体现现实主义和浪漫主义风格的融合。用丰富想象和大胆夸张，设计超现实情节，显示出正义的强大力量，寄托鲜明爱憎，反映人民伸张正义，惩治邪恶的愿望。

窦娥临死，把控诉对象指向天地，极具思想性艺术性，千古流传。作为主宰万物，维持现实世界秩序的最高统治者天地，应该使社会清明，公正无私，却是非不分，曲直不明。"为善的受贫穷更命短，造恶的享福贵又寿延"。用肯定语气直指现实存在的不公平：坏人得志，好人受欺。

现实世界的不公平和天地间应该存在的公理，形成鲜明对比。"天地也！作得个怕硬欺软，却原来也这般顺水推船！"指明天地不像人期望的那样，维持现实的公平合理，却和社会邪恶残暴的坏人一样，助纣为虐，为虎作伥，残害善良弱小的平民百姓。深刻批判现实和精神世界最高统治者天地，推翻天地在人心中的崇高神圣地位，对天地直接强有力痛斥："地也，你不分好歹何为地，天也，你错勘贤愚枉做天！"把受冤屈原因，直接归结到天，矛头直指封建统治者赖以维系的精神支柱，彻底否定封建专制制度和思想，有强烈的民主进步精神。

用精辟概括语言，表达人对社会不平等的强烈愤慨，表达普通百姓要求维持社会公平，惩恶扬善的愿望。句式用口语，贴近百姓语言，自然流畅，气势充沛，有很强艺术感染力，千百年来盛传不衰。作品用丰富想象和大胆夸张，设计超现实情节，用浪漫主义手法，显示正义抗争的强大力量，寄托鲜明爱憎，反映人民伸张正义，惩治邪恶的愿望。悲剧气氛浓烈，人物形象突出，故事情节生动，主题思想深刻，洋溢着浓郁生活气息，充满奇异浪漫色彩，有震撼人心的艺术力量。

窦娥在残酷现实面前觉醒，看清"衙门自古向南开，就中无个不冤哉"的社会真相。猛烈指责天地鬼神不分清浊，混淆是非，致使恶人横行，良善衔冤。大胆遣责神权，强烈控诉和根本否定封建统治。反映主人公觉醒意识和反抗精神，折射人民反抗精神。

关汉卿是金末元初大都（北京）人，元杂剧奠基人、代表作家，与郑光祖、白朴、马致远同称元曲四大家，居元曲四大家之首。作品《窦娥冤》被称中国十大古典悲剧之一，元杂剧四大悲剧之一。《不伏老》狂傲倔强表示："我是个蒸不烂、煮不熟、捶不扁、炒不爆、响当当一粒铜豌豆"，暗含对元代统治者的控诉反抗。

关汉卿《鲁斋郎》第二折说权贵鲁斋郎恶行："嫌官小不为，嫌马瘦不骑，动不动挑人眼、剔人骨、剥人皮。"关汉卿杂剧有极高现实性和强烈反抗精神。剧作深刻再现社会现实，充满浓郁时代气息。无情揭露官场黑暗，热情讴歌人民反抗斗争。慷慨悲歌，乐观奋争，是关汉卿剧作基调。奏出鼓舞人民斗争的主旋律。

关汉卿善于驾驭语言，吸收民间文学土语方言，古典诗词鲜活字词，提炼反映人物身份性格，善烘托渲染。关汉卿又是散曲作家，在元代散曲史上占重要地位。关汉卿是伟大的戏曲家，后世称为曲圣。1958年被世界和平大会理事会定为世界文化名人，世界各地展开了关汉卿创作七百周年纪念活动，一百种不同的戏剧形式，一千五百个职业剧团，同时上演关汉卿剧本。剧作被译为英文、法文、德文、日文等，在世界各地广泛传播，称为"东方的莎士比亚"，创作遗产成为民族艺术的精英，人类文化的瑰宝，世界人民共同的财富。

张养浩《山坡羊》："无官何患？无钱何惮？休教无德人轻慢！"张养浩《雁儿落兼得胜令》："云来山更佳，云去山如画。山因云晦明，云共山高下。"马谦斋《细柳营》："有钱的，纳宠妾，买人口，偏兴旺。无钱的，受饥馁，填沟壑，遭灾障。"

纪君祥《赵氏孤儿》："先下手为强，后下手遭殃。"白朴《阳春曲》："从来好事天生俭，自古瓜儿苦后甜。"无名氏《志感》："不读书有权，不识字有钱，不晓事倒有人夸荐。老天只恁忒心偏，贤和愚无分辨。"无名氏《志感》："不读书最高，不识字最好，不晓事倒有人夸俏。老天不肯辨清浊，好和歹没条道。"

吴弘道《金字经》："月缺终须有再圆。圆，月圆人未圆。朱颜变，几时得重少年？"无名氏《嘲谎人》："东村里鸡生凤，南庄上马变牛。六月里裹皮裘。瓦垄上宜栽树，阳沟（檐下流水明沟）里好驾舟。瓮来大肉馒头，俺家的茄子大如斗。"塑造吹牛说谎人物形象，幽默诙谐，滑稽可笑。归谬法。

《讥贪小利者》："夺泥燕口，削铁针头，刮金佛面细搜求：无中觅有。鹌鹑嗉里（鸟食管后段暂藏食物膨大部，如袋）寻豌豆，鹭鸶腿上劈精肉，蚊子腹内刳（kū，剔挖）脂油。亏老先生（称呼朝官）下手！"意即：燕子口中夺泥，针头上削铁，在贴金菩萨脸上细刮金，无中找有。鹌鹑喉囊找豌豆，鹭鸶腿上劈精肉，蚊子肚里刳脂油，亏老先生下得了手。塑造贪小利者的形象，尖刻辛辣，入木三分。语句精警，抨击有力。寓庄于谐，幽默风趣。

无名氏《山行警》："东边路，西边路，南边路。五里铺，七里铺，十里铺。行一步，盼一步，懒一步。霎时间，天也暮，日也暮，云也暮。斜阳满地铺，回首生烟雾。兀的不山无数，水无数，情无数！"抒发炽热的离别乡关情思，直率自然，反复吟咏，别具韵致。

第八节　泥土气息

散曲充满泥土气息，形象清新，风靡元代文坛。散曲比传统抒情文学样式诗词，有俗文学印记，是金元之际民族大融合带来的乐曲变化。起因于传统思想观念松弛，知识分子地位下降，接近民间，市民阶层壮大，欣赏趣味反馈。文学样式元曲，在元代登坛树帜，独领风骚。元曲中的散曲，是韵文家族中的新成员，是继诗词之后兴起的新诗体。在元代文坛，与传统的诗词样式分庭抗礼，代表元代诗歌创作的最高成就。

散曲文体的日趋成熟完善，哀婉蕴藉的感伤情调，成创作主流。元代后期，散曲创作在南方得到更为蓬勃的发展。与前期散曲创作相比，后期散曲创作风貌有明显变化。散曲题材内容不断开拓，表现领域极大扩张，使诗坛确立诗、词、曲鼎足而立的格局。元代后期散曲创作的风格，从前期以豪放为主，转变为以清丽为主。

散曲产生于民间俗谣俚曲。宋金之际，北方少数民族，如契丹、女真、蒙古族相继入据中原，带来胡曲番乐，与汉族地区原有音乐结合，孕育新乐曲。逐渐与音乐脱离，只能适应原有乐曲的词，被新的诗歌形式散曲代替。

散曲作为继诗词后出现的新诗体，身上流动着诗词等韵文文体的血脉，继承其优秀传统，有不同于传统诗词的鲜明独特艺术个性和表现手法。伸缩自如的句式，更加灵活多变。关汉卿《不伏老》一曲，把"我是一粒铜豌豆"七字，增成"我是个蒸不烂、煮不熟、捶不扁、炒不爆、响当当一粒铜豌豆"，豪放泼辣，淋漓尽致表现"铜豌豆"的性格。

传统抒情文学诗词语言，以典雅为尚，讲究庄雅工整，精鹜细腻，排斥通俗。散曲语言，以俗为美，以俗为尚，口语化、散文化。散曲中，俗语、蛮语（少数民族语）、谑语（戏谑调侃语）、嗑语（唠叨琐屑语）、市语（行话、隐语、谜语）、方言常语，纷至沓来，比比皆是，使人沉浸到浓郁的生活氛围。散曲审美取向，崇尚明快显豁，自然酣畅美，与诗词不同。散曲不"含蓄"其意，"蕴藉"其情，唯恐其意不显，其情不畅，直待极情尽致酣畅淋漓而后止，关汉卿《不伏老》是典型。

第九节　元曲旺盛生命力

元曲有旺盛的生命力，是文人咏志抒怀得心应手的工具，扎根社会生活，反映人民心声，是广大群众喜闻乐见的崭新艺术形式。元曲是中华民族灿烂文化宝库中的珍宝，思想内容和艺术成就体现独有特色，与唐诗宋词鼎足并举，成为文学史上三座重要的里程碑。继唐诗、宋词后，蔚为文学之盛的元曲，有独特魅力，元曲继承诗词的清丽婉转，更接地气，富人民性，贴近群众。

元代社会使读书人位于"八娼九儒十丐"地位，沉淀社会底层。政治专权，社会黑暗，使元曲放射出夺目的战斗光彩，折射反抗情绪，锋芒直指社会弊端。元曲描写爱情，泼辣大胆，使元曲永葆艺术魅力。元曲兴起，对民族诗歌发展，文化繁荣，有深远影响，贡献卓越。

散曲是用作清唱的歌词，与词相近。词典雅含蓄，散曲通俗活泼。词格律要求严格，散曲自由，比词更接近民歌。元曲揭露现实深刻，题材广泛，语言通俗，形式活泼，风格清新，描绘生动，手法多变，在古文学中放射璀璨夺目的光彩。

元代社会现实是元曲兴起的基础。元朝疆域辽阔，城市经济繁荣，剧场宏大，书会活跃，观众日夜不绝，为元曲兴起创造条件。元代各民族文化交流融合，促进元曲形成。元曲是诗歌形式多样化，文学传统继承发展的必然结果。

元朝立国，到灭南宋，元曲从民间通俗俚语进入诗坛，有鲜明通俗化、口语化特点，犷放爽朗，质朴自然。作者多北方人，关汉卿、马致远、白朴等成就最高。关汉卿杂剧，写态摹世，曲尽其妙，风格多变，活泼深切，晶莹婉丽，套数豪辣，痛快淋漓。马致远创作题材宽广，意境高远，形象鲜明，语言优美，音韵和谐，是元散曲的第一大家。

元世祖至元年（1264—1294），到元顺帝至元年（1335），元曲创作开始向文化人、专业化过渡，散曲成为诗坛的主要体裁。元成宗至正年间到元末（1341—1368），散曲作家讲究格律辞藻，刻意求工，崇尚婉约细腻，典雅秀丽，代表作家有张养浩等。

元曲题材丰富多样，创作视野阔大宽广，反映生活鲜明生动，人物形象丰满感人，语言通俗易懂，是古代文化宝库的宝贵遗产。元曲兴起，代表这一时期文学的最高成就。元曲作家有姓名曲作，共二百二十多人，作品四千五百多首。元好问对元曲形成，有开创性贡献，是名冠金元两代诗坛的巨星，对元曲创作起启导、统领和规范作用。

元散曲，元代人称为乐府。散曲的产生，发源于金词。散曲产生于金元之际，来源于民歌俚谣。金词出现曲的特点，倾向俚俗率直，诙谐浅白。金词吸收大量北方俚歌俗调。金词许多词牌，是亦词亦曲，很多词在文学风格上已接近后代的曲。散曲输入文坛，成为散曲文学的主要途径。

金末元初文人没有科举取仕路可走，受避世玩世社会思潮的影响，出入秦楼楚馆，大量名妓会制乐府唱曲，将民间歌曲大量修改传唱。文人与她们诗酒相乐，丝竹相和，导致民歌时调与文人创作结合。宋金之际，北方少数民族相继入主中原，带来胡曲番乐，与汉族地区原有音乐结合，孕育新乐曲，散曲应运而生。

参考文献

1. 文渊阁《四库全书》全文检索电子版，上海人民出版社，香港迪志文化出版公司1999年版。

2.《四部丛刊》全文检索电子版，万方数据电子出版社，书同文数字化技术有限公司2001年版。

3.《诸子百家：中国哲学书电子化计划》(https://ctext.org/zhs)，线上开放电子图书馆，收中国历代传世文献电子数字化文本三万多部，五十多亿字，历代最大中文文献资料库。

4. 永瑢等：《四库全书总目》（全二册），中华书局1965年版。

5. 吴楚材、吴调侯选：《古文观止》（全二册），中华书局1959年版。

6. 王利器校笺：《文心雕龙校证》，上海古籍出版社1980年版。

7. 张升：《四库全书馆研究》（国家哲学社会科学成果文库），北京师范大学出版社2012年版。

8. 黄爱平：《四库全书纂修研究》，中国人民大学出版社1989年版。

9. 郑振铎：《中国文学史》，北京联合出版公司2014年版。

10. 袁行霈主编：《中国文学史》（共四卷），高等教育出版社2014年版。

11. 游国恩等主编：《中国文学史》（修订本），人民文学出版社2002年版。

12. 游国恩：《游国恩中国文学史讲义》，天津古籍出版社2005年版。

13. 台静农：《中国文学史》，上海古籍出版社2017年版。

14. 谭丕模：《中国文学史纲》，人民文学出版社1952年版。

15. 郭绍虞：《中国文学批评史》，新文艺出版社1955年版。

后　记

古文典籍，流传至今，有许多不同的版本。后世诠释，略有差异。繁简转化，异体通假，层出不穷。本书汲取前人的研究成果，行文力求简明，以增强趣味性、可读性，适应大众化通俗化普及化的需要，故避免繁多考据，敬希读者鉴谅。本书从成稿到出版，历时十载，中经商务印书馆各编辑、编审增删打磨，润色修饰，多付辛劳，使本书益臻完善，谨致由衷谢忱。容有不逮，敬请指正。

孙中原
2019 年 10 月 30 日通改
2021 年 6 月 3 日再改